陕西省社会科学基金项目

中华经典诗文名句的语用研究

李锦 著

陕西新华出版传媒集团
陕 西 人 民 出 版 社

图书在版编目（CIP）数据

中华经典诗文名句的语用研究 / 李锦著. —西安：陕西人民出版社，2022.6

ISBN 978-7-224-14529-8

Ⅰ.①中… Ⅱ.①李… Ⅲ.①古典诗歌—语用学—研究—中国 Ⅳ.①I207.22

中国版本图书馆 CIP 数据核字(2022)第 081558 号

策划编辑：张孔明
责任编辑：姜一慧
整体设计：蒲梦雅

中华经典诗文名句的语用研究
ZHONGHUA JINGDIAN SHIWEN MINGJU DE YUYONG YANJIU

作　　者	李　锦
出版发行	陕西新华出版传媒集团　陕西人民出版社 （西安市北大街 147 号　邮编：710003）
印　　刷	广东虎彩云印刷有限公司
开　　本	787mm×1092mm　1/16
印　　张	16.5
插　　页	2
字　　数	240 千字
版　　次	2022 年 6 月第 1 版
印　　次	2022 年 6 月第 1 次印刷
书　　号	ISBN 978-7-224-14529-8
定　　价	56.00 元

自　序

2006年从陕西师范大学文学院博士毕业后，我的研究重点就从古代文学转向了汉语国际教育。因为工作的原因，我主要教授的都是外国留学生。他们除了学语言，学文化，很多人也对中国的古典文学感兴趣。所以，我也给很多留学生上过古代文学这门课。同时我还教授过好几年面向其他专业的大学语文课。在进行这些课程的讲授时我发现，虽然我们为各类学生选择的名篇佳作很多，但课程学完之后留给他们印象最深的往往还是其中的片言警句。这些片言警句都是诗文当中的精华，也就是这本书要谈到的中华经典诗文名句。

中国人的书面和口头表达中一直都有引经据典的传统，而人们最常引用的也通常就是经典诗文名句。这些经典诗文名句因为有着凝练的语言、充满韵律的形式、深远的意境以及浓厚的人文情怀，一直被人们所喜爱，千百年间也得到了非常广泛的传承。总书记的引经据典让我们看到了他“腹有诗书气自华”的不凡气度，让世界都感受到了中国领导人的文化自信；2020年疫情暴发后的“岂曰无衣，与子同裳”“青山一道同云雨，明月何曾是两乡”也迅速拉近了我们与友邻的心理距离；近年来，与古典诗词相关的电视节目如中央电视台的《中国诗词大会》和《经典咏流传》，也掀起了一浪又一浪中华经典传唱的热潮。

虽然我的科研已经不再以古代文学为中心了，但我内心还是充满了对唐诗宋词的热爱。因此我结合个人的专业以及教学经验，写了这本《中华经典诗文名句的语用研究》。在本书的写作过程中，我的研究生李田心和于浩给我帮了很大的忙。他们都是勤奋好学、善于思考也勇于钻研的好学生，在经典诗文名句的数据统计和归类整理方面发挥了巨大的作用。同时，李田心和于浩两位同学还分别承担了本书第四章和第五章的初稿写作任务，他们为本书的顺利完成付出了心血和汗水。在此对两位同学表示衷心的感谢！

希望这本书能够让更多的学者认识到对古典文学进行微观研究的重要性，让更多的人能够了解语文教学和汉语教学的现状，也让大家能更深入地了解中华经典诗文名句的语用价值。通过对这些经典的学习和使用，让更多的国人提高人文素养，增强民族自信心，也让更多的外国友人认识中国，了解中国，爱上中国！

目录

CONTENTS

引　言

“中华经典诗文名句”顾名思义就是中华民族经过千年流传，至今人们依然耳熟能详并奉之为经典的名言警句。西晋陆机在《文赋》中说道：“立片言而居要，乃一篇之警策。”这里所说的“警策”，就是促使马快速奔跑的鞭子，也就是诗文当中最为精彩、最为重要、最能打动人心的语句。名言警句就是警策。在诗歌和散文中，如果有了能够统摄全篇的警策，就能够“策马之驱驰也”。陆机所说的“片言”，虽然是只言片语，但它并不是破碎的、零散的话语，它是能够突出文章中心、体现作者立意、揭示文章主旨的简明扼要的一句话或者几句话。唐代诗豪刘禹锡在其著名散文《董氏武陵集纪》中写道：“片言可以明百意，坐驰可以役万景。”意思是说，在创作诗歌的时候，一定要反复锤炼并精炼文字，力求以最少的文字去表达更加广阔的寓意以及丰富的情感。而经典诗文名句就是这样的“片言”，它能够帮助我们理解作家、理解作品，了解只言片语背后更为深广的含义。名言警句也可称之为秀句。刘勰在《文心雕龙》中说：“秀也者，片中之独拔也。”这些经典诗文名句就是言辞秀丽清雅，具有独特之美，能够独拔于全篇的令人印象最为深刻的句子。人们在阅读经典的散文和诗词时，往往会对其中的名言佳句印象深刻，而这些经典诗文名句又往往能够统领全篇，起到规范整体的作用。经典诗文名句可以说是思想家、文学家们思想感情高度浓缩的精华，充满了生命力、神采和灵性。

第一节 中华经典诗文名句的内在价值

诗词散文都是语言艺术，看重整体，也看重局部。从篇章上来讲，要考虑内在的结构是否和谐，是否统一。但是从局部来讲，如果能有名言佳句，也会更加突出主题，拥有诗歌之眼、散文之眼，给读者留下深刻印象。经典诗文名句之所以能够流传千古，主要是因为它们在语言上简明扼要，易于接受，容易理解，也方便传播，在思想和艺术上又具有极高的价值，能够带给人美的感受、情感上的共鸣和思想上的启迪。

一、语言之美

文学是语言的艺术，诗文名句都来自经典诗歌和散文。作为文学作品中的精华，它自然首先具有一种语言之美。中华经典诗文名句声韵和谐，婉转流畅，语汇生动，读起来抑扬顿挫，形象鲜明，充满艺术的美感。例如宋代女词人李清照《声声慢》的开篇："寻寻觅觅，冷冷清清，凄凄惨惨戚戚。"前人评价此词时，多提到这三句用了唇音、齿音和舌音，交相重叠，构思巧妙。用一连串的双声、叠韵、叠字来增强表达感情的效果，是从前词家没有怎么使用过的艺术手法。更重要的是整首词写的是主人公百无聊赖和忧伤愁苦的心情，开头却从"寻寻觅觅"写起，突出的是抒情主体的神情状态。女主人公好像若有所失，必须抓到一点什么才能得救似的，于是开始寻觅，但寻觅的结果是“冷冷清清”。不但没有找到什么，反而让自己更加孤寂清冷，在冷清的环境中，她感到自己“凄凄惨惨戚戚”。只有三句，就已经为整首词营造了一个愁惨而凄厉的氛围，使读者迅速进入情境，不禁也开始为女主人公伤感凝神。这一连 14 个叠字，非常自然又非常妥帖地写出了女词人孤苦无依的内心感受。这些叠词发音部位不同，声调高下不同，富有变化，又与作者的内心感受浑然一体，声情并茂，因此为后世所激赏，也被今天的人们所喜爱。

二、意境之美

中华经典诗文名句中的很大一部分都来自诗词当中，而唐诗宋词是诗歌艺术中最为璀璨的明珠。诗词重形象，重意境，而名句往往就是最能反映诗词整体意境的那一句。例如林逋《山园小梅》中的“疏影横斜水清浅，暗香浮动月黄昏”，就非常传神地描绘了在朦胧月色笼罩下的山园小梅独特的气质风韵。“疏影横斜”写出的是梅花不同于其他花卉，比如牡丹、芍药的独特风姿，“暗香浮动”又写出了它有别于桃李浓郁的独有芬芳，真实地让读者体会到了诗人在朦胧月色下对梅花清幽香气的感受。梅花淡淡的“疏影”和清幽的“暗香”为我们营造了一个静谧恬淡的意境。又如唐人张九龄《望月怀远》中的“海上生明月，天涯共此时”，上句写景，下句抒情，情景交融，二句共同构成了雄浑阔大的艺术境界，让人在共对皓月之时，顿生怀人之感。诗词名句为我们营造的虚实相生的意境使诗歌具有独特的韵味，也让人们产生了无限遐思。

三、思想之美

中华经典诗文名句常常蕴涵着思乡忧国、感时伤世、相思别愁、伤春悲秋等人生情思，读之令人感动。例如唐代现实主义大诗人杜甫的“朱门酒肉臭，路有冻死骨”，就是在浅白朴素的客观描述中让我们看到了封建社会因贫富差距带来的百姓的悲惨生活，自然而然地产生了和诗人杜甫同样的同情之心。白居易《琵琶行》中的“同是天涯沦落人，相逢何必曾相识”，在结构上承前启后，把琵琶女的身世飘零和作者的仕途沉浮融合在一起，揭示了全篇的主旨，同时又画龙点睛。而《论语》中的“学而不思则罔，思而不学则殆”“己所不欲，勿施于人”就包含着孔子非常深邃的教育理念和为人处世的哲学思想。彭端淑《为学》中的“天下事有难易乎？为之，则难者亦易矣；不为，则易者亦难矣”至今仍鼓舞着人们不畏艰难，积极行动，奋发有为。这些名句在全篇中举足轻重，在思想上更是发人深省。

流传至今的中华经典诗文名句有的用艺术的语言概括了社会本质，揭露了人间的不平；有的用形象的描写揭示出了人生哲理；有的向往自然，有的热爱真实，有的讴歌，有的控诉，有的抒情，有的叙述，有的直抒胸臆，有的含蓄蕴藉……它们风格各异，但都能让人窥一斑而知全豹。通过对这些在语言上、意境上和思想上都具有极高艺术性的经典诗文名句的诵读和学习，也定能让我们领略到中国文学、中国文化的独特魅力。

第二节　古人对中华经典诗文名句的重视与使用

中国历来就有引用、鉴赏、锤炼名句的传统。作为一个诗歌的国度，我们在两千年前就有“不学诗，无以言”的说法。诗文名句是古代文人表情达意的重要手段，对经典名句的引用和创作能够起到非常独特的艺术效果。

早在先秦时代，人们就很喜欢引用《诗经》中的名句来进行交流，特别是正式场合，更是用其来表达微言大义，尤其充当外交辞令的作用。《汉书·艺文志》中记载：“古者诸侯卿大夫交接邻国，以微言相感，当揖让之时，必称诗以谕其志。盖以别贤不肖而观盛衰焉。”这是在说，《诗经》在先秦常被当成外交辞令来使用。《左传·文公四年》记载：“卫宁武子来聘，公与之宴，为赋《湛露》及《彤弓》。”这是将《诗经》用在了行朝聘礼后宴饮的仪式上。所谓“称诗以谕其志”，就是诵读《诗经》名句来表达自己的理想志向和态度情感。

有时候人们在用诗的过程中，还会根据自己的表达需要来进行灵活的改动。在赋诗言志的时候，人们有时还会刻意地“断章取义”，根据当时的特定场合让其发挥不同的作用，有时这种引用已经失去了原来的意思，人们更看重的是它的修辞表达功能。比如将《诗经》中原本写男女爱情的诗句用来含蓄委婉地表达一些难以启齿的事情，就显得比较得体，不至于使对方尴尬。例如《左传》记载，成公八年，鲁国刚刚夺回被齐国侵占的汶阳，晋国就要求鲁国把这块土地归还给齐国。季文子对此十分不满，就对晋国的使者韩穿引用了《诗经・氓》中的诗句："女也不爽，士贰其行。士也罔极，二三其德。"这是在把晋侯比作"二三其德"的负心汉，把鲁国比作信守诺言的女子。此处的用诗实际是在责备晋国的言而无信。

古人喜欢哪句诗，就会直接引用或者借用到自己的表达中来。比如曹操《短歌行》中的"青青子衿，悠悠我心"就是来自《诗经・郑风・子衿》中的原句。唐代的文学家、诗人们也会借用或化用前人的诗文名句，比如王勃《滕王阁序》中的名句"落霞与孤鹜齐飞，秋水共长天一色"就是化用了庾信《马射赋》中的"落花与芝盖齐飞，杨柳共青旗一色"。宋代文豪苏轼《水调歌头》中的"明月几时有，把酒问青天"也是化用了李白《问月》中的"青天有月来几时，我今停杯一问之"。宋代甚至还出现了专门的集句形式，即从古今诗文中，选取某几句诗句集合杂缀成一首诗或一首词。比如苏轼的《南乡子》就是一首集句词，全篇用的都是唐人杜牧、杜甫、许浑和李商隐的诗句。集句要求构思巧妙，内容完整连贯，主旨一致，是难度极大的。

作家们喜欢用名句，历代词话中也很看重对名句的鉴赏和品评。例如钟嵘的《诗品》中就评价陶渊明说："至如'欢言醉春酒，日暮天无云'，风华清靡，岂直为田家语耶？古今隐逸诗人之宗也。"钟嵘点评的这两句诗出自《拟古・日暮天无云》，是陶渊明的一首五言诗。所谓拟古，拟的就是古代那些表现"美人迟暮"的作品。钟嵘认为，陶渊明是在代替佳人说出心中的苦悲，因此意深情婉。这里意在说明陶渊明并不仅仅只有恬淡田园这一种风格，因此可以说是隐逸诗人之宗。

自宋以来，诗话辈出。诗话是中国古代诗歌品评的一种主要样式，其主要做法就是摘录一些经典诗词名句来进行品评，说明自己的诗歌创作理论。古代文论史上，最早将自己关于诗歌的著作冠以诗话之名的是欧阳修。他的《六一诗话》原名为《诗话》，后人为区别称引方便，才改称为《六一诗话》。自北宋始创，历代诗话逾千部以上，且衍生出朝鲜诗话、日本诗话等，洋洋大观。之后成就较高的诗话有张戒的《岁寒堂诗话》、姜夔的《白石道人诗说》、严羽的《沧浪诗话》等。特别是严羽的《沧浪诗话》，不仅对当时江西诗派“以文字为诗，以才学为诗，以议论为诗”的弊端进行了尖锐的批判，而且提出了作者对于诗歌创作的比较完整、系统的纲领性意见。金元两代，除元好问的《论诗绝句》外，较有价值的是王若虚的《滹南诗话》。明代王世贞的《艺苑卮言》、胡应麟的《诗薮》和清代袁枚的《随园诗话》等都有一些比较独特的见解，不同程度地对诗歌创作产生过影响。这些诗话中对诗词名句的品题和鉴赏也加速了诗词名句的传播和推广，让更多的读者通过名句认识了诗人，了解了作品。

诗人们不光引用他人名句，鉴赏他人名句，在自己的创作中他们也会刻意锤炼字句，创造名句。例如唐代现实主义大诗人杜甫的“为人性僻耽佳句，语不惊人死不休”和贾岛“两句三年得，一吟双泪流”，都说明诗人们认为在创作中是应该锤炼佳句的，是应该在佳句的创作上下功夫的。注重苦吟的贾岛甚至还曾经因为“推敲”冲撞了韩愈。这些诗人们在锤炼字句、铸造佳句上花费了大量的心血，可以说这些诗词曲文中的名言佳句就是他们的呕心沥血之作。而这些经过他们苦心锤炼的精华，至今仍在各类作品中闪闪发光，仍被人们关注和看重。

散文中的名句一般是因篇而名，但是诗词中的名句有时却是诞生于诗词之前。在中国文学史上就曾经有过不少因为一联名句而引出一首好诗或一首好词的故事。例如晏殊曾经与王琪步在池边一起游春赏景，看到落花，晏殊对王说：“每得句，书墙壁间，或弥年未尝强对。且‘无可奈何花落去’一句，至今未能对也。”王应声而对：“似曾相识燕归来。”（《复斋漫录》）晏殊在王琪步的帮助下，得到了一联对仗工整的名句，并最终做出了《浣溪沙》（一曲新词酒一杯）。这首伤春词焕然天成，缠绵含蓄，虽然有淡淡的忧伤，但这两句却富有哲理，让人在忧伤中依然怀有希望。上句让人感受到落花、春逝、时间的流走都是不可抗拒的自然规律，即使人们留恋惋惜哀叹，也无济于事。可是下句又让人感到在这样的暮春时节，依然有令人欣喜的昨日重现，似曾相识的燕子也还会归来，美好的事物依然会存在，生活依然会有惊喜。

有些古代的作家在创作的整体成就方面并不是最优秀、最突出的，例如张先和贺铸，但是由于他们的作品中有些句子特别有光彩，所以也非常受人们推崇。比如张先就因为三个写影的佳句被称作“张三影”。虽然“三影”具体是哪三影他自己的说法和后人的评说不尽相同，但是“云破月来花弄影”却是公认的名句。贺铸有一首写柔情的婉约词《青玉案》(凌波不过横塘路)，其中“若问闲愁都几许？一川烟草，满城风絮，梅子黄时雨”一句，就是因为连用了三种意象“烟草”“飞絮”“梅子黄时雨”来表现出“闲愁”的广度、密度和长度，把抽象的情思化为可见的形象，构思精妙，令人拍案叫绝。贺铸也因此为自己赢得了“贺梅子”的美誉。

从古人对诗文名句的引用、鉴赏和锤炼来看，这些名句是非常有生命力、表现力和感染力的。对于一首诗、一曲词、一篇散文来说，这些名句是微观的，但恰恰是这些微观的短句，却成了整体中最闪光的地方。我们在欣赏整体的同时，是无法回避这些名句的耀眼光芒的。有的名句甚至还是整篇作品的灵魂，有着独特的审美价值和思想意义。甚至可以说，即使离开原作，它们依然具有独立的艺术价值，具有广泛而深远的影响。而后来者对这些经典诗文名句的一再使用，更说明它们具有不朽的艺术生命力。

第三节 今人对中华经典诗文名句的使用、研究和界定

对于名句和佳句的判别，随着时代的不同，文化素养的不同，审美心理和审美习惯的不同，自然有不同的标准。但很多非常经典的诗文名句因为有着凝练的语言、充满韵律的形式和深远的意境以及浓厚的人文情怀，因而一直被人们所喜爱和使用，并得到了非常广泛的传承。

习近平总书记在各种场合对中华经典诗文信手拈来，引经据典，让我们看到了他“腹有诗书气自华”的不凡气度，也感受到了他作为中国领导人的文化自信。康震教授在散文《从经典诗词中汲取共克时艰的精神力量》中，引用了近二十句经典诗词名句，鼓舞人心，让我们感受到了民族力量和必胜信念。新冠疫情期间，我国在与世界各国、特别是东亚邻国之间互赠防疫物资的时候，也用到了经典诗文名句来彼此鼓励。“岂曰无衣、与子同裳”“青山一道同云雨，明月何曾是两乡”这些经典诗词不仅让我们感受到了一衣带水的日本对我们的深情厚谊，还拉近了彼此之间的距离，增强了两国之间的文化认同。

近年来，与古典诗词相关的电视综艺节目、图书分享会、谈话活动等都备受欢迎和青睐。例如中央电视台的《中国诗词大会》《经典咏流传》等节目的播出，也掀起了一浪又一浪中华经典的学习热潮。当然，就目前的情况来

看，我们整个社会对中华经典诗词文的宣传和弘扬，主要还是侧重于记忆和吟诵。在中小学的语文课堂上，大学的课外活动中，对经典的吟诵和表演依然是重点。但最终，我们加强中华经典的诵读，还是希望更多的汉语使用者能够积累、感悟，直到能够在自己的表达中正确地使用，最终提高审美品位和情趣，并通过对中华经典的学习和记诵，更深入地理解和认同我们的传统文化，更多地产生民族自豪感和家国情怀。包括把汉语作为第二语言学习的学习者也能够通过这些经典名句的学习，认识中国，了解中国，爱上中国。因此，对中华经典诗文的记忆、吟诵只是第一步。我们还希望能够在这个基础上，让更多的人去使用这些经典，去表达，去传播。

人们对中华经典诗文名句的使用也引起了学者的关注。早在二十世纪七八十年代就有学者提出，我们今天的表达中依然会经常引用唐宋诗词名句，有的名句被赋予了新的意义，与原诗的意思联系不大，关系不紧；有的则是加以引申和发展，但变化了的含义和原诗的含义仍然比较密切；还有的在引用时会有意改动几个字来表达和原诗截然相反或不同的意思；而部分名句经过千年来的传诵，逐步稳定，最终变成了固定不变的结构，甚至经过句式的调整压缩成为成语。这些名句依然以不同的方式丰富着我们的语言宝库，也依然在为我们的社会生活和沟通交流服务。①

二十世纪九十年代也有学者提出，在进行中国古典文学研究的时候，也应当从微观入手，研究中国的诗词名句。中国是诗歌艺术特别发达的国家，诗词名句是诗歌艺术中的精华。用微观的方法研究诗词名句，不仅是继承古典文学批评中的优良传统，同时也能够更好地适应今天广大诗词爱好者的审美需求。在中国古典文学的研究中，对经典诗词名句的微观研究较之于宏观研究，更加适合中国诗词爱好者的心理习惯。②

学者们对诗词名句的重视从未减弱。莫砺锋教授曾撰文说“唐诗宋词是

① 蔡川右：《唐宋诗词名句的“古为今用”》，《昆明师范学院学报》，1978 年第 4 期。

② 徐培均：《中国古典文学之微观——谈中国诗词名句的研究》，《上海社会科学院学术季刊》，1991 年第 4 期。

最优雅的文字表达”，他认为：“首先唐宋诗词最大限度地发挥了汉语汉字的审美潜能，它是我们学习优雅表达的典范文本。其次，唐宋诗词展现了从容、优雅的生活方式，它是优雅表达的对象与基础。最后，唐宋诗词的代表作大多直抒胸臆，展现了作者的崇高人格，它是优雅表达蕴含的价值。”①从莫砺锋教授的论述中我们看到，以唐诗宋词为核心内容的中华经典诗文如果能够在我们的表达中被准确地使用，必将有效提升我们语言的庄雅度，展示出表达者的人文素养。

以上论及的名句虽然只提到了诗词名句，且多为唐宋诗词，但它们所表达出来的理念和态度，也充分证明了名句的艺术生命力。名句当然不仅来自唐诗宋词，很多优秀散文、甚至古典小说中的名句也同样深受人们喜爱。很多中学教师曾撰文论证这些经典名句对提升学生写作能力的作用，还有很多人看到了学习这些经典对学生了解传统文化、增强民族荣誉感的巨大意义。

近年来，随着习总书记在各类讲话对经典诗文名句的使用，对这类经典的研究又出现了高潮。学者们纷纷撰文，分析习总书记引用的这些经典的思想价值和教育意义。人们普遍认为，习近平总书记在讲话中引用的中华优秀传统文化经典语句生动形象，用意深刻，涵盖了儒、墨、道、法、释等各家文化精髓。这些经典名句不仅体现了中华优秀的传统文化，也富含深刻的现代价值，充分说明我们的社会主义核心价值观具有深厚的历史文化底蕴。通过对这些经典的学习，也有助于我们从信念、内容、主体和体制等维度坚定文化自信和民族自信。还有很多高校思政工作者也发现，通过对习总书记引用经典的学习，可以有效提高思政教育工作的成效，让大学生树立远大理想，了解中国国情，了解中国共产党治国理政的思想方针和政策，以小见大。因此通过习总书记的用典，可以探索中华传统优秀文化和思政工作的有效融合。

引经据典是我们书面表达中使用非常广泛的修辞手法，陈望道在《修辞

① 莫砺锋：《唐诗宋词是最优雅的文字表达》，《新世纪图书馆》，2020 年第 6 期。

学发凡》中将这种手法称之为“引用”。我们在各类表达——无论是书面还是口头——中引经据典，要么是为了增强表达的文学性和感染力，要么则是为了表达论证的合理性和权威性。无论是古人还是今人，用典范围都很广泛，并不限于唐诗宋词。因此本文所说的“中华经典诗文名句”的概念从以下方面界定：首先从时间上，来源于民国之前，主要是从先秦到清代的中国古典文学作品；其次从体裁上，包括诗、词、曲、文、赋、小说、戏剧等所有文体；最后，这些诗文名句应有一定知名度、比较为人们所熟知，其在语言艺术和思想文化方面都能够代表我们的优秀文化。这些经典诗文名句是我们语文宝库中的精华，是传承中华文化和华夏文明的重要体现之一，也是我们口头和书面表达时取之不尽、用之不竭的源泉。

笔者曾担任过《大学语文》课教师多年，也常年从事汉语作为第二语言的教学工作。在教学中笔者发现，大学生的人文素养还有待提高，他们的汉语表达能力与中学时代相比并没有显著提升。而来华留学生在汉语学习的过程中，对中国文化充满了好奇和热情，他们渴望对中国有更深入的了解。经典诗文名句的最大特点就是能以凝练形象的语言，抒发浓厚的情感，表达深刻的思想，或者创造出优美的耐人寻味的意境。这些经典诗文名句可以成为一把钥匙。通过对这些名句的教学，让汉语的使用者们，无论是中国人还是外国人，都能更好地识中国，爱中国。

因此，笔者拟对中华经典诗文名句的语用情况进行研究，了解这些经典名句的使用现状，发现传统经典诗文意义的延伸与变化，并通过对中华经典诗文名句的研究、学习与传播，期待提高各层次人群的表达能力，提升人文素养。尤其是对以汉语作为母语的当代大学生和把汉语作为第二语言的学习者来说，对中华经典诗文名句的学习与理解本身就是对中华传统文化的了解和认同。

第一章

中华经典诗文名句的原意和古人引用情况考察

中华经典诗文名句浩如烟海。经过对 BCC 和 CCL 语料库中经典诗文名句的统计，本文发现出自《论语》的“三人行必有我师”句是被汉语母语者使用最多的名句。在使用频次最高的前十条名句中，出自《论语》的有三条，出自唐诗的有四条，其余则出自北朝民歌、汉乐府和宋代散文。由此可见，《论语》对中国人的影响是很大的，而《论语》中的经典名句也是最为人们所熟悉的。

对 HSK 动态作文语料库进行考察后我们发现，那些把汉语作为第二语言学习的留学生最熟悉的经典诗文名句也是出自《论语》，他们最常使用的也是孔子的“三人行必有我师”。在二语学习者引用的经典名句中，相对频次较高的经典诗文名句有 12 条，其使用频次与母语者不可同日而语。但相似的是出自《论语》的都有三条，另外出自唐诗的有三条，出自《三字经》的有两条，其余则是出自先秦散文《道德经》、宋代诗歌《劝学诗》和《偶成》以及元代杂剧《西厢记》。可以看出，二语学习者熟悉的中华经典诗文名句主要来自《论语》和唐诗，这与母语者是一致的。

鉴于经典诗文名句数量众多，为了保证考察的细致和深入，本章拟以母语者和二语学习者都耳熟能详的“三人行必有我师”句为例，管中窥豹，考察书面表达中经典诗文名句的使用情况，分析经典流传的形式、方式和意义，让经典不褪色、不变色。

表 1-1　中华经典诗文名句使用频次统计表

序号	中华经典诗文名句	出　处	频　次
1	三人行，必有我师焉	《论语》	679
2	每逢佳节倍思亲	《九月九日忆山东兄弟》王维	424
3	润物细无声	《春夜喜雨》杜甫	414
4	温故(而)知新	《论语》	369
5	有朋自远方来	《论语》	283
6	风吹草低见牛羊	《敕勒歌》北朝民歌	271
7	海内存知己	《送杜少府之任蜀州》王勃	239
8	孔雀东南飞	《孔雀东南飞》汉乐府	255
9	醉翁之意不在酒	《醉翁亭记》欧阳修	242
10	粒粒皆辛苦	《悯农》李绅	194

表 1-2　二语学习者中华经典诗文名句的引用频次统计表

序号	中华经典诗文名句	出　处	频　次
1	三人行，必有我(吾)师焉	《论语》	10
2	人之初，性本善	《三字经》王应麟	10
3	有情人终成眷属	《西厢记》王实甫	6
4	己所不欲，勿施于人	《论语》	4
5	书中自有黄金屋	《劝学诗》赵恒	4
6	心有灵犀一点通	《无题》李商隐	3
7	千里之行，始于足下	《道德经》老子	3
8	温故(而)知新	《论语》	3
9	养不教，父之过	《三字经》王应麟	3
10	每逢佳节倍思亲	《九月九日忆山东兄弟》王维	2
11	谁言寸草心，报得三春晖	《游子吟》孟郊	2
12	一寸光阴不可轻	《偶成》朱熹	2

第一节 中华经典诗文名句的原意考察

“三人行，必有我师”出自《论语·述而》，原文是：“子曰：三人行，必有我师焉；择其善者而从之，其不善者而改之。”这句话里的“三”是一个虚数，意思是很多。“师”就是老师。孔子在这里的意思我们一般理解为每个人身上都有值得他人学习的地方，都有他人可以效仿的地方。后半句“择其善者而从之，其不善者而改之”涉及的是学习方法的问题。孔子告诉我们，学习的方法应该是看到别人身上好的一面，就以他为镜，向他学习；如果发现别人有做得不够好的地方，那就要省察自身，及时改正。

孔子的这句话一直被后代所尊崇和效法，人们认为这句话表现出了孔子的谦虚、好学、自我省察和自我审视，代表了孔子在道德上的自我要求。但是仔细考察则会发现，人们对“三人行”句中具体字词存在不同的解释和理解。

一、对“三”的不同解释

在古代汉语中，“三”一般不是一个实指的数字，而是一个表示多次、多数的符号。《论语》当中也多处使用了这个意思，例如：

不愤不启，不悱不发，举一隅不以三隅反，则不复也。

季文子三思而后行。子闻之，曰：“再，斯可矣。”

吾日三省吾身：为人谋而不忠乎？与朋友交而不信乎？传不习乎？

这几则语录中“三”的意思都是多次，“三人行”句中的“三”体现的是孔子想要向多位老师学习的好学精神。但后世在对孔子这句经典的解释中，对“三”字的意见却并不统一。例如《日讲四书解义》中对这句进行解释时说：“此一章书是欲学者随在取益也。孔子曰：人之不能精进者，往往以得师为难。不知师亦何地不有哉？即如三人同行，言其数则甚寡，论其时则甚暂，然亦必有我师焉。”①这里将“三”解释为“寡”，意思是即使同行的人很少，同行的时间很短暂，依然能够随时随地找到老师，找到老师并不难。

此外，还有将“三”解释为一个实数的。例如《四书蒙引》中说：“三人同行，其一我也。彼二人者，一善一恶，我则择其善者而从之，师彼之善为我之善。其不善者而改之，恐惧修省，恐亦有是恶也。从之谓从他样做，改之谓不与之类也。然此亦姑以一善一恶对言，以见善恶皆我师耳。若两人皆善，则皆当从。两人皆恶，则皆当改。”这里是认为孔子所说的“三”就是三个人。三个人除了“我”之外，其他两个人可能有善有恶，而“我”要做的就是从其善而改其恶。

《四书辨疑》中在解释这句时说：“果言善恶皆我师，则天下之人皆为师矣，何必专指三人？亦不须更言必有也。三人取其数少而言，必有二字于三人中，又有所择也。”作者认为，之所以用“三”是为了说明除“我”之外有二人，需要“我”做出明智的选择。

因此，在对孔子这句经典的解释中，无论对“三”的解释是多还是少，是众还是寡，大家强调的都是要向他人学习，要从善弃恶，并且都看重个人的

① 本文所用语料除特殊说明外，均出自BCC和CCL语料库。

主观能动性，强调自己的辨别和判断。

二、对“师”的理解

孔子所说的“师”我们一般理解为“老师”，这也是唐代散文家韩愈在《师说》中引用孔子这句话来回应别人批评他好为人师的原因。在孔子看来，任何人都可以成为老师，任何人都有值得我们学习的地方。作为一个有着三千弟子、七十二贤人的大教育家，孔子给我们展示出来的是一颗谦逊的心。他非常虚心，愿意向身边的人学习，这也和他提倡的“不耻下问”完全一致。

与“三”不同的是，对于“师”的解释大家的看法是趋于一致的。《四书纂疏》中在解释这句经典时说：“子曰三人行必有我师焉，择其善者而从之，其不善者而改之。三人同行其一我也。彼二人者一善一恶，则我从其善，而改其恶焉，是二人者皆我师也。”这里强调善者和恶者都能成为老师。

《癸巳论语解》中说：“见人之善不善也，而皆我师焉。古人之学，无非为已而已。虽然就一人之身而有善有不善焉，亦莫非吾师也。”这里指出，学习是为了自己，无论他人是善还是不善，或者一个人有善亦有恶，他们都可以成为我的老师。

《十一经问对》中对“师”的解释则比较独特，它强调“三人行”中的“我”也可以成为他人的老师。“然则三人之中，我常居善之位，安知二人者又于我而观善不善乎？对曰：已有善，则人亦以我可法，而从我。已有不善，则人亦以我为戒，而改。故曰三人行必有我师焉，此圣人言外之意。”作者认为，孔子没有说出的言外之意就在于三人中的“我”如果是善的，另外两人也可以向“我”学习；如果“我”是不善的，他们也应当引以为戒。

不管这里学习的对象是谁，不管是“我”向二人学习，还是二人向“我”学习，不管二人是善还是不善，我们每个人都应该当向他者学习，人人都可以成为老师。因此，人们对“三人行”句的解释主要还是重在广泛向老师学习。

三、如何向师学习

既然无论是他人还是自己，人人都可以成为老师，那么问题的关键就在于如何学习。这句经典中，孔子也提出了他认可的学习方法："择其善者而从之，其不善者而改之。"这里的"改"并不是让我们去改正他人，而是看到他人身上存在的问题，然后去反省自己，检讨自己有没有同样的缺点。孔子的出发点都是自己，是自己的道德修养，是自己的成长进步，而不是指向他人。

《论语意原》中说："善不善在彼，我得之而省察焉，皆我师也。故曰他山之石可以攻玉。"这里用"他山之石可以攻玉"来强调任何人身上都有值得学习的地方，任何人的善与不善都是"我"的老师，问题的关键在于"我"的省察。

《论语全解》也表达了相同的意思："善者吾师也。不善者亦吾师也。师其不善，所以自修。此所以三人行必有我师也。若夫师其善而不师其不善，则内无以自省，外无以自观，其欲至于君子难矣。然则不善之师其可忽哉?"这里提出了如何从不善者身上学习这个问题，作者的答案是重点在于自修。

《四书辨疑》中强调，学习的关键是选择和辨别，不要求诸一人。"三人行必有我师焉者，言其只三人行其间，亦必有可为师法者，择其善者而从之，其不善者而改之者，非谓择其一人全善者从，之一人全恶者改之也。但就各人行事中择其事之善处从之，其不善处改之，不求备于一人也。全德之人世不常有。若直须择定事事全善之人，然后从之，于普天下终身求之，未必可得。三人中岂能必有也？止当随其各有之善，从而师之。甲有一善，则从甲之一善。乙有一善，则从乙之一善。舜取诸人以为善亦此道也。由是言之，三人行必有我师信不诬矣。"世界上并不常有道德完美的人，如果一定要选择事事皆善的人，那么在普天之下终身寻找，也有可能找不到。所以要善于辨别出善恶，选择善的一面去学习，发现了恶的一面要改正，这样才能学有所得。这才是孔子这句话的真正内涵。所以关于如何向老师学习，孔子强调的更多是对自己的要求，要自我反省，要时刻省察自己，要学会选择，学会判断，学会辨别。

我们从孔子的这句话中，能够看到他对自己的道德要求，看到孔子在处理人际关系上的严以律己，宽以待人。这种态度和精神也体现出孔子在与他人交往和相处时的一个重要原则，即多看他人的长处和优点，多向他人学习，而对他人的缺点要引以为戒。这种与人为善、只反省自己不苛责他人的做法不仅有利于提高个人的道德修养，对人际关系的和谐也起到了促进作用。

因此，孔子的“三人行，必有我师焉，择其善者而从之，其不善者而改之”这句话，对后来者增长知识、修习道德和为人处世都有着良好的指导意义。因此，直到今天，这句话都受到人们的极大赞赏，也多次被引用。

第二节 古代典籍中经典诗文名句的引用情况

自从孔子的“三人行，必有我师”这句经典问世以来，后世的文学家、哲学家都很喜欢引用其来辅助自己的表达，佐证自己的观点。他们将这句经典用在了不同的语境，也表达出了不同的意思。

一、广泛学习

人们对“三”的解读在不同的语境下有所不同。大部分人在引用时都将“三”解释为虚数，就是多的意思。《河东集》中说：“三人行必有我师。谓三人为众，众乃可有贤于圣者也。”这里认为只有数量众多，才有可能有贤于圣人的人。

由于“三”的众多意，对孔子这句话的引用也常用于表达效法多人、广泛学习之意。《钝吟杂录》中说：

“三人行必有吾师焉，况于古人乎。儒者曰：三代已后无完人。后儒因之遂不肯学三代以后之事。噫！三代之事，其传者百不一存也。不法后贤，其于天下之事，不知者多矣。一家之人，各以其是非为是非，则不齐推之。至于天下，是非不同，则风俗不一，上下不和，刑赏无常，乱之道也。李卓吾者，乱民也。不知孔子之是非，而用我之是非，愚之至也。孔子之是非，乃千古不易之道也。”

文章认为，人应该广泛地向他人学习。即便有儒者说“三代已后无完人”，但如果不效法三代之后的贤者，那么对天下之事的了解也就不够透彻不够全面。每个人都以自己的是非为标准，没有一个推而广之的标准，那就会天下大乱。因此这里引用孔子这句经典的用意在于说明人们应当广泛学习。

但也有一些人在引用中将“三”看作了实数。《泾野子内篇》中谈到《易经》所说的“三人行，则损一人。一人行则得其友”与“三人行必有我师”是否相同时，作者认为：“彼言致一也。虽然只要虚心，吾心不虚，则虽千万人有善，亦在所不取。况三人乎？吾心若虚，则虽一二人有善，亦在所取，况三人乎？”

《周易》原文是在解释损卦六三，“三人行则损一人”是说世间万物是由阴阳结合而成，如果泰卦减少一个阳爻，上卦增加一个阳爻，就成为损卦，泰卦下卦的三个阳爻就损失了一个。这时泰卦的上卦有一个阴爻下降，阴阳相遇，则得其友。这一爻其实是在说明损有余而益不足的道理。后来人们多用这句话来表示三人同行一定会有一个人因为看法不同而被孤立，而一人独行则遇到任何人都可以结伴而行。但是作者在这里说，问题的关键不在于有几个人，而在于是否虚心，所以这两句话和孔子的“三人行”是相同的。如果你不虚心，那么即便有千万人有长处可以学习，你也不会去效法他人，更何况只有三个人呢？如果为人谦逊，哪怕只有一两个人有优势，也同样可以学习，更何况现在还有三个人。这里就是把“三”解释为了一个实数。

宋人郑獬在《郧溪集》中也有类似用法。他在谈到朝廷应该调兵遣将加强边防时说，现在“浮屠之徒徧满天下，朝廷且未尝擒捽举士。论孔子曰，三人行必有我师。以三人之寡而犹足有贤者，而可师夫三人。尚尔况为一邑者哉……”这里说孔子只有三人同行，数量极少，都能发现其中的贤者。现在以一国之力一定能够找到合适的将领来驻守边防。此处的引用是反其意而用之。

《思辨录辑要》中也说："孔子曰三人行必有我师。学者果能虚心，岂特三人？即一言一事之接，亦必有我师。知此则学道之事思过半矣。今世俗之所谓师，大抵皆举业之师也。然不惜降心相从而师之尊之。曰我功名在是也，且不特举业，即一技一能亦不惜降心相从而师之尊之。"这里依然把"三"用作实数，作者说如果真的能够虚心求学，不一定要局限于三人，任何人任何事都可以学习。哪怕只是学到了一点技能，也应该对这些老师保持尊重。《家藏集》中引用这句话之后也说："夫三人至少，而犹有师，况三百人之多乎？"这些将"三"用作实数的多取"寡"意，但意思都是他者皆可为师，人应该广泛学习。

二、从师学习

人们也常引用这句话来表达从师学习的重要性。《象山语录》中说："夫子曰三人行必有我师焉，择其善者而从之，其不善者而改之。又曰见贤思齐焉，见不贤而内自省。诚得斯言之防，则凡悠悠泛泛者皆吾师也。"这里根据孔子所说，提出"悠悠泛泛者皆吾师"的说法，也就是说所有人哪怕是很平凡、很平常的人也可以成为"我"的老师。

还有人从"行"这个字入手，认为孔子所说的老师不仅是广的，也是近的。《问辨录》中这样写道：

> 问三人行必有我师，何如？曰此言师道既甚广而又甚近，令人心目豁然。书曰，德无常师，主善惟师，言师之广也。然犹专指善言也，至于恶亦可师，则师益广矣。同行即有师，则师益近矣。盖道无不在，则心无不在。心无不在，则学无不在。为劝为戒，触物皆然。有余师也，而亦何常师之有？

这里将师道解释为广和近，意思是只要抱着一颗学习的心，任何遇到的人或物或事都可以从中学习，或者劝善，或者自戒。这段话和孔子的原意接近，意在告诉人们，身边的人就有值得学习的地方，任何人都可以不限于身份而有可能成为一个老师。

《潜书》中解释这句话中的“行”，则认为“所谓三人行者，乃偶遇而与之偕行，非素共学之人也；所谓善不善者，乃偶见之行事，非可与论学之人也。而夫子教人之取益也则若是矣。”“行”是偶然遇到与自己同行的人，并不是一直与你同学之人。而所谓善与不善，也是在做事时的偶见，不是与你专门讨论学问的人。这句话其实可以理解为作者认为孔子所言指的是处处皆学问，事事皆可学，因此人人都可成为老师。

《说郛》中认为，“是师寓于朋友中矣。”这里是将孔子所说的“三人”看作是朋友，值得我们学习的老师就在这些朋友当中，其核心意思依然是要从身边的人身上学习。黄庭坚曾经与苏大通通信说：“既在官则难得师友，又少读书之光阴。”何良俊则借用孔子的话反驳说：“然人生竟何时得自在饱闲散耶？三人行必有我师，此居一州一县求师法也。读书光阴，亦可取之鞍乘间耳。”(《四友斋丛说》)他认为，即使在一州一县，地域偏远，仍然可以求法身边的人。

三、师的身份和待遇

但是，并不是说任何人都能成为老师，好学者就一定是这位老师的学生。《辩伪录》中在讲到老子和孔子的关系时，谈到有人想要用孔子向老子问礼作为孔子是老子弟子的例证，作者却认为：

> 孔子曰，吾无常师，主善为师。三人行必有我师焉。故学琴于师襄，问乐于苌弘，问官于郯子，入太庙每事问。有问稼，曰吾不如老农。有问圃，曰吾不如老圃。此明孔子虚怀纳善汲汲于道尔。

岂有一事便为师哉？盖当时老子为守藏吏，掌周公之礼典，故孔子问之。若以问礼便为孔子之师，则老农老圃亦孔子之师哉，必不然矣。沽名炫世求为人师，君子不为也。

在作者看来，孔子善于向任何人学习，但是如果每个人都来沽名钓誉，说自己是孔子的老师，那就不是君子所为。这里其实也是在说，虽然孔子把每个值得学习的人都看作是自己的老师，但并不适宜将所有人都看作是孔子的老师，更不应该以某位名人的老师自居，这是求为人师的行为。也就是说从学习者的角度来看，每个人都可以成为自己的老师，但是在某个方面给别人进行了指点的人却不应该以老师自居。

韩愈赞美孔子说“世无孔子，不当在弟子之列”。意思是他认为如果世上没有孔子，就不应当有学生。这是将孔子抬高到了一个至高无上的位置，说除了他没有人有资格招收学生教授学业。但是《香溪集》则认为：“孔子学无常师。大而师天地，故上律天时下袭水土。小而师万物，故于山乐其高，于水取其有。本于易之象、诗之比兴与所引喻凡物理之见于经者举取之上而师。古圣贤故祖述尧舜宪章文武，窃比于老彭，下而于人无所不师。故曰三人行必有我师焉，善者从，不善者改。由夫子观之，凡可法可鉴者，皆吾师也，岂必弟子云乎哉？”这段话的意思是认为韩愈把能够招收弟子看作是成为老师的标准，这是有问题的。任何人都可以成为老师，只要他有可以学习和效法的地方。

孔子非常谦虚，他主张向他人学习，说他人都是自己的老师。但《段正元文集》中却用这句话来说明孔子作为教育家的无上地位：

问：今中外交通，学术庞杂，何处择明师？答：天地之大，何患无明师？道无常师，主善为师。明师者，不过言行无成见，无人见，无我见，平心静气，凡事审察真理为主见。博学审问，慎思明辨，然后笃行者，即明师也。至于初学，如孔子所云，<u>三人行必有</u>

我师焉。择其善者而从之，其不善者而改之。孔子即千古之明师也。

这段话是在解释什么是明师，作者认为能够向善者学习，没有固有的观念和成见，向不同的人广泛学习，并能够明辨真理的人就是明师。然后他引用孔子的这句经典来说明，孔子就是这样的千古明师。

四、师的待遇

破除成见，广泛向他人学习的人都能够成为老师，但这是否意味着他们在一些特殊场合也能享受老师的礼遇呢？有人反其意而用之，认为老师与老师之间也是有区别的。《晋书》中说：

子为师齐衰三月。挚虞以为："自古无师服之制，故仲尼之丧，门人疑于所服。"子贡曰："昔夫子之丧颜回，若丧子而无服，请丧夫子若丧父而无服。"遂心丧三年。此则怀三年之哀，而无齐衰之制也。群居，入则绖，出则否，所谓吊服加麻也。先圣为礼，必易从而可传。师徒义诚重，而服制不著，历代相袭，不以为缺。且寻师者以弥高为得，故屡迁而不嫌；修业者以日新为益，故舍旧而不疑。仲尼称"三人行，必有我师焉"。子贡云"夫何常师之有"。浅学之师，暂学之师，不可皆为之服。

这段话是在讨论师服制，即为老师服丧的制度，属于礼教的一部分。原文同时引用孔子的"三人行，必有我师焉"和子贡的"夫何常师之有"来说明，那些只是在某个方面对自己有启发的"浅学之师"和仅仅短暂求问的"暂学之师"是不需要为之服丧的。因为如果按照孔子和子贡的定义，任何人都可以成为某个人的老师，那么要为所有的老师服丧，这是不现实也是没有必要的。在学习的时候这些人都可以成为老师，但是在服丧时则要考虑到师者之间的差异，不能随便扩大意义，为所有“师”服丧。

无独有偶，除了《晋书》以外，在讨论到服丧制度时，明代也有学者与上文观点一致。《甘泉先生续编大全》中在讨论到师服制度时也认为，不应该对所有的老师都服丧，因为“有一事之师，有一字之师，有一艺之师，有三人行必有我师之师，即师而服之，是率天下而路也。可乎?”甘泉先生认为，不能将“一事之师，一字之师，三人行之师，与传之德义之师、成我与生我者等之师”一概而论，只有那些“成我与生我者等之师”才于“我”有恩，才应该为之服。

因此整体而言，从学习的角度，大家都认为他人可以成为我们的老师。但是从制度上来讲，却不宜将所有值得学习的人都尊崇为老师，也不宜将有无学生看作是否为师的标准。

五、择善而学

在对“三人行必有我师”的引用中，人们多侧重于广泛学习。如何跟从老师学习呢?《陶庵全集》中强调了孔子所说的“择其善”。“传曰三人行必有吾师焉，择其善者而从之，况吾人乎？此录辑于壬申仲冬，取古人言行之可法者，牵连比附，各以类从。始于摄心，终于养生，凡三十二条。”作者受孔子这句话的启发，认为应该在古人的言行中选择可取法的部分进行牵连比附，然后分类整理。这里虽然强调广泛学习，但主要的意思是学习那些善者。

《灵峰蕅益大师宗论》中也借用孔子的这句经典来说明广泛学习的好处。

予自壬戌出家，于今十九年矣。学无常师，交无常友。根钝力微，每藉境缘自炼。见善思企而罔及，见恶内省而多惭。于三种善知识中，惟教授最多。盖三人行必有我师。况世出世法各有所长者乎。又况久相结契，如曹源之勤学，雪航之婆心，惺谷兄之辣手，诵帚师之笃信，归一师之孤峭，修雅师之恬退者乎。又况会事参谒，如无异师之慈悲广大，闻谷师之谨严缜静，无尽师之弘扬教观者乎……

这段话讲述了作者自己的学习过程和方法，他学无常师，交无长友。在引用“三人行必有我师”之后他说人各有所长，因此这里所谓学习，主要在于对身边师长的长处进行学习。

佛家向孔子学习，讲究广泛学习，医者也同样受到这个说法的影响，主张兼听兼学。《风门》中在谈到中风之症的治疗时，认为之前关于中风的治疗是“依样葫芦，不足观矣”。而作者则主张“三人行必有我师。况综列群方，赞其所长，核其所短，俾学者一简勘而心地朗然，坐此进道，用之如锺离丹熟，铜铁皆金，其师资于前贤岂不大耶”！这些引用都重在从善的一面加强学习。

六、择不善而学

与之相反的，也有人选择从不善者身上学习来入手。《论孟精义》中暗引了多人对此句的解读：

范曰：见善从之者，以善为师也。见不善改之者，以不善为师也。三人行必有善有不善，在彼而我皆得师焉。是以君子颠沛造次，不离于道也，岂独三人哉？君之于臣，今人之于古人，虽之夷狄观于鸟兽，入乎患难，皆可为师。谢曰：善吾师也，不善亦吾师也。杨曰：学者何尝师之有？苟可以长为而救失，皆吾师也。故三人行必有善可择，而从不善者可省而改。是乃得师也。……尹曰：见贤思齐，见不贤而内自省，则善不善者，皆我之师。

这段话的意思是孔子所谓的善者和不善者都同样能够成为我们的老师，但是向不善者的学习应当是省察和改正，这样才能真正获得长进。

还有的没有完整引用，只是用了“三人行必有我师”这句经典的前半部分，但是意思却指向了“其不善者而改之”。《脂砚斋全评石头记》中批到第六十三回时就说：

> 此书写世人之富贵子弟易流邪鄙，其作长上者，有不能稽查之处，如宝玉之夜宴，始见之，文雅韵极，细思之，何事生端不基于此？更能写贾芸之恶赖无耻亦世家之必有者，读者当以“三人行必有我师”之说为念，方能领会作者之用意也。戒之！

这里虽然没有对孔子的全句完整引用，但语义的重点是提醒读者，阅读这本书时看到不善者应自我省察，引以为戒，才能真正领会作者的创作意图，懂得作者的良苦用心。

不仅文学家提倡“三人行必有我师”，《世宗宪皇帝朱批谕旨》中雍正皇帝也借用“三人行必有我师”来批评大臣，说“此等作用自陷自身耳，何损于人？知此当切记，以为终身戒。所以云三人行必有我师也”。同样没有完整引用，但是意思的重点依然是对不善者如何纠正。只是这里的不善并不是指出他人的不善，而是说对自己做得不好的地方应当及时纠正，终身为戒。

七、主动学习

虽然人们都主张要跟从老师学习，向他人请教，但也有人认为个人的主动性更为重要。《了斋易说》中说：

> 书曰：能自得师者，王自得之，则居之安矣。孔子曰：三人行必有我师焉。不求我师，岂得我师乎？择其善者而从之，其不善者

> 而改之。或从或改，皆得师之益也。夫善不善在彼，及我得之，则融乎一善。是以君子贵乎求师，而又贵乎自得之也。齐桓公卫灵公得管仲仲叔圉祝鮀王孙贾之辅，犹足以安其身而收其功，况明哲之君用忠良之臣乎？

北宋陈瓘在对孔子的这句经典完整引用后，所表达的意思是在学习的过程中，个人的自主性是非常重要的。要想有所收获，就要主动“求师”，师的善与不善需要个人发挥主观能动性，自己去甄别判断，“融乎一善”。比起求师，他认为自得更为重要。君王如果能够得到贤良之士的辅佐，就可以安其身而收其功。

《尚书全解》中也引用孔子这句话来说明“能自得师者王，谓无所不师也”。书中认为，“能自得师则道德之归也，如水之就下矣。此王业之所以成也。谓人莫已若，则于已自用，訑訑声音颜色距人于千里之外，人心涣然离矣。亡之道也。”这里用孔子的话讲的是君王管理国家的道理，能够自己以圣贤为师的君主，就能称王于天下；认为谁都不如自己的君主，最终会失去天下。人们用这句话来谈从师学习，已经不限于是知识学问、道德修养的提升了，而是上升到了管理国家的层面。

八、虚心学习

由于肯定了广泛学习的作用，强调任何人都能成为自己的老师，孔子“三人行必有我师”句中表现出了非常明显的虚心之意，而这一点也是被人们经常使用以佐证观点的。《学仕遗规》中说：

> 有谓自归乡里，所接见皆俗子庸人故德不加进者，此于义为未善。孔子曰，三人行必有我师。又曰，鲁无君子，斯焉取斯。圣人之厚乡党而不敢诬众人如此。近世士大夫喜高自大，瞑目孤掌。有

> 孩抚乡人之态，皆弃于孔子者也。每自省察，恐或蹈其失。故与乡人处，未敢慢易。虽无知者，亦与为礼，务尽其情。所贵乎君子者。以能兼容并蓄，使才智者有以自见，愚不肖者有以自全。故天下无遗弃之怨。况邑人不少才，且贤者未必无人。

这段话是在说有的人回归故里认为自己所见到的故乡人都是凡夫俗子。但作者引用孔子的“三人行必有我师”和“鲁无君子，斯焉取斯”来说明，孔子对自己的故乡人都是非常友善的，以此来批评近来士大夫自高自大的错误态度。这里也用的是这句话中的虚心求教之意。

《四书因问》当中也说：“夫子曰三人行必有我师。颜子以能问于不能，皆原于此象。”颜回已经是孔子非常得意的弟子了，但还能够以“能”向“不能”的人提问和学习，这就是因为遵守了孔子的师之道。即便是能者，也依然能够从不能者身上学到一些东西，这就是谦虚精神的表现。

梁启超在《十种德性相反相成义》这篇散文中谈到“自信和虚心”时也引用了孔子的“三人行必有我师”。他说：

> 海纳百川，任重致远，殆其势所必然也。彼故见自封、一得自喜者，是表明其器小易盈之迹于天下。如河伯之见海若，终必望洋而气沮；如辽豕之到河东，卒乃怀惭而不前；未见其自信力之能全始全终者也。故自信与骄傲异：自信者常沉着，而骄傲者常浮扬；自信者在主权，而骄傲者在客气。故豪杰之士，其取于人者，常以三人行必有我师为心；其立于己者，常以百世俟圣而不惑为鹄。夫是之谓虚心之自信。

梁启超认为，自信和骄傲是有着本质区别的，越是能够虚心向他人学习的人，越是把“三人行必有我师”放在心里的人，越是自信，是“虚心之自信”。而这种自信才是我们最需要的，也是最应该为人们所看重的。梁启超引用这句经典就是取其虚心之意。

九、交友之道

由于孔子虚心求教，不耻下问，善于广泛学习，后人还有引用这句话来说明孔子心胸宽广的。《甘泉先生续编大全》中说：

> 昔者子贡谓夫子焉不学，而亦何常师之有！此可以见圣人之心胸如天地之广大矣。天地之广，万物洪纤具焉，必兼该无遗，夫然后天地圣人之道备，是以夫子无弗学，无常师，三人行必有我师，所以尽道体之大全也。

正因为孔子的心胸像天地一样广大，所以天地万物都能为他所学，成为他的老师。所以做人也应当像孔子一样，心胸宽广。心胸宽广的人往往会宽容待人，宽容待人的人也就能拥有更多的朋友。孔子在“三人行必有我师”中暗示出来的与人相处之道在后代也多被引用。《御定孝经衍义》中有这样一段话：

> 《论语》子曰：无友不如己者。范祖禹曰：与贤己者处，则自以为不足。与不及己者处，则自以为有余。自以为不足，则日益。自以为有余，则日损。朱熹曰：今人取友，见胜己者，则多远之。而不及己者，则好亲之。此言乃所以求学者之病。（臣）按：夫子他日尝曰：三人行必有吾师焉。而此言必择胜己者而与之处，不虑胜己者以我为不如己，而不吾友耶？易同人彖传曰：惟君子为能通天下之志？咸象传曰：君子以虚受人，圣人之心，盖如是也。以无友不如己者之心求友，则虽片言之善，一事可法，亦自以为吾弗如远甚，而直谅多闻之三益友者。

这段话对孔子的“无友不如己者”进行了剖析。关于这句“无友不如己者”有两种解释。一是将“无”解释为“毋”，意思是不要、禁止。“不如”为不相同、不相像。“友”用作动词，意思是和志同道合的人交朋友。那么这句话可解释为，孔子认为，君子不应该与自己志向不同的人做朋友。二是将“无”解释为反问和强调，意思是怎么能不。“友”为友爱。那么这句话的意思就成了“你怎么能不友爱身边不如你的人呢？”即使他们有了过错，也不要害怕改正。

范祖禹认为人不应该与不如自己的人交朋友，因为这会让你误以为自己已经达到了很高的水平了，然而这并不利于个人的成长与进步。朱熹认为人们交友时喜欢亲近那些不如自己的人，这是对自己不利的。很明显，范祖禹和朱熹都用的是第一种解释。但是作者在这里引用孔子的“三人行必有我师”对此进行了反驳。孔子既然提倡要向身边的人广泛学习，如果这句话是说人并不一定要选择胜过自己的人来与之相处，假使人人都按照这样的标准来交友，那么那些超过你的人认为你不如他，他又怎么会和你交朋友呢？所以作者认为，君子应当以虚受人，谦逊待人，哪怕对方只有一句话说得对，只有一件事做得好，值得效法，那就是自己比不上的，就是自己要学习的。因此交朋友也应当像《论语·季氏》中孔子所言：“益者三友，损者三友。友直，友谅，友多闻，益矣。友便辟，友善柔，友便佞，损也。”要同正直的人、诚信的人和见闻广博的人交朋友，这才是对自己有益的。在这一语境下，虽然用了“三人行必有我师”的虚心之意，但是落脚点却在于如何交友，如何与朋友相处。

与朋友交往，当然就会涉及待客之道。《姑妄言》在写到一个叫贾文物的人时，就让他在邀请朋友来家里做客的时候引用了孔子的这句话。“贾文物临行，顾他三人道：‘三人行必有我师焉，明日行至于我之室也。虽不能以季孟之间待之，然当前以三鼎而后以五鼎为敬也。’宦萼道：‘明日自当奉拜。’”这里贾文物是把朋友当作了师长来招待，表示要用最高的礼遇来接待自己的朋友。

《泉翁大全集》也谈到了人与人之间的相处。湛若水认为：

> 人有因御外侮而兄弟忘其阋墙之私者，非一家之福乎？幸各示同志而为大同焉，谁敢侮之！夫出处久速，道中之一事也。故于斯道出处，苟在天地万物同体观之，则夫以决去为名高，分彼此为门墙者，与夫孔、孟汲汲皇皇，三人行必有我师者，孰为一体痛痒上起念头耶？孰为于躯壳上起念头耶？以此思之，则二事皆得其道矣。二家若以大同为公，何患斯道之不兴乎？

这段话是说，兄弟之间应该团结一致，以大同为公，不应该为一点小事发生不快和矛盾，造成兄弟之间的嫌隙。

综合以上先贤对孔子这句经典的引用我们发现，对这句经典的不同理解会让人们在使用时有不同的侧重。但整体而言主要是四个方面：一是学习的态度，大家都认为人们应当广泛学习，从师学习，虚心学习，要主动学习；二是学习的方法，既可以择善而学，也可以择不善而学，重要的是自己要能够辨别和判断；三是对老师的态度，要尊重老师，要善于发现老师，但又要避免老师身份和待遇的滥用；四是与他人相处之道，要待人宽容，善待朋友，要心胸宽广，同时还要严以律己。由孔子“三人行”句在古代典籍中的使用情况可以看出，中华经典诗文名句由于人们对于原句字词的解释不同，可能会在后代的使用出现不同的理解，在具体的语境中也会产生不同的含义。

第二章

今人对中华经典诗文名句的引用形式和态度

在现代汉语的表达中，恰当使用一些经典诗文名句，可以使语言更加富有美感，还可以增强表现力和感染力。从效果上来看，可以让信息的传递更加有力，也更为真实。因为这些经典诗文名句带有浓厚的古典气息，可以吸引读者的注意力，而现代人的解读又使这种引用带有一种细微的陌生化。熟悉的形式在不同的语境中有不同的用意，这也能增强经典诗文名句对人们的吸引力。从文化心理的角度看，我们汉民族崇敬先贤，著书作文时本就特别喜欢用典，虽然“无一字无来历”的做法有待商榷，但恰当的用典的确能够体现出我们对传统文化的认同，也让我们更容易产生汉民族的归属感。因此，在表达中使用经典诗文名句是我们汉语言在表达中一道独特而又靓丽的风景线。

《论语》对中国人的思想有着巨大的影响，其中的经典名句也同样影响着我们的语言表达。孔子的“三人行必有我师”句作为使用频率最高的经典，也在各种文体中被广泛使用。通过对其引用形式和态度的考察，可以了解经典诗文名句的语用情况，为后文的分析奠定基础。

第一节　今人对中华经典诗文名句的引用形式

引用就是在我们的口头表达或者书面表达中使用他人或前人说过的现成的话语，例如诗句、格言或者俗语、成语等，来表达自己想要传达的思想情感的一种修辞方法。引用从形式上可以分为明引和暗引两种。

一、明引

明引指的是直接引用原文，并且加上引号，也可以引用原文的大意，不加引号。但无论是哪种形式，都会说明这句话是谁说的，或者干脆注明原文的出处。

人们引用"三人行"这句经典时，虽然都知道这是孔子说的，也都知道其来自《论语》，但还是会根据表达的需要来明引。比如：

善于向别人学习。总结经验的目的，就是积累知识，吸取教训，克服盲目性、增强自觉性，更好地为人民服务。经验，既包括通过自己实践而创造积累的，也包括前人和其他人创造积累的。孔子说："三人行，必有我师焉。择其善者而从之，其不善者而改之。"人不是生来就有知识的，领导干部也不是生来就有领导才能的，要使自己不断有所进步，就必须向一切有长处的人学习，特别是要向人民群众学习。总结经验的过程，也就是向人民群众学习，向周围所有有才能的人学习的过程。(CCL)

作者在谈到学习他人经验时，对孔子的这句经典完整引用，并说明了出处，还加了引号，意在说明善于学习前人的经验，学习他人的长处，人才会有进步，特别是领导干部还应该向人民群众学习。

由于这句经典比较长，包括两个句子，大众更为熟悉的是它的前一句，因此对前一句的单独引用是更为普遍的。例如：

孔子说："三人行，必有我师。"意思是说，在钻研学问的过程中，别人总有长处值得自己学习。交朋友，一定不要忘记交学习上的诤友，也就是在学问上能互相争论、共同探讨的朋友。(CCL)

这里就是只引用了这句经典的前一句，并且告诉我们这是孔子说的。作者在这里的明引是为了说明钻研学问需要向他人学习，由此又引申出交友也要交能够在学习上互相有启发、有帮助的朋友。

又如还有人在介绍孔子的时候引用了这句经典：

孔子自幼非常好学，他说"三人行必有我师"。他不耻下问，每事必问。为了丰富知识，他拜了许多人为师，所以精通礼仪、音乐、射箭、驾车、计算等本领。(CCL)

这段话也是部分引用，用意在于介绍孔子的好学、好问和善于从师学习。这些说明了作者和出处并加上引号的就是明引。因为这句经典耳熟能详，所以对其的明引数量是少于暗引的。

二、暗引

和明引不同的是，暗引不特意说明引文的出处和作者，而是在表达中很自然地将他人的话语编织进自己的语言中，可以直接用原句，也可以用其大意。这种引用属于一种化用，在表达中可以做到了无痕迹。例如：

他必定先发生过我现在发生的问题，他也就可以是我的“师”了。三人行，必有可以教给我怎样去应付问题的人。(CCL)

这里其实用的还是孔子这句经典的前一句，“三人行必有我师”。作者意在说明三人同行时，必定有人遇到过类似的问题，必定也能够在这一方面成为“我”的老师。又如：

李国安的回答实实在在：“当一个人的世界观、人生观确定以后，就会更自觉地去学习。祖国的需要、人民的需要就是咱们自己的需要。”“三人行必有我师。我上了一个永远毕不了业的学校。社会是大学，每个生活空间都是学习的地方。要刻苦实践，把前人的东西变成自己的。不要怕艰苦、怕条件差，要靠坚强的意志和科学的态度，想方设法建功立业。”(CCL)

李国安在讲述自己如何在社会上学习时，就将孔子的经典句直接化用在了自己的表达中，意在表明自己要自觉地从他人身上学习，要广泛地学习。这类不点明出处，将其与自己的表达融合在一起的暗引形式非常常见。

通过对语料库的考察，我们发现，对孔子这句经典的暗引形式比明引更为常见，且只引用前半句的部分引用也远远多于完整引用。这一方面是因为人们对这句经典的熟悉程度很高，母语者和二语学习者都很了解其出处，所以就将其自然融入自己的表达当中，不刻意提及孔子和《论语》；另一方面也是因为当代人在对这句经典的使用中，相对来说更偏重于将“学习”理解为知识的学习，而不是道德修养的提高，因此也就较少对后一句“择其善者而从之，其不善者而改之”进行引用。

第二节　今人对中华经典诗文名句的引用态度

引用者在表达时引用前人说过的名句，其表达态度是有差异的。有的是赞同，有的则是反对，还有的在意义上已经和原文没有太大的关系了。引用按照作者表达的态度，可以分为正引、反引和借引。今人在引用孔子这句经典时正引占了绝对分量，反引数量极其稀少，而借引则需根据语境判断表达者的意图。

一、正引

正引就是引用者对所引用的语句持肯定的态度，表达时引文和原文的意思相一致，这时的引用一般都是为了印证自己的观点。例如：

江主席七月十一日在同驻匈牙利使馆人员的谈话中，还以中国古代伟大的教育家孔子的治学经验勉励大家学习。他说，孔子曰：学，然后知不足，三人行必有我师，知之为知之，不知为不知，是知也。不懂装懂是不行的。江主席还说，他每到一个新地方都感到有许多新的东西，需要学习。知识不断在丰富和扩展。人的生命是有限的，而学习是无限的。越是学得多的人越是觉得学的不够，学

的东西多了，人的精神境界就高了，精神境界一高，人也愉快了。(CCL)

这里江主席引用了三则《论语》中的经典，其中就包括孔子这句经典的前一句，其目的是勉励大家好好学习。孔子的原意就是要广泛学习，自觉向他人学习。江主席在这里也是同样的用意，因此属于对孔子原文的正引。

因为人们对孔子的崇敬，加之这句经典的确很有道理，所以人们对这句话的正引是最多的。比如：

要善于博采众长。孔子云："三人行，必有我师焉，择其善者而从之，其不善者而改之。"读书也应如此。不能只追踪一个师脉，只坚持一种师长观点。杜甫诗云："转益多师是我师。"应该是：各种不同观点、学派写的书都应该读，各家的意见和长处都应该认真研究，好的书都是老师；即使有缺点甚至有谬误的书看了它知所取舍，也会从中得益。(BCC)

这里作者完整引用了孔子的"三人行"句，并将其用到了说明自己对读书的看法上，认为读书应当博采众长，阅读各种不同观点和不同学派写的书，而且在阅读的过程中，好书和有缺点谬误的书同样能让人受益。这和孔子的原意几乎没有什么出入。

在 BCC 和 CCL 两个语料库中引用了孔子这句经典的 679 条语料中，绝大多数对孔子的这句话都是持肯定态度的，也就是说人们对孔子的这句话是非常认可的，非常赞同的。

二、反引

与正引不同的是，反引是引用者对所引用的语句并不是肯定赞赏的态度，而是批判和否定的。引用者引用前人的某一句话时，所要表达的意思已经不符合这句话的原意了，甚至还有可能是和原意完全相反的，其目的一般都是为了标新立异，或者是为了讽刺嘲谑。

笔者考察了 BCC 和 CCL 两个语料库，其中反引的例子很少，仅有 5 条。其中两条是从“三”的解释入手的，比如：

> 谈话中，让我学到了好多好多。都说三人行必有我师，可我认为，二人内，必有我师。我与妹妹，也再不是小时候为了争抢一件玩具打架的孩子。我们学会了为对方付出，为此而感到幸福。(BCC)

这里引用了孔子的“三人行必有我师”，但是将“三”解释为一个实数，由此否定说不一定得三个人才能找到自己的老师，然后提出了“二人内，必有我师”的说法。当然这里否定的只是形式，其内涵还是说姐妹之间也可以通过谈话互相学习，成为彼此的老师。这一点和孔子的原意并没有大的差异。

还有一条语料也是在数字“三”上做文章，引用者说：

> 这次从北京到上海，我接触了不下 30 位专家学者，且不管他们的政治观点与立场如何，都是很有见地的，值得我尊敬，也值得我学习。这也符合我一贯的立场，读万卷书，行万里路，还要接触各色各样的人，带一个谦虚学习的心，总是会有收获的。孔子说“三人行必有我师”，我比不上他老人家，我说“一人行也有我师”

……(CCL)

引用者认为自己接触到的专家学者都很有见地，值得自己学习，同时也很谦虚地表示，自己比不上孔子的“三人行必有我师”，而是“一人行也有我师”。这里对孔子的这句话并不是否定态度，而是认为这是孔子达到的一个很高的标准，普通人尤其是引用者本人是做不到的。所以他反其意而用之，提出了“一人行也有我师”的说法。

还有一条是从“师”的解释入手的。何员外在《毕业那天我们一起失恋》中也出现了一处对孔子经典的反引：

> 除去大一一年学校不让考四级，丸子这次已经搜集到第五张准考证了。每天还是这么看书，山贼还是乐意跑我们这里讨论题目，他对母山贼说“三人行则必有我师”，所以才喜欢三个人聚在一起讨论。母山贼在那边一个人气得龇牙咧嘴，抛下一句话，“一日为师终身为父”，这样的话你还“三人行则必有我父”哪！(BCC)

这里母山贼不喜欢山贼用孔子这句经典当作自己去跟别人聚在一起讨论的借口，于是用“一日为师终身为父”推导出师等于父，所以用“三人行则必有我父”来讽刺山贼，表达中对这句话是否定的。

最后的两条反引都出自王朔的《美人赠我蒙汗药》。这是一部长篇对话录，里面记录的是王朔和一个虚构人物或者说身份不明的人物“老侠”的对话。这些对话涉及文化界、影视界、经济学界等诸多人物，对中国文化和中国的文化人包括一些“圣贤”的批评完全延续了王朔以往的风格，尖刻锐利、不留情面。在谈到中国过去的填鸭式教育时，王朔认为，这都是因为孔子提出的“诲人不倦”。王朔质疑孔子是跟谁学的时，这样写道：

> 老侠：当你知道了被诲者疲倦了，你再不倦地诲下去，就有点

儿不知趣了。

王朔：就是。他是从哪儿学的？他有没有老师呀，孔子？他说三人行必有我师，但跟那么多人行过，我也没见他拜谁为师呀。

老侠：庄子说他跟老子问过“道”，但考证起来，又无从证实。

王朔在这里质疑孔子并没有真正跟从老师学习过，所谓“三人行必有我师”，孔子并没有拜谁为师，没有做到言行一致。此处王朔的重点是批评教育体制对学生的伤害，指出教育者不尊重被教育者的学习规律，教育者已经出现疲惫状态，就应该停止教育。他将矛头指向了教育者——师，因此质疑孔子自己作为教育家并没有真的拜过师，所以不应该用老师的身份来诲人不倦。这里王朔对“诲人不倦”也是质疑的，否定的。

王朔还在书中谈到了孔子的出身，他说：

（王朔：）来，这人听说是私生子，按照他自己的那个理儿，那套礼仪啦，标准啦，他家里也不是什么好人，还是他小时也像鲁迅那样受过刺激？他当然可能一辈子不得志，有些事儿要不这么做就吃亏，自己没事就瞎琢磨，怎么做人？悟出一些“三人行，必有我师”这种讨大家好的话。我就觉得谁要是把生活上的道理都讲了，谁就是个骗子。

老侠：能说明一切道理，实际上等于什么都没说。凡无所不包的真理就是一无所有的虚构。

王朔认为无所不包的真理是没有意义的，因为他认为孔子的“三人行必有我师”是讨大家好的话。王朔的语言风格一向犀利，且多用反讽调侃的方式解构一切。因此他对孔子这句经典的解读也并不令人意外。

所有语料中仅有 5 条属于反引，严格来说也只有王朔的这 2 条属于对孔子这句话的否定，一质疑孔子的从师学习，二否定这句话的意义。但有意思的是，王朔的第二条其实也是在间接地承认，孔子的这句话能说明一切的道理，从反面印证了孔子这句经典的力量。近七百条语料中，反引的数量如此之少，正说明了人们对孔子的尊重以及这句经典的无可指摘。

三、借引

除了正引和反引，引用中还有一种特殊的形式，即借引。借引多表现为对名句的改用。这种改用所表达出来的意思与原文往往只有某一方面的联系。比如微博语料中常借用的是“三人行必有我师”中的“三人行必有……”这一结构，其中的“三”也多被用为实数，意思是三个人在一起，必定有某种情况发生，或者必定出现某一类人。例如 BCC 和 CCL 语料库中有大量这样的表达：

三人行，必有电灯泡/一狗/单身狗。(BCC)

三人行，必有我师娘/我妹/我妻。(BCC)

三人行，必有基情/淫徒/奸情/老王。(BCC)

是呀，我知道，所以我就决定对芳蜜写封万言书；冼局长也许比我本事大，可是我的天才，他比不了，比不了！局长是芳蜜的朋友，我也是芳蜜的朋友；三人行，必有我爱焉，我得显显本领！(CCL)

三人行，必有一个受欺压。(BCC)

三人行，必有猪头/傻瓜/弱智。(BCC)

这些语料中，都是将“三”看作是一个具体的实数，“必有电灯泡”说的恋爱中如果出现男女三人一起走路或者出行，那必定有一个人在扮演电灯泡的角色。电灯泡指的是男女谈恋爱时碍手碍脚又不知趣的第三者，通常用来调侃一个人不懂人情世故，不知在他人的二人世界中回避，所以成了破坏浪漫气氛的电灯泡。“一狗”和“单身狗”同义，指的是没有恋爱对象的单身青年。在男女三人同行的情况下，说话人借引孔子的这句经典，表达的就是其中一定有一个人落了单，没有男朋友或女朋友。

“三人行必有我师娘/我妹/我妻”这一组，也同样与男女婚恋有关。引用者表达的是如果有异性同行，那么其中一定有一个人会成为“我”的师娘、妹妹或者妻子。这里的“妹”并不是年龄小的女性，而是像妹妹一样可爱，有小女孩的单纯特性，令男性喜爱，也就是具有网络语言所说的“萌属性”的女孩。网络语言中将喜欢这类女性的人称作“妹控”。所以这里无论是师娘、妹妹还是妻子，其表达都是从男性视角出发，认为其中的一个女性会成为与自己或三人中的某个男性有关的人物。

“三人行，必有基情/淫徒/奸情/老王”这一系列表达依然没有脱离婚恋关系的范畴。这里将“三人行”解释为在原本具有排他性的恋爱关系中出现了三个人的形式，因此这里面一定有一个人和其他人的关系是存在问题的。“三人行必有我爱”这一句作者的表达重点在于自己也同样有追求芳蜜的机会。另外“三人行必有一人受欺压”多为表达被欺压的不满，“三人行必有猪头/傻瓜/弱智”则是在抱怨有人太傻，拖了大家的后腿，其语义的重点在后面的“必”，和“三人行”似乎已经没有了关联。

有一类虽然也使用了“三人行必有……”这个形式，但其表达的重点是数量多，用的是“三”的虚指。例如：

要说站街，在上海随便找个黄赌毒一条街，三人行必有你老乡。警察不抓你现行，你怎会承认援交？（BCC）

古代尚且不论，今天，喀什市有24万人口，经商者已高达两万余人。真是“三人行，必有一商”。（CCL）

三人行必有一单车。自行车新潮品种渐领风骚（本报讯）近年来，自行车工业迅猛发展，已打破了“飞鸽”“永久”“凤凰”几个名牌车统治市场的传统格局。据中国自行车协会统计，自1985年以来，已连续7年年产突破3000万辆。到1991年底，自行车社会拥有量3.9亿辆，全国平均不到3个人就有一辆自行车，去年全国自行车总产量超过4000万辆。(CCL)

这三条语料是在说做某件事的人特别多，比如第一是说上海黄赌毒一条街上进行非法卖淫活动的多为对方的老乡；第二条中虽然作者给出了喀什人口和经商者人口的具体数字，一望而知经商者仅占喀什人口的不到10%，但引用者还是用了“三人行必有一商”的说法，就是在借用孔子的这句经典来夸张地表达喀什经商者的人数众多；第三条谈的是自行车的拥有量，是在报刊的标题中借用了孔子的这句经典。根据报道内容来看，当时全国自行车的社会拥有量极高，平均不到三人就有一辆。即便是把“三”理解为实数，“三人行必有一单车”也是符合实际的。在新闻标题中借用经典名句，概括性强，令人印象深刻，而且富有趣味性，很能够吸引读者的注意力。

BCC微博语料和对话语料中也有很多类似的用法，例如“三人行，必有穿秋裤(者)/黑丝”，说的是到了一定的季节穿着某种服装的人就很多；“三人行，必有股民/购房者”说的是从事某种活动例如炒股和购房的人很多；“三人行，必有诺基亚的时代很短暂!”则指的是诺基亚手机的使用者很广泛。

还有一类借引对孔子原句的改动较大，例如：

我早已心动，一路上回顾着多年抒写森林的体验：“我是从美学感受上升到生命感受的；为了遏制环境污染、生态恶化，为了保护地球家园，我们是要尽全力鼓而呼之!”三人行互学成“师”，共同的心声是：“以对大自然生存环境的至真至情的爱，写出、画出、摄出绿色的发展与永存!”(BCC)

这里引用者将“三人行必有我师”改成了“三人行互学成师”，形式上看已经失去了“必有”的语义重点，但是互相学习，每个人都有可能成为别人的老师这一点是没有改变的。因此，这句借引只是形式上的借，实际态度和正引没有区别，依然是赞赏的和肯定的。

但是有些借引形式上变化不大，但是表达的意思却完全相反。例如：

> “要多了解社会。”白度自顾自地说。“三人行，必有你师。”“是是，我发现了。”元豹捏搓着太阳穴说。(CCL)

这里将“必有我师”改成了“必有你师”，意思从原来的自我勉励要向他人学习，变成了教育他人要谦虚，要向别人学习。类似的还有王朔在《编辑部的故事》中写的牛大姐对林一州的一段指点：

> 牛大姐说得兴起，离座端着茶缸子凑过来，李东宝要把自己的座位让给她，她自己不肯，和戈玲挤坐在一起，说一句拉一下林一洲的袖子：“小伙子，你要吃写作这碗饭，我一定要先告诉你有哪几个人是不能学的。”“我真没打算要学谁，包括能学的。”林一洲恨不能把心窝子掏给这位慈祥的大妈。“听听怎么啦？又没坏处，三人行必有你师。”(CCL)

这里牛大姐想要对林一洲的写作提出建议，但是被林一洲拒绝了。于是牛大姐就借用孔子的“三人行”句，将其改成了“必有你师”，希望林一洲能够听听她的意见。这里的借引也从对自我的要求转变成了对他人的教训。

还有的借引是改动了后一句，例如厚黑学的创始人李宗吾说：“三人行，必有我师焉。择其厚黑者而从之，其不厚黑者而改之。”厚黑学讲究的是脸皮要厚而无形，心要黑而无色，这样才能成为英雄豪杰。所以同样强调从师而学，李宗吾所谓的学习内容不是孔子的善与不善，而是是否厚黑。

在这类对原句意义做出较大改动的借引中，范伟的《我的倒儿爷生涯》是最为典型的：

> 请问你们的人生格言是什么？我们严肃认真铿锵有力地回答：我们的信条来自《论语》，《论语》云三人行必有我敌。某年轻记者困惑不解地小声反问：不是三人行必有我师吗？我们宽容地一笑，语重心长地说：小鬼，读书可千万要用心哦，事谐于硬败于软，行成于思毁于随，历史文献中均不乏以讹传讹之处……(BCC)

这里实际上是故意将《论语》中的原句改成了“三人行必有我敌”，还一本正经地解释说“必有我师”是历史文献在传播过程中的讹误。这里对经典名句的借引是为了推陈出新，达到幽默风趣或者讽刺嘲谑的目的。

从今人对孔子“三人行”句的使用情况来看，人们在比较正式的书面语体中引用经典诗文名句多出于对其的认可，因此正引占了大多数。而反引的数量极少，其中还有相当一部分是为了引出下文的借引形式，在修辞上形成对仗，起到风趣幽默的文学效果。借引的情况相对来说比较复杂，尤其是在文学作品、新闻标题、广告、对话、网络等一些表达中，有的仅借用其中个别字句的含义，与原句意义相去甚远，有的借用句式结构表达某种较为强烈的感情或情绪，有的改变了结构形式但内涵未变，还有一些形式变化不大，但意义却完全相反。但无论哪种情况，都可以看到这些经典诗文名句具有非常旺盛的生命力，至今仍然受到人们的普遍欢迎。

第三章

今人引用中华经典诗文名句的目的

今人引用经典诗文名句，通常有三种目的：一为论证，提出观点或者佐证观点；二为抒情，抒发感情，表达情绪，增强表达的感染力；三为客观引述，说明实际情况，让表达变得更为简洁，同时也增加了真实性和可信度。本章通过对孔子“三人行”句的考察，发现其使用也基本都在此范围。

第一节 引用中华经典诗文名句论证观点

古代典籍在引用孔子“三人行”这句经典时大部分不管是部分引用，只引用前一句，还是完整引用全句，主要表达的都是关于学习的态度、学习的方法、对老师的态度和与人相处之道。今人的引用也多是这样。今人在引用孔子的这句经典时，最常用于佐证表达者关于学习的观点。

一、关于学习

首先关于学习，大家多认为应当广泛学习。例如：

来自16个国家的20位外国专家参加了座谈，习近平同他们一一握手，互致问候。习近平对专家们说，大家长期在中国工作，为中国发展进步做出了重要贡献。我要向你们，并通过你们向关心和支持中国现代化建设的各国朋友表示诚挚的感谢。孔子说：“三人行，必有我师焉。”我今天来同大家座谈，主要是想听听大家的看法和建议。（BCC）

习总书记在与专家们座谈的时候用孔子的这句话说明，自己的目的就是为了听取大家的看法，是来向大家学习的。他将大家看作是自己的老师，也表现出了对专家们的尊重和感谢。

在谈到交友的时候，人们也用这句话表达不管什么样的朋友，都有值得学习的地方。例如：

> 慎重地选择朋友：关系的力量。首先，我不会把财务状况作为挑选朋友的标准。我既有穷困潦倒的朋友，也有家财万贯的朋友，因为我相信“三人行，必有我师”，而我也愿意努力地去向他们每个人学习。(BCC)

这里对“师”的定义也是非常宽泛的，认为朋友也是值得学习的老师，应该向身边的人广泛学习。除此之外，表达者还常用这句经典表达虚心求学的意思。例如：

> 中华民族历来注重学习，强调“博观而约取，厚积而薄发”，强调“三人行，必有我师焉。择其善者而从之，其不善者而改之”，提倡“博学之，审问之，慎思之，明辨之，笃行之”。中华民族之所以历经数千年而生生不息，正是得益于这种见贤思齐、海纳百川的学习精神。我一直强调中国要做学习大国，不要骄傲自满，不要妄自尊大，而是要谦虚谨慎、勤奋学习，不断增益其所不能。(BCC)

习近平总书记的这段话中完整引用了孔子的这句经典，主要表达的是中华民族对学习的看重，特别是强调了要谦虚求学的意思。除了这句经典，他还引用了北宋文学家苏轼的一篇杂说《稼说送张琥》中的“博观而约取，厚积而薄发”。原文中苏轼认为现在虽然自己还很不够，但众人却已经胡乱地称颂了，所以建议对方要摆脱这种状况而致力于学习。在广博读书后简约审慎地取用，在深厚积累后再慢慢地释放，同样也是在表达一种谦虚的态度。出于《礼记》的“博学之”句意思也是要博学多才，要对学问详细地询问，彻底搞懂，要慎重地思考，要明白地辨别，要切实地力行。从这几句经典中我们可以看到总书记对学习的重视和他谦逊的求学态度。

因为广泛学习就是要看到自己的不足，要向更多的人学习，所以广泛学习和虚心求学常常是兼而有之的。例如：

> 担任院长工作后我感到需要学的东西很多，要学管理、学本行以外的业务和知识，使自己的知识面宽一点，懂的东西多一点。院长岗位相同，但工作内容不同，每个医院有不同的特点，工作方法上，不能死板硬套，更不能走捷径。工作中的学问很多，要使自己成为一个知识广泛、才能出色的人，就要做一个有心人，边干边学。孔子说：“三人行必有吾师焉”。医院是个大学校，人才济济，每一个人都可能在一个方面是你的老师。我平时谦虚谨慎，不懂的问题问别人，不会的找别人请教，还注意观察和学习别人的一些长处，受益不少……（BCC）

这位院长在工作中边学边干，他用孔子的这句话来说明每个人都有值得学习的地方，因此自己要谦虚谨慎，不懂就问。为人谦虚，才懂得要向他人学习。在向他人学习的过程中又能够看到自己的不足，变得更加谦虚。因此，广泛学习和虚心求教是密不可分的。

除了广泛学习和虚心求学，人们还会引用这句话来表达对学习的重视。

> 在信息获取便捷，且习惯于免费的互联网语境中，人们为何愿意为了获取知识而掏腰包？互联网知识服务的兴起，得益于信息技术发展应用提供的“硬件”支撑、移动支付日趋普及，以及知识产权保护不断加强等因素。但最大的驱动力，还在于互联网知识服务满足了人们对终身学习的迫切需求。“三人行，必有我师焉。”自古以

来，中国就有重视学习的深厚传统和文化基因。随着经济社会的发展，人们越来越清醒地认识到，知识对工作、生活甚至是个人命运发挥着至关重要的影响作用。(BCC)

这段话引用了孔子经典句的前一句，说明知识付费在中国会成为可能，就是因为中国人历来有重视学习的传统。人们相信，知识对我们的方方面面都发挥着巨大的作用，所以即便是网络时代免费的信息获取便捷，人们依然愿意为了获取知识而掏出腰包。

人们重视学习，也将学习看作是一件自然而然的事情。例如：

孔子说："三人行，必有我师焉。"学习本不是件复杂事，从人们呱呱坠地那天起，实际上就开始了适应环境、模仿学习的过程。但不知从何时起，一些人却变得不会"学习"了。向劳模学习这样一件本应大力提倡的事，开始走样了、变味了。(BCC)

这段话一开头就引用了孔子经典的前一句，是为了说明学习并不复杂，学习就是适应环境并进行模仿的行为，然后指出现在向劳模学习出现了走样变味的情况，而这是一种不正确的学习。

既然如此重视学习，也认为应该广泛学习、虚心求学，那么应该如何学习呢？古人在引用这句话时完整引用，强调向善者和不善者同时学，但是今人的引用基本都是向善者学习，并不强调"其不善者而改之"。例如：

中国人历来十分重视向他人学习，吸取经验。古语有："他山之石，可以攻玉""见贤思齐""三人行必有我师焉"等等。而当今先进典型层出不穷，人们也用各种方式学习先进，吸取经验。(BCC)

这里讲中国人重视向他人学习，就只谈到了吸取经验，是向先进典型来学习，学习先进的经验，而不是从他人身上的不足来反省自己，避免出现问题。

又如在谈到什么是真正的球迷时，有报纸这样写道：

日本足球水平还只能算一般化，球迷的心态虽然因日本队的战绩而调高，总归还是世界足坛的发展中国家。借世界杯赛多看看高手的功夫，提高点观赏水平也好。看多了，也会“三人行必有我师”，就知道天外有天，足球是怎么回事，世界杯又是怎么回事了。（BCC）

引用这句话依然是指球迷应多看高手的功夫，提高观赏水平，知道天外有天。这里所指的学习还是与不善者无关，专指向高于和强于自己的对手学习。

又如谈到对有人“附庸风雅”参加读书座谈会这种行为的看法时，有人建议名人雅士不要打击贬斥：

名人雅士为何不能放其一马呢？人家起点低，为了在这个读书座谈会上沾点大家的书香，早早翻书做准备，心不可谓不虔诚；人家知道书香是美好的，也明白自己的欠缺，知道缺啥补啥，摈弃了土豪晒名车名包的习惯思路，不可谓不向善，得到的也不应是嘲讽讥笑。名流之所以成为名流，那也是自己日积月累，青灯黄卷，甚至如“偷师高手”孔夫子那样“三人行必有我师”，方才有今天的名望和地位。闻道不分早晚，解惑自有先后，向善向美之心，原本不该招致奚落。退一万步说，“附庸风雅”总比“附庸粗俗”高出好大一个档次。附庸风雅，在今天当作一个中性词来解读未尝不可。（BCC）

这些例子都是向高手、有经验者、有文化者学习，但更多的时候，人们引用这句经典多指要向非专业的人士学习，认为即便他们不是行家里手，但同样有闪光的地方。例如：

> 事实已经做了很好的说明，过去有些教育工作者认为，教育只能“先生讲，学生听”，学生不能向先生提意见。那是不对的。这种观点，妨碍了教育工作的进步。“三人行，则必有我师。是故弟子不必不如师，师不必贤于弟子。”“譬比积薪，后来居上。”这种观点是辩证的，是符合客观实际的。教师应当以这种精神对待学生和群众，要在教学中及时吸收新内容、新思想。对于学生来说，发扬创造性的学习精神，是很重要的。(BCC)

这里引用了韩愈《师说》中对孔子经典的运用，意在说明老师也可以向学生学习，改进自己的教学。从专业上来讲，一般情况下学生是不如老师的，但是作为老师应该用孔子的这种精神来对待学生，对待群众，对待那些貌似在专业技能上不如自己的人，这样才会有利于教育事业的进步。

又比如谈到学习的时候，有人认为“眼睛向下”就可以找到老师：

> 在这种大规模的学习技术运动中，徐水县也碰到了教员和教材的困难，怎样解决这个困难呢？他们同样不是乞求外援，而是自力更生，就地取材，请当地各种各样懂得技术的人来当教员，农业技术、畜牧兽医站的防疫员都是好教员，他们的经验就是好教材。这里面本来没有什么奥妙，问题在于你是否眼睛向下。眼睛向下了，便会到处发现先生。“三人行，必有吾师”，何况在你周围的绝不止三个人。当然，技术是无止境的。新的矛盾还会随着形势的发展而不断产生。徐水不会也不应当停留在这个起点。(BCC)

这里的“眼睛向下”暗含的意思依然是向那些非专业的人士学习。他们不是教员，不是老师，但他们有经验，这些经验就可以成为学习的教材。从以上例子可以看出，今人对这句经典的使用基本上都偏向于向好的方面学习，不管这里的“师”是什么样的人，是更专业的更高水平的，还是非专业的但是有某一方面特长的，所谓学习，要学的都是其“善”的一面。

关于向“不善”的地方学习，现代汉语书面语料中仅发现了一例：

> 其三是：要善于博采众长。孔子云：“三人行，必有我师焉，择其善者而从之，其不善者而改之。”读书也应如此。不能只追踪一个师脉，只坚持一种师长观点。杜甫诗云：“转益多师是我师。”应该是：各种不同观点、学派写的书都应该读，各家的意见和长处都应该认真研究，好的书都是老师；即使有缺点甚至有谬误的书看了它知所取舍，也会从中得益。(BCC)

这篇《读书“三得”》中在讲到读书应该杂一些、广一些，应该博采众长时完整引用了孔子的原句，认为书籍就是老师。好的书是老师，即便是有谬误的书，如果知道取舍，也能在阅读中有所收获。这里主要讲的还是向长处学习，但也兼顾了从反面学习的意思。

微博语料中也仅有一例：

> “三人行，必有我师”，人群中有值得我学习的正面老师，及引以为戒的“反面老师”。人照镜子知道自己的容貌，同样以人为镜，以别人的言行来比照自己，与别人交往时要多长一个“心眼”，看到别人的不足时，想想自己身上是否有这一缺点，加以改之；看到别人身上的优点，加以学习，使自己也拥有这一优点。(BCC)

这句虽然没有完整引用孔子的原句，但是提到老师有正面的，也有反面的。别人的不足也可以成为我们学习的对象，应该比照他人言行来加以改正。但是从语料数量中我们发现，较之古代典籍中对孔子经典的引用，今人的使用已基本失去了“其不善者而改之”的意思了。

二、关于谦虚

因为这句经典中有虚心求学之意，所以有时人们引用这句经典就干脆不提学习，只是单纯表示谦虚。例如：

> 刚到驻地，郁建兴就听到有人喊“郁先生”，一看是来自澳大利亚的史迪文先生。他们在 1998 年一同参加过联合国特委会对伊拉克的武器核查工作。史迪文说：“郁，你还用来参加这样的培训吗？你都可以在这里当老师了。”郁建兴说：“不敢，不敢，中国有句古语，叫三人行必有吾师。”(BCC)

这里郁建兴在听到他人对自己的肯定和赞美——“你都可以在这里当老师了”——时，立刻用这句古语表示了谦虚，意思是每个人都值得学习，“我”也是来学习的。

又如有一位采访过著名化妆师徐晶的记者在她的报道中这样写道：

> 我一见到徐晶，她就声明：“我不是什么中国电视化妆第一人！三人行必有我师，我的长处在综艺类晚会化妆。”被徐晶本人轻描淡写的长处其实并不简单。(CCL)

徐晶同样是在表示谦虚，说自己并不是中国电视化妆的第一人，自己只是在综艺类晚会的化妆方面有一技之长。这里没有涉及向他人学习，只是说自己并不全面，所以称不上是第一人。这种对自己业务能力的轻描淡写，就是一种谦虚。

著名作家沙叶新也曾用孔子的这句经典来表达自谦的含义：

> 沙叶新先生素以“善作剧”“严作文”著称，不仅行文妙语连珠，谐趣横生，而且长篇短制，同样呕心沥血、字斟句酌。横遭“炮轰”后，他说：“这都是好事，自己会从中得到启发，受到教育。”同时一再表示：“三人行，必有我师。”如此临阵不惊，宽宏大度，的确令旁观者赞叹不已。(BCC)

沙叶新作为作家，在遭遇批评的时候，用“三人行必有我师焉”表达出来的是一种谦虚的态度，意思是自己会从这些批评中学习，从而改进和完善作品。郁建兴、徐晶和沙叶新都是将这句话用在了自谦上，而这也是使用这句经典表达谦虚的常见用法。

前面几个例子都是在第一人称中表示自谦，在第三人称的叙述中，单用谦虚之意的也不少见。例如：

> “牌子”之争。据说在某些单位，出现了一种“牌子”之争。譬如“名牌”学府来的看不起一般院校的，“正牌”大学生看不起自学成才的；反过来，后者自然也不服前者。“牌子”有何可争？有牌子的不一定就比没牌子的强，牌子硬不一定学问就过得硬。何况孔夫子还讲“三人行必有我师”哩。即使真的有点本事，也没有瞧不起别人的理由，更不用说随着科学的发展，人人都有个知识不断更新的任务了。(BCC)

这段话是在批评一些人因为自己的学历而骄傲，甚至还瞧不起他人的做法。作者用孔子的“三人行必有我师”来提醒这类人，“牌子”不重要，在工作中干出成绩才是真本事。

又如在对孔子经典的解读中，人们也会把“三人行必有我师”和其他名句结合在一起分析。例如：

如此说来，归根结底，“无友不如己者”体现的是一种完全尊重他人的谦虚美德，这种美德在《论语》其他篇什中也时时体现出来。《论语·公冶长》中就讲到“不耻下问”。《论语·述而》中更讲到“三人行，必有我师焉”，都与“无友不如己者”互为照应，异曲同工，一并浸透了中华传统文化固有的虚心向学、时时自省的精神，哪里有什么教人“不要向不及自己的人去交朋友”的影子呢？（BCC）

孔子的“无友不如己者”有两种常见解释，一是将“无”解释为“不要”，意思是不要跟与自己志向不同的人交往，做朋友。二是将“无”解释为“没有”，则这句话的意思就变成了没有不如自己的朋友，也就是说要能够看到和发现每个人的长处。这里明显是在批评将这句话解释为“不要和不如自己的人交朋友”的说法，作者明引了“三人行必有我师”来说明其内在的虚心自省精神和“无友不如己者”是一致的。因此这里的明引用的是谦虚的意思。

引用孔子“三人行”句来表达谦虚之意的例子在对话语料中也不少见，例如：

甲：孔子说三人行必有我师。他是封建时代的大学者，可是，他说的这句话，倒表明他还是很虚心的。

乙：依我看，孔夫子这句话还是说得不透。他是说，三个人，除了他自己以外，那两个人之中“必有我师”。也许两个人都被他看成老师；也许只有一个人被他看成老师，另一个人却是他所瞧不起的。依我看，真正虚心的人，应该是二人行“必有我师”。

甲：你再说得具体些。

> 乙：这意思就是说，任何人都可以成为我的老师。(BCC)

这是戴世伟创作的相声《二人行必有我师》中的一段。甲先正引了“三人行”句来赞美孔子的虚心，但是乙却故意歪解“三”，说真正的虚心是“二人行必有我师”。这里也使用了借引的形式将这句经典用作了谦虚的意思，是一种幽默的表达。表面上看起来有反引之意，似乎是质疑孔子的说法，但实际上对虚心求学的原意是肯定和赞同的。

郭德纲于谦相声《三人行必有我师娘》中也借引了孔子的这句经典：

> 郭德纲：老话说得好，三人行必有我师娘。
>
> 于谦：这个……你能告诉我那对吗？
>
> 郭德纲：我也对不上。怎么说？
>
> 于谦：三人行，必有我师。
>
> 郭德纲：对，三人行，必有我师，我是拿您当我的老师。
>
> 于谦：您客气了。
>
> 郭德纲：人不能自大，不能我了不起了，我比谁都强，那就坏了。

这里郭德纲先借引孔子原句，将“师”改成了“师娘”，经于谦纠正后，用这句话来自谦说自己是把于谦当作老师。这里的引用都是为了说明做人要谦虚，不能自大的意思。

人们看重谦虚这一美德，因此也会引用孔子的这句话来批评那些狂傲不谦虚的人。

> 扪心自问，中外知识分子能有几人真正达到“三人行必有吾师”的境界？剥去谦虚的表皮，深入骨髓的狂傲确为中国知识分子的一大心理特征，更何况这里面还掺杂着刻意标高邀名自显的心理。

（BCC）

这是裴毅然在《识傲而思谦》中的一段话，他引用孔子的“三人行必有我师”，意在指出中国知识分子具有一种深入骨髓的狂傲，这种狂傲有时会隐藏起来，只有识别了这种狂傲，才能剥开谦虚的表皮，才能做到如孔子那样的谦逊。

三、关于老师

在讨论到“老师”的定义和称呼时，人们也很喜欢引用这句经典。例如：

> 面对颇想得到院士们开出对其最具影响力书单的青年人，秦伯益院士风趣地说：“我最怕回答两个问题，而且从未回答好，一个是对你影响最大的老师，一个就是哪本书对你人生的影响最大？第一个问题我回答，圣人无常师，三人行必有我师。……”（CCL）

秦伯益在谈及对自己影响最大的老师时引用此句，其实是在表达任何人都可能对自己产生很大的影响。这里用的基本就是孔子的原意，人人都可以成为自己的老师。

网络时代是一个信息大爆炸的时代，话语权不仅掌握在有知识、有文化、有地位的人手中、口中，也同样给了普通老百姓发声的机会和表达的平台，每个人都能够借助网络来传播知识和理念。因此有人说：

> 从这个意义上说，三人行必有我师，一点也不过分。当很多网友声称从我的文章中看到一些新的玩意儿从而尊我一声“杨老师”的时候，我也偷偷从他们的留言里了解到新的信息和民意，学到了不少东西。你看看，我是你的老师，你也是我的老师。我们彼此彼

此，老师老师。(CCL)

这里作者很谦虚地表示，任何人都能够互相学习，成为彼此的老师。对老师的定义大家也多从这个角度来界定。例如：

中学课程全部授完了，剩下的就是复习、巩固、充实、提高，化知识为能力，不办"回炉班"，自学也是可以学好的。关键在于如何拜师。古人云："三人行，必有我师。"实际上，生活中处处有良师。你想进回炉班，不外乎因为有老师站在那里；不进回炉班，就找不到老师了吗？问题是你拜师的态度如何。(BCC)

陈诗哲在《"回炉"与拜师》中也用这句话说明生活中处处都有好老师，即便是不进回炉班也同样能找到老师。同样是认为人人都可成为老师，也有人借引这句经典，将原句意义缩小，将"三"限定为实数三。例如：

下课时头猛也不放过老师，歪着小辫儿拧着浓眉，一直问到下一节课上课才恋恋不舍地罢休。后来有的老师一见她举手，身体就有点哆嗦，假装没看见或叫别的同学发言，下课时一闪身，就窜回了教研室。但这样也不保险，因为头猛还可以追杀到教研室甚至老师的家里。头猛简直成了摧残人民教师的一大公害。后来，头猛又把残害范围扩大到同学和其他班的老师身上，逮着谁问谁。孔子说"三人行必有我师"，头猛则是"普天之下，莫非我师"。凡是认识她的老师同学，提起头猛，真是哭笑不得。(BCC)

孔庆东在描述自己的一位特别好学、好问的女同学时，就用幽默的手法说孔子只是在三人中发现自己的老师，而头猛则是"普天之下莫非我师"。当然孔子的原意就是任何人都能成为自己的老师，但这里故意将"三人行"替换为“普天之下”，扩大了这位同学求师好问的范围，既幽默又生动，意义也更为明显。

中国人历来就有尊重师长的传统，人们在论及老师的时候也多引用孔子的这句经典来表达对老师的尊重。例如：

> 有着五千年文明的中国也有着悠久的尊师传统，古代典籍里不乏这方面的记载，《吕氏春秋·尊师》中就有云：“生则谨养，死则敬祭，此尊师之道也。”俨然与对待至亲之道已没有区别。这种对老师的尊重，以至在整个社会中，以他人为师的风气自然会受到赞扬。正所谓“三人行，必有我师焉”。此时的“师”，已超出了一般意义上“老师”的含义，而是扩大到所有比自己优秀、能够教导自己的人——他们，都可以成为自己的老师。所以，韩愈在他的那篇《师说》中，便感叹当时社会上“师道之不传”“耻学于师”的现象，而赞美“其出人也远矣，犹且从师而问焉”。(BCC)

这里虽然在解释“师”时依然是说比自己优秀的人都可以成为老师，但引用的目的主要在于尊重老师。正是因为我们看重尊敬师长，所以有的人认为人人都可以成为老师，被称呼为“老师”，那就会带来一个问题，即对老师的态度是否会变得不够尊重？有人认为：

> “老师”这个称呼更倒霉。本来是对传道、授业、解惑者的尊称，尊贵到了一日为师，便终身为父的境界，如今也不绝于耳。打开电视，荧屏上的节目主持人将采访对象或嘉宾口口声声称作“老师”，全然忘了此时自己的身份，忘了荧屏前的观众。这和一个文字记者不可以将他的采访对象用尊称“老师”的方式写出来是一个道理。如果说为了表示尊重，像古人那样“三人行必有吾师”，应该心敬胜于口敬。否则，像征婚广告和“交友”广告中的联系人都是“某

> 老师”，“老师”就太贬值了。在称呼中体现尊重，是我们的文化传统。但是，如何令称呼更自然，让称呼的人和被称呼的人都感受到舒服、自然，而不是生硬、肉麻和造作，如何在称呼对方的同时，不但尊重对方，也尊重自己，真要好好想一想。其实最好的办法就是实事求是，该怎么称呼就怎么称呼，……(BCC)

作者引用孔子的话是在说应该尊重他人，尊重老师，但这种尊重应该在心里，而不是停留在口头。口头对他人的称呼应当实事求是，让彼此感到舒服自然，而不是一概而论，不管对方是什么职业，都一律称为老师。作者对“老师”称呼的过度使用是持否定意见的。持这种观点的人并不是少数，不少人都觉得称呼和名分是相关的，不该滥用。例如：

> 中国原是一个颇讲究名分和称呼的国度。惟其如此，所以作为显示名分的称呼也就最容易被滥用和糟蹋。这命运现在似乎就又落到“老师”的头上了。孔子曰：“三人行，必有我师焉。”韩愈则说：“师者，所以传道、受业、解惑也。”恐怕这才是“老师”的正解。长期以来，“老师”一词事实上已经成了“教师”这一职业的约定俗成的别名。但这种区别现在却日见其模糊了……(BCC)

作者认为，中国人讲究名分，而称呼往往就代表着名分。“老师”就是一个典型，它代表着名分。如果这个称呼滥用，就会让职业之间的区别变得模糊。这里作者引用韩愈对老师的界定是恰当的，能够承担得起传道授业解惑职责的人方可成为老师，被尊称为老师。但是这里引用孔子的“三人行必有我师”则显得不够恰当。因为孔子的这句经典如果看作是对老师的正确解释，那么任何人称之为老师都没有问题，也就谈不上是滥用和糟蹋了。

虽然在本世纪初人们对“老师”称呼的滥用提出了批评，但是出于对优于自己、长于自己的人的尊重，加上孔子原句中确实具有人人皆可为师的意思，至今人们依然把各行各业的人尊称为老师，而且这种称呼已经更为普及，人们甚至还调侃地将所有男性理发师都称为“Tony 老师”。语言具有从俗的特性，因此在实际生活中，采取这种称呼的方式也并不为错。

四、关于“三”意

此外，人们讲到“三”这个数字时，也多用这句经典来说明“三”的独特意义。例如：

> 在古人遗训和群众格言中，“三”为大，为众，为多，为高。诸如，三人行必有吾师、三个臭皮匠赛过一个诸葛亮、井淘三遍出好水、人从三师武艺高、吾日三省吾身等。（BCC）

作者在引用了多个带有“三”的名言和俗语后，提出“三”能构成一个稳定的结构，所以提出“三讲”所说的提高政治素质、党性修养、理论水平也是一个结构。只有三个方面互相贯通和推动，共同努力，将三方面的素质结合起来，才能成为一个强有力的领导干部。

人们对数字“三”充满了偏爱，就是因为“三”可以表示多，而“多”通常就代表了好，其中蕴含着众多美好的含义，所以人们在命名的时候也喜欢用这数字。例如一个读书会就给自己取了“三三”这个名字：

> 到后来，觉得不能再拖下去了，大家才通过采用“三三读书会”之名。原来“三”在中国文字里是表示多数，非一、二所能尽者，即示其多，竟是个极有意义的数目字。三字经，无三不成礼，三思而后行，一日三省吾身，三人行必有吾师，等等。对自我省视、为人处事、勤力学习，“三”字都起了重要的作用。而《说文解字》解其本义是指天、地、人为最大者而言。我们不敢妄自称大，感恩平安

活在天地之间，有幸与书结缘、与人结缘。（BCC）

这里作者不光引用孔子的“三人行”句表示“三”的多数义，还说“三”是个极有意义的数字。之后作者又用《说文解字》中对“三”的解释“天地人之道也”，来反过来说他们的读书会不敢妄自称大，只愿与书结缘，与人结缘。这里就是谦虚的意思了。

在对“三”的解释中，也有一种说法认为“三人行”句中的“三”比不上老子“止于三”中所包含的哲学思想：

以今人之知妄度古人之意，肯定会闹笑话。回到本题——三：“三思而后行”“三缄其口”“三生有幸”“举一反三”“事不过三”“三纲五常”“孟母三迁”“三顾茅庐”“狡兔三窟”“一问三不知”“一而再，再而三”“一日三省吾身”“三人行，必有我师焉”……所有这些都对“三”情有独钟，但比起老子“止于三”的哲学创见来，皆相形见绌。（BCC）

沈致远在这篇《说“三”》中引用了不少古代典籍中的例证，其中就包括孔子的“三人行”句。他认为这些名言、俗语和成语将“三”解释为多数的说法，都比不上老子关于“三”的见解。这里说的“止于三”应该说的是老子在《道德经》第四十二章中提到的“道生一，一生二，二生三，三生万物”这个说法。人们普遍认为，这是老子的宇宙生成论。老子所谓的“一”“二”“三”，讲述的是“道”创生万物的过程。老子并不把一、二、三看作是具体的事物，这些数字也不代表具体的数量。“一生二，二生三，三生万物”只是表示万物从少到多，从简单到复杂的一个过程。《淮南子·天文训》中解释说：“道(曰规)始于一，一而不生，故分而为阴阳，阴阳合和而万物生。故曰：一生二，二生三，三生万物。”按照这个解释，“二”是“阴阳”，三是“阴阳合和”。也就是说，“道”本身就包含着对立的两方面，阴阳对立的统一体即是“道”。

世间万物都出自这个由两个对立的方面相互矛盾冲突所产生的第三者。这里引用“三人行”中的“三”表示多数义，则成为一个哲学意义不如老子的“三”丰富的反例。

五、关于为人

谈到与他人如何相处，人们也会用这句经典来表达自己的态度。例如人们多欣赏一种亦师亦友的关系：

“他人不是地狱”，他人都是我们的良师益友。孔子说：“三人行，必有我师。”诚哉斯言。（CCL）

这里明引孔子这句经典是认为，应该将他人看作是我们的良师益友，友好相处，而不要将他人看作是地狱，其实就是期待人们彼此和谐相处，用孔子的话来教育人要与人为善。

“三人行”中因为暗含了多人在一起的意思，因此人们也多用这句话来说明在一个群体中人应该如何与他人相处。王蒙在谈到《人生的境遇和应对》时这样说道：

第五，乐群、和群。在群体中感到有趣而不是痛苦，三人行必有吾师，而绝非三人行必有吾仇。（BCC）

王蒙引用了孔子的经典来表达在群体中应该多看他人的优点，多向他人学习，要去努力发现群体中的乐趣，又借引说不应该在群体中把他人看作是自己的仇人，这样只会感到痛苦。这段暗引和借引分别从正反两方面来说明，与群体中的伙伴保持友好的关系是非常重要的。

一人无法成群，只要有群，必然就会有各种各样的关系，也有可能出现各种各样的矛盾，群体成员之间也有可能存在彼此嫉妒的现象。因此也有人引用孔子的这句经典来作为例证，说明群体的风尚应该是什么样的。

> 一位思想教育家指出，单位人际关系不睦，同事之间矛盾，朋友之间反目，上下级之间倾轧，往往是由嫉妒致成。一个群体，要形成一种好风尚，要成为一个有作为的群体，就必须要正本清源，把止嫉妒之风。我们中华民族自古就有见贤思齐、礼让三先、内省慎独的美德。周公“每三握发，每食三吐”，礼贤下士成为美谈；孔仲尼一生追求道德和学问的完善，倡导“三人行必有吾师”，被世人效仿；汉高祖不妒能，用张良“运筹帷幄”，用韩信“攻城拔”，用萧何“治国安邦”，夷平天下，建成王业……（BCC）

在一个群体当中，每个人都应当见贤思齐，向他人学习，不要嫉贤妒能，这样才不至于让人际关系不和睦，也才能让群体有作为，才能最终形成好风尚。人是社会的人，必然要与他人发生连接。所以人们普遍都看重人际关系，也深知人际关系对一个人的影响。当遇到对所处群体不满意的时候，人们也会用孔子的这句经典来劝慰人。比如：

> 将思考化为行动吧！跳槽或重新接纳自己的环境，挖掘他们的可爱——或许你是一只仙鹤。孔子能有教无类，又说三人行必有我师，你为什么不试试摘掉你充满成见的眼镜，去喜欢人、爱人、帮助人？祝成功！（BCC）

苦苓在劝解一个对周围人多有不满的年轻人时，就用孔子的这句话来提醒她，可以尝试去掉自己固有的成见，去发现他人身上的优点，找到他人身上的可爱之处，接纳自己的环境，接纳自己身边的人。

整体而言，今人对孔子这句经典的引用多为部分引用，通常只引用这句话的前一句“三人行必有我师”，而很少完整引用后一句“择其善者而从之，其不善者而改之”。引用这句话时也多用其佐证说明个人观点，在学习方面，最常见的是用这句话来说明广泛学习的重要性，也主张人应当虚心求学。而广泛向他人学习，就带有虚心求教的意思，因此这二者也常联系在一起使用。较之古代典籍中对这句话的引用情况，今人还用这句话来说明学习的重要性。在论及学习方式时，古人多完整引用，既说明应该向优秀的、出色的人和某人有优势的某个方面来学习，也强调要懂得自我省察，从不善的方面对照自己，来进行改正。但是今人则极少使用从不善的方面来学习这个意思，多强调向善者学习。这是一个很大的变化。因为“三人行”句中有虚心之意，所以今人常用这句话来表示自谦，多用于他人赞美自己的时候，或者遭遇批评表示愿意接受批评以便改进自己的时候。同时人们也会用这句话来说明谦虚对人的重要性，指出谦虚、自省、不骄傲是一种美德，倡导人们向孔子学习。这个用法是古代典籍中没有出现过的。人们在论及对老师这一职业和工作的看法时，也经常引用这句话。人们普遍认为要向身边的人学习，把身边的人都当作自己的老师，学习他们身上闪光的地方，要尊重老师。但同时又不可以滥用“师”的称呼。古代典籍中也有相同的用法，强调不应将所有值得学习的人都认定为老师，甚至给予“师”的待遇。古人对“三人行”句中“三”的解释有虚实之分，今人多认为“三”为虚数，是多的意思，于是多引用这句话来解释“三”。同时也有人认为孔子的“三”在哲学意义上不够丰富，不如老子所说的“三”包含万物。孔子的这句经典因为含有向他人学习、尊重他人的虚心之意，所以人们也常引用它来说明在人际关系的处理中，应该多看他人的优点，不嫉妒他人，要建立一种亦师亦友的和谐关系，这样才能拥有一个友好的、令人心情舒畅的群体环境，让自己在这个环境中也能过得更为舒心。

第二节　引用中华经典诗文名句抒情达意

引用孔子“三人行”句的语料中，绝大多都是用于论证观点的。但是孔子作为中国古代最伟大的哲学家、思想家和教育家，一直备受中国人的爱戴和崇拜，所以人们也会引用这句经典来表达对孔子的赞美。例如：

> 据说去年专家评论会上，对此提出异议，认为选的不是孔子的圣迹，恰是失败的记录。这评判是否公允，且不去说它；我只想说，圣人的圣与不圣，倒不取决于胜迹与败迹。鲁难适齐，在鲁国住不下去了，到齐国推行自己的政见，是一种开放和灵活的方针；问礼老子——正合孔子的为人：三人行必有我师；匡人围困、陈蔡绝粮，为了教育事业，受些饥馁和小人之气，更见韧性和博大之胸怀。在多灾多难中仍执著追求理想，不正是孔子的伟大之处吗？对古代人的纪念，不应是一味地歌功颂德；应该拂去那脸面上五光十色的油彩，恢复他们本来的面目。（BCC）

在谈到选择纪念孔子的地方的时候，作者认为圣迹或败迹并不是关键，重要的是圣人的品德，圣与不圣并不是关键。之后作者引用了“三人行”句来说明孔子为人谦虚，其实就是在赞美孔子。

孔子思想对中国人影响深远，要想了解中国人，一定意义上讲，就要先了解孔子。中国驻迪拜总领事唐卫斌在全球孔院10周年的贺词中写道：

“孔子是中国伟大的思想家、教育家、哲学家，他所创造和传播的儒家文化在中国传承了2000多年，深刻地塑造了中华民族的民族意识、治国理念等。‘仁、义、礼、智、信’，是中国人至今尊崇的价值观；‘三人行必有我师焉’，是中国人谦虚谨慎的治学态度；‘与人为善、与邻为伴、己所不欲勿施于人、君子和而不同’，是当代中国外交政策的核心……若想了解中国，必须先了解孔子。对有志了解中国的阿联酋人民来说，孔子学院是一个不错的选择和渠道。”(BCC)

这里对孔子的赞美其实也是对中国文化精神的一种赞美，也表现出总领事对中国文化的强烈自信和对孔子的极高崇敬。孔子是先贤的代表，人们也常引用他的经典话语来表达对他和与他一样的其他先贤的崇敬之情。例如：

孔子说：“三人行，必有我师焉。”荀子说：“是吾而当者，吾友也，非吾而当者，吾师也。”这是我国古代哲学家留下的一份宝贵遗产，也反映了我国祖先的优良美德。我们均应把它铭诸座右。以我们的导师而论，如马克思之服膺黑格尔和费尔巴哈，列宁曾告诫共产党员要学习资本家的文明经商。这都是党向非党学习的范例。凡是出于善意的批评，都应当欢迎，批评者都应被视为师与友，……(BCC)

这里作者引用孔子和荀子的经典，来表达对古代哲学家思想和中国传统美德的赞美。这里的美德指的就是不断地学习，通过他人的批评来学习。除了用经典表达对先贤的敬意，人们还会用孔子的这句经典来向其他人致敬。

例如：

> 每次演讲前，他都要做充分的准备。演讲时，他抛开讲稿，从容不迫，娓娓道来。他的客观分析，他对英法两种语言如行云流水般的运用，乃至他对国展事业的理解和激情，无不给人留下难忘的印象。一年前的12月3日，吴建民以一段精彩的开场白，拉开了中国陈述的序幕。他引用孔子的话表达了对竞争伙伴们的敬意，“三人行，必有我师。前面4国的陈述让我们学到了很多东西”。（BCC）

这段对吴建民的介绍里说到了吴建民引用“三人行”句是为了向竞争伙伴表达敬意，同时也展示出自己谦逊的精神。大画家徐悲鸿也曾用这句经典表达对吕凤子先生的尊崇。当时徐悲鸿从巴黎留学归来，想师从吕凤子学习中国画。但吕凤子认为徐悲鸿已经是西画大师，不能再收他做弟子。但是徐悲鸿却说：“中国有句古语‘三人行必有吾师’，能者为师不必推辞。”这里就是在用孔子的这句话赞美吕凤子是国画艺术的能者，做他的老师当之无愧，表达的是对吕先生的崇敬和赞美。

在引用孔子的这句经典来表达感情的时候，人们在书面语料中无一例外表达的都是赞美之情。或赞美孔子对他人的礼遇，或赞美以孔子为代表的中国人谦虚谨慎的治学态度，或表达对他人的尊重，或表达对他们专业能力的崇敬。这类引用虽然数量不多，但也是之前在古代典籍中没有出现过的，是今人使用中的独特现象。

更为特别的是，在BCC微博语料和对话语料中，对这句经典的引用表现出了非常明显且与书面语料不同的情感色彩。在这类语料中，最为常用的引用形式是借引，且多从“必”的意思入手，强调一定会的意思。因此，在表达情感情绪时也比较强烈。例如：

三人行必有一个受欺压！（BCC）

三人行必有一死。（BCC）

三人行必有一猪！！没见过这么脑残的人。（BCC）

类似这样的借引形式并不少见，语气都比较强烈，说话人对有人受欺压、有人脑残这样的情况是非常不满的。所谓“必有一死”是夸张的说法，依据语境这里的“死”可以理解为打游戏时有一个人会牺牲，也可以解释为有一个人会受到很大的损失。但无论是哪种情况，说话人都是不愿意看到的，因此借引这一结构形式说话时常带有强烈情绪，且多是不满、不如意的态度。

有时在这类语料中的引用也会有自我调侃、自我宽慰的意味，例如：

本想凑合着，结果还是没成功，还是两人好，三人行必有我亏焉！（BCC）

说话人原本是希望三个人的，但是最后没有成功，于是借用了这句话来自我安慰。说是“必有我亏”，其实这样的情况并没有出现。又如：

三人行必有我师。当有此劫。痛苦的教训。（BCC）

说话人是经历了失败，得到了痛苦的教训。此时正引“三人行”句是在自我安慰，说既然必定要失败，那么在教训中也能学到东西，有所收获，也是说话人的一种自我安慰。

这句话不光可以用来安慰自己，也常被人们拿来安慰别人。例如：

A：以后你们单约吧，我心里难过，哈哈哈哈哈哈哈哈

B：别难过，得有你，三人行，必有我师焉！（BCC）

这里A表示自己心里难过，但为了消解难过带来的沉重感，或者说想要避免难过带给对方的尴尬，又马上来了一串笑声。B也顺势引用“三人行”句来表明对对方的欢迎，依然愿意三人行。这里其实并不强调“必”，更不强调“师”，语义的重点已经完全转移到了“三”上，表达的是自己对对方的接纳。

这类语料中的引用往往形式更加灵活，使用的语境也更加复杂，语义变化也很大，表达的情感也就更加多样化。例如：

> 哈哈哈<u>三人行必有傻瓜</u>……为什么傻瓜总是三个三个一起出现呢？（BCC）

这句就是强调了“三”，并且还把三人称为一组，开玩笑说傻瓜总是三个一起出现。语义的重点主要在“三”，原句中的“三”作为群体出现，说的是群体中的个体可以互相学习，但是这里将“三”作为一个整体来进行评价，已经和原句的“三”意思相距甚远了。又如：

> <u>三人行则必有我师焉</u>。漫步树下，感觉很好哦！（BCC）

这里说话人想要表达的其实是三个人一起在树下漫步的愉快感觉，和“必有我师”毫无关系，但是却引用了孔子的原句。可以看出，在BCC的微博和对话语料中，对孔子这句经典的使用更为灵活，基本上都是暗引，将原句和自己的表达融为一体，多通过“必”表达比较强烈的不满情绪。此外还有一些引用将重点放在“三”上，其表达的情感更为多样，完全依赖于语境，与原句的关联更小。这也是今人在使用孔子这句经典表达感情时最为独特的一点。

第三节　引用中华经典诗文名句陈述事实

孔子的这句经典已经深入人心，人们在日常生活中也经常会见到、用到这句话。因此，也有不少引用是客观引述，即将自己看到、遇到、听到这句话的实际情况客观记录下来。例如：

> “三人行，必有我师焉，择其善者而从之，其不善者而改之。”5月1日上午，来自山东济南的游客李晶成为第一个获得“三孔”景区免费门票的游客。“五一”小长假期间，一些景区因推出“背诵经典免门票”活动而备受关注。（BCC）

这里完整引用孔子的全句作为新闻标题，介绍的是“五一”期间“三孔”景区推出的背诵经典免门票的活动。通过这类活动的推广，景区既可以达到宣传促销的目的，同时也能激发游客们的参与热情，让经典能够流传更广，更为人们熟知。

在海外汉语教学中，孔子的经典语句也是最受汉语教师和广大二语学习者喜爱的。例如李克强总理在参观孔院时，就遇到了高年级的学生在上中国古文讨论课。

> 看到黑板写着“三人行，必有我师焉”，李克强兴致勃勃地和同学生们讨论起这句话的出处和解释。(BCC)

不仅李克强总理对孔子的经典感兴趣，汉语学习者对孔子的名言也很喜欢。2011 年还有三名英国的汉语学习者为李总理表演了精彩的节目。

> 三人一人一句孔子的名言，再接一句现代汉语，听起来别有一番味道。“知之为知之，不知为不知，是知也。所以不仅学习中文，还学习做人。”“三人行，必有我师焉。因此我们互相帮助。”“学而时习之，不亦说乎。所以我们会好好学习，天天向上。”(BCC)

这里是直接描述三位同学对孔子名言的演绎，先引用原文，再说明其中的道理。从三位同学的表现来看，他们将“三人行必有我师”理解为要互相帮助，也并没有偏离孔子的本意。不管是在二语教学还是文化教学中，不管是针对母语者的语文教学还是二语学习者的汉语教学，孔子的经典都是非常有意义和价值的。人们也非常肯定中华经典诗文名句对培养人、教育人的作用。例如：

> 市长钟万明认为，诵读古诗文中的格言警句对培养青少年正直、无私、自律等社会责任感很有益处。如“三人行，必有我师焉”“先天下之忧而忧，后天下之乐而乐”等都会使孩子们或多或少地明白修身齐家的意义和治国平天下的重任。(BCC)

中华经典诗文名句浩若烟海，很多都包含着非常深刻的教育意义。通过诵读经典，不光可以培养青少年的社会责任感，同样也可以培养每个中国人的民族自豪感和对传统文化的自信心。这也是我们学习中华经典名句的意义所在。

除了在培养和教育方面经典诗文名句发挥着巨大的作用之外，人们还引用这些经典来写出有创意的广告。

南京鹤鸣皮鞋店曾在一家报纸订下三天的广告版面，第一天只登出一个大问号，下面是寥寥一行小字："欲知详情，请见明日本报底栏。"第二天照原样刊登，直到第三天，谜底方大白于天下："三人行必有我师，三人行必有我鞋——鹤鸣皮鞋。"（CCL）

这里引用"三人行必有我师"是为了引出后面的广告语——三人行必有我鞋。前一句为暗引，后一句为借引，是通过对孔子原话的模拟进行了广告的设计。这里用的是"三"的虚数义，意在表示鹤鸣牌皮鞋是非常受欢迎的，很多人都会穿它。两句引用在一起又形成了对仗，读起来朗朗上口，令人印象深刻。

由于这句经典的脍炙人口，还有人会使用这句经典来给菜品命名。王朔在《千万别把我当人》中写到了一个胖经理给嘉宾介绍菜名：

胖经理没精打采地站起来，为嘉宾们介绍着每道菜的名堂和讲究。"这道菜是由三枚核桃仁和一只肉丸子烧成，名为'三人行，必有我师'。肉丸子叫狮子头。"（CCL）

因为核桃仁较小，而肉丸子较大，这两个食材烧成一道菜品，就被胖经理命名为"三人行必有我师"。这一方面是拿这句经典来开玩笑，另一方面也是在用这句话来提高这道菜的品味。明明只是很普通的甚至菜量过小性价比极低的一道菜，但是因为起了这样典雅的名字，就顿时给人一种陌生感和幽默感。

在微博和对话语料中，人们还会借引孔子经典来制造笑料，产生一种戏谑的效果。例如：

子曾经曰过：三人行，必有一人挤不上车。孟子曰：子说得对！老子曰：堵啊！（BCC）

这里的借引和孔子的原句的意思几乎已经任何联系了，说话者描述的就是车太拥挤乘车不便的现状。唯一和原句意思上有关联的可以勉强算作是“三”，意思是很多人一起坐车。但实际上说话者在这里设计了三个古代的先贤孔子、孟子和老子的对话。因为《论语》中大量的“子曰”被人们引用，所以这里故意假借孔子开口，让孟子和老子附和，从而产生一种强烈的肯定意义和幽默效应。

整体来看，在对孔子这句经典的引用中，书面语料的引用多为佐证观点，而其使用的语境较之古代更为丰富，其表达的观点也更为多样。而在表达感情方面，书面语料引用“三人行”句一般都是表达对先贤和中国传统文化的赞美，而微博和对话语料中表达的感情则更为复杂，多强调“必”的一定义，语气往往也更加强烈。而客观引述时，书面语料中多比较正式，基本都是正引，而微博和对话语料中则通常使用借引的形式，重在制造幽默的效果。

通过对孔子“三人行”句的语用情况考察，我们发现，在对经典诗文名句的使用中，人们是论证、抒情还是陈述，一方面取决于经典诗文名句本身，另一方面也取决于人们使用的语境。而诗文原句形式结构越复杂，对其的解读越丰富，其知名度越高，传播得越广，则其使用的功能就越多样。在非正式的对话和网络语言中，经典诗文名句的使用情况更为灵活，表达的思想感情也与正式的书面语体有较大差异，往往脱离原句内涵更远。这也是经典诗文名句“古为今用”的一个特色。中华民族的每一个典故，每一句经典诗文名句，所承载的都是人们的情感积淀与思维方式。尽管我们今天的使用可能有着与古人不同的地方，但这些使用本身也包含着对这些经典的情感认同和审美体认。这也说明，这些经典无论在今天形式如何改变，内涵如何丰富，都在潜移默化地影响我们的思维方式和表达方式。经典诗文名句被人们出于各种目的用各种形式来引用，其意义已经远远超过记诵了。

第四章

中小学生书面表达中中华经典诗文名句的使用情况

中华经典诗文作为优秀的民族文化遗产，是中小学生文学素养的根基。传统文化只有在不断传承的载体中才能薪火相传。青少年在学习汉语基础知识的同时，也要承担传承文明的责任，接受提高新时代公民文明素养的任务。在语言中恰当使用中华经典诗文名句，能够促进优秀传统文化的传承和发展。一方面，诗文中蕴含着丰富的人文精神，学生可以从丰富的人文内涵中汲取写作养料，另一方面，还可以培养学生形成高尚的思想道德品质、高雅的文化品位和丰厚的文化底蕴，促进其全面发展。中小学阶段的语文教学中，对经典诗文名篇名句都提出了背诵的要求，以背促学，以背促写。

为了考察中小学生书面表达中对经典诗文名句的使用情况，本文选取了正式出版的中小学生考场作文作为研究语料。考场作文受考试的一次性、限时性和限题性等特点的影响，需要学生在较短的时间内构思出文章，并用恰当和通畅的语言表达出来。同样，在考场中引用中华经典诗文名句要求学生能够默写并理解诗文，考察考场作文的诗文名句引用情况具有一定的现实性、可操作性，而考场满分作文是学生文笔流畅、语言优美的典型代表，因此将其作为研究语料是具有一定的适用性和可操作性的。

本章最终拟定将季小兵主编、首都师范大学出版社出版的《最新小考满分作文 1000 篇》和《最新中考满分作文 1000 篇》以及立人主编、民主与建设出版社出版的《最新五年高考满分作文》作为研究语料的文本来源，以此对中华经典诗文名句在中小学生考场满分作文中的引用情况进行考察和分析。

第一节　中小学生书面表达中中华经典诗文名句的引用数量和范围考察

由于初高中两个阶段对学生书面表达能力的考察有着文体上的明显差异，初中主要考察的是记叙体，而高中主要考察的是议论体，因此本文将初中和高中的作文区别开来，分别按照小学、初中和高中三个阶段分开统计和考察。

一、引用数量

一般来说，语文知识积累得越多，表达形式就会越丰富。学习过的经典诗文名句越多，那么在表达中引用的也就会越多。本文对小学、初中和高中共计 1127 篇作文中经典诗文名句的引用情况做了统计。首先从篇目数量上来考察，中小学作文中有诗文名句引用的作文篇数是有着明显差别的，从小学到高中呈现比重增加的明显趋势。

小学生作文总篇数为 523 篇，其中对中华经典诗文名句有引用的是 28 篇。初中作文共计 433 篇，有引用的是 74 篇。高中作文仅有 170 篇，但是引用了经典诗文名句的就有 67 篇之多。因此，从引用数量上来看，随着语文知识的积累和语文素养的提升，中小学生对经典诗文名句的引用数量也是在提高的。

表 4-1 中小学生书面表达中经典诗文名句引用篇数统计表

阶 段	篇 数	引用篇数	比重(%)
小 学	524	28	5.34%
初 中	433	74	17.09%
高 中	170	67	39.41%

我们再考察一下这些经典诗文名句的总频次就会发现，小学生作文中虽然有引用，但是引用的范围比较窄，524 篇作文中只有 31 句被引用，频次是 39 次。这一数量是明显低于初高中学生的。而反观初高中生作文，总数量刚刚超过六百篇作文，但已有 141 篇中都有引用，且引用名句的数量远远超过小学生作文。这侧面体现出在书面表达中，中华经典诗文名句已经成为中学生作文素材的宝藏。他们会有意识地主动地调取积累的诗文名句来丰富自己的表达，论证观点、抒发感情，表达自己对生活的理解，也增添了文章的生命力。

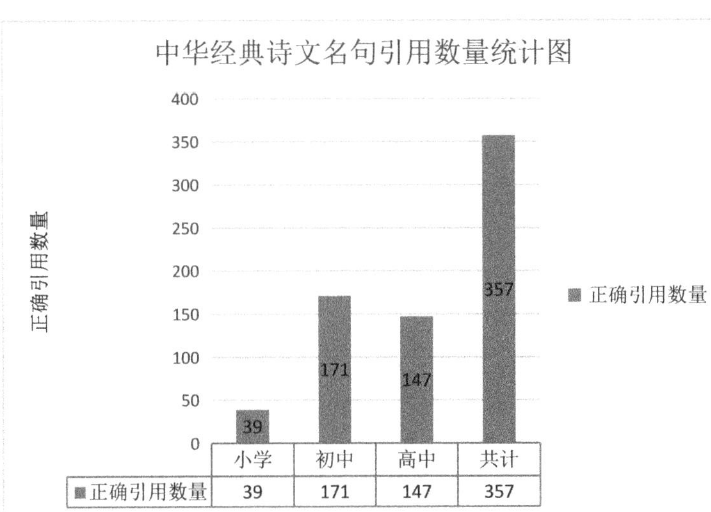

图 4-1 中小学各阶段书面表达中中华经典诗文名句引用数量统计图

从图 4-1 来看，在小学阶段，作文中被引用的中华经典诗文名句有 31 条，频次是 39 次。初中作文中有 130 条，频次是 171 次。高中作文中有 110 条，频次是 147 次。可以看出，小学生作文中的经典名句引用比较集中，范围比较窄。而初高中作文中则引用范围变得更大，频次也更高。虽然高中作文的引用数量低于初中作文，但在整体篇目数量有巨大差异——高中作文篇数远远少于初中作文篇数——的情况下，高中生对中华经典诗文名句引用的数量还是非常可观的。可以看出，随着语文知识的积累和语文素养的提升，中小学生对中华经典诗文名句的引用频率是在逐步提高的。

二、引用范围

通常来说，引用的数量和范围也是有关系的。引用的数量越多，一般引用的范围也就会更大。通过考察我们发现，小学生作文中最常引用的是唐诗，31 条里面就有 12 句是唐诗，占比达到 38.7%。另外，引用的 31 条经典诗文名句中，有两条的引用频次是最高的，分别是：

宝剑锋从磨砺出，梅花香自苦寒来。①

《警世贤文》　　5 次

慈母手中线，游子身上衣。临行密密缝，意恐迟迟归。谁言寸草心，报得三春晖。

《游子吟》孟郊　　5 次

① “宝剑锋从磨砺出，梅花香自苦寒来”是一句励志格言，寓意精辟醒豁，语言简洁生动，又采取联语的格式，朗朗上口，广为人们传诵引用，出自《警世贤文》。《警世贤文》是今人所编，但其中内容多出自明代人编纂的启蒙读物《增广贤文》。因此今天多认为这句经典是出于古人之口。但据程杰考证，此联不是古诗古联，而是当代社会新起的时语俗谚。详情可参见《盐城师范学院学报》（人文社会科学版）2018 年 3 月第 2 期程杰《“宝剑锋从磨砺出，梅花香自苦寒来”出处考》。但这句经典在语文课本中均未标明出处，故本文暂将其视作经典诗文名句。

这两句的引用频次合计占到总引用量的25.6%，成为小学生写作的高频引用素材。其中，“宝剑锋从磨砺出，梅花香自苦寒来”一句所有引用均为正引，常常用在文章的开头或结尾，用于展开话题或者强调观点。而孟郊的《游子吟》则用于与“母爱”有关的作文，用来抒情，歌颂母爱，表达对母亲的感谢，从体裁来看，以侧重抒情记叙的文体为主。

初中生作文因为篇目多，所以引用数量和频次都比较高。其中最受初中生欢迎的高频诗文名句是：

问君何能尔？心远地自偏。采菊东篱下，悠然见南山。

《饮酒》陶渊明　　7次

乱花渐欲迷人眼，浅草才能没马蹄。

《钱塘湖春行》白居易　　5次

宝剑锋从磨砺出，梅花香自苦寒来。

《警世贤文》　　4次

莫听穿林打叶声，何妨吟啸且徐行。竹杖芒鞋轻胜马，谁怕?一蓑烟雨任平生……归去，也无风雨也无晴。

《定风波》苏轼　　4次

天生我材必有用，千金散尽还复来。

《将进酒》李白　　4次

予独爱莲之出淤泥而不染，濯清涟而不妖，中通外直，不蔓不枝，香远益清，亭亭净植。

《爱莲说》周敦颐　　3次

会当凌绝顶，一览众山小。

《望岳》杜甫　　3次

这些引用频次较高的名句共计7条，远高于小学生的2条，总频次是30，且不仅来自唐诗，还包括宋词，唐诗宋词的比重不相上下，除此之外还有魏晋诗歌、宋代散文和明代谚语。从整体来看，引用频次较高的中华经典诗文名句范围较之小学生明显更为宽广。这些名句基本上都是来自语文课本，这说明课内的经典诗文学习有助于学生更好地掌握、理解及运用经典名句。从体裁来看，所引用的经典诗文名句也以诗、词为主，所占比重较大。

高中生的作文虽然篇目少，但是引用频次比较高的经典诗文名句的范围却更大。频次最高的经典诗文名句依次是：

民生在勤，勤则不匮。 《左传》 7次

世有伯乐，然后有千里马；千里马常有，而伯乐不常有。

《马说》韩愈 5次

天行健，君子以自强不息。

《周易》 3次

先天下之忧而忧，后天下之乐而乐。

《岳阳楼记》范仲淹 3次

海纳百川，有容乃大。

林则徐 3次

凡事预则立，不预则废。

《礼记》 3次

以铜为镜，可以正衣冠；以古为镜，可以知兴替；以人为镜，可以明得失。

《旧唐书》刘昫 3次

苟利国家生死以，岂因祸福避趋之。

《赴戍登程口占示家人》林则徐 3次

青山一道同云雨，明月何曾是两乡。

《送柴侍御》王昌龄 3次

锄禾日当午，汗滴禾下土。谁知盘中餐，粒粒皆辛苦。

《悯农》李绅 3次

从整体上看，高中生引用频次较高的经典诗文名句更为多样，共计 10 条；频次也更高，为 36 次，相较于小学和初中，高频引用的诗文数量更多。从所引用诗文名句的来源来看，高中生引用的范围也更广，来自唐诗的数量大幅度减少，只有王昌龄的《送柴侍御》和李绅的《悯农》，其他多来自各时代的优秀散文。从体裁来看也更加多样化，论说体、纪传体和记叙抒情体散文以及诗、词等多种体裁均有所涉及。

从对中小学生作文中中华经典诗文名句的引用数量和范围的考察来看，随着学生学习时间的延长，语文知识的积累，对诗文名句的引用数量是在不断增加的，引用范围也在不断扩大，体裁也愈加多样，这是令人感到欣喜的。

第二节　中小学生书面表达中中华经典诗文名句的引用目的和质量考察

中华经典诗文名句语言凝练、意境优美，是文人骚客表情达意的重要载体。恰当地引用经典诗文可以满足作文发展等级的要求，增强文章的表达论证能力，增加文章的人文内涵。许多文章因为引用了经典诗文名句，而在思想内容、表达技巧、文体结构等方面都有了更为优异的表现，这也或多或少地体现出了经典诗文名句特有的增强表达效果的功能。通过对中小学生考场作文中对经典诗文名句的引用情况考察，我们发现这些作文中引用都起到了很好的作用。

从整体来看，小学生作文中引用主要是正引，其中还有极少量的借引形式。引用时佐证或提出观点为主要目的，同时用经典诗文名句来抒发感情也是比较常见的。而初中生作文中，所有引用均为正引，同时抒发感情的引用数量有了明显增加，几乎和佐证观点的不相上下。而到了高中阶段，反引和借用的数量都增加了，这说明在高中生的引用中有了更多个人的思考。而由于高中作文议论体的写作更多，所以佐证观点的引用数量也更多，占到了所有引用的 86.40%。同时，用于抒发感情的引用大幅度减少。而客观引述的经典诗文名句比例一直很低，这也符合我们语言表达的习惯。整体来看，对经典诗文名句的引用中，正引一直是主流。而引用目的和文体的关系极为密切，在以记叙体为主的初中生作文中，抒发感情的引用比例就明显升高了。但是在以议论体为主的高中生作文中，佐证观点则是主流。

表 4-2 中小学书面表达中中华经典诗文名句的引用形式及目的统计表

	引用形式			引用目的		
	正引	反引	借引	佐证观点	抒发感情	客观引述
小学	37	0	2	21	15	3
比重(%)	94.87%	0	5.13%	53.85%	38.46%	7.69%
初中	171	0	0	92	75	4
比重(%)	100%	0	0	53.80%	43.86%	2.34%
高中	139	1	7	127	13	7
比重(%)	94.56%	0.68%	4.76%	86.40%	8.84%	4.76%
总计	347	1	9	240	103	14
总比重	97.19%	0.29%	2.52%	67.23%	28.85%	3.92%

无论是出自哪种引用目的，这些考场满分作文本就十分优秀，在经典诗文名句的引用方面也表现出色，为书面表达起到了锦上添花的作用。引用诗文名句一方面可以通过名句的内涵和意境更好地表达自己的想法，抒发自己的思想感情，另一方面将经典诗文融入作文写作，也能够让读者体会诗文名句所表达的情感，理解前人伟大的思想和深厚的文化底蕴。在论证个人观点时，正引诗文名句可以让文章表达更加庄重典雅，令人眼前一亮，印象深刻。

比如有作者在对比论证中连续引用两条经典诗文名句，来说明对生与义的取舍是令人两难的：

举个例子来讲，世界上许多人都关注于生与义的取舍问题，早在几千年前，我国儒家代表人物孟子便有过“生，亦我所欲也；义，

> 亦我所欲也，二者不可得兼，舍生而取义者也”的论述，然而反对的声音不绝于耳，诸如“留得青山在，不怕没柴烧”也是老人常说的道理。(《这真让人两难啊》)

关于生与义的论述，最为有名的就是孟子的舍生取义之说。作者在这里引用了这句经典之后，又引用了出自明代凌濛初《初刻拍案惊奇》中的俗语“留得青山在，不怕没柴烧”，来说明生命的可贵，意在说明只要还有生命，就有将来和希望。为了将来的青山，也可以选择不舍弃生命。如果这里作者没有引用，而是用自己的语言对这一矛盾进行描述，就无法突出这是千百年来备受人们关注的问题，也就无法突出这一问题的普遍性和两难程度。这里引用诗文名句来举例，围绕作文主题，论证古往今来人生有许多两难的境地，最终阐明自己的观点，就显得更有说服力。

在对经典诗文名句的正引中，也有不少作者喜欢用起首正引这种形式来为文章或段落开头，先声夺人，让人印象深刻。例如：

> “民生在勤，勤则不匮。”自古以来，中华民族就有着热爱劳动的传统。古有小农经济下的男耕女织，有春秋战国时期的铁犁牛耕，我们生产出了满足人们温饱的水稻，创制出了曲辕犁、水车等，这些都是劳动的产物。(《用劳动书写新时代》)

这段开头所引用的名句出自《左传·宣公十二年》，意思是民众的生计、生活在于勤劳，勤劳就不会出现物资匮乏。之后由此作者引入了文章的主题，说中华民族历来就有热爱劳动的传统，就是勤劳的民族。而我们的民族正是通过劳动才有了可以果腹的水稻，有了可以提高劳动效率的农具。用经典名句开头，言简意赅，发人深省。

又如在记事抒情的记叙体散文中，如果能够用到经典诗文名句，也可以让文章的表达更生动更形象。例如：

早上，我刚从床上爬起来，妈妈就对我下了一道禁令。我的天！想让我做到“两耳不闻窗外事，一心只读圣贤书”比登天还难！(《来自生活的启示》)

作者想要说明自己一起床就被妈妈要求去读书，但是自己没办法做到注意力集中，于是就引用了明万历《增广贤文》中的名句。这句话原来是说读书人要一心读圣贤书，别管其他任何事情。但今天有的人也会反引来形容某些人只关心书上的东西，眼里只有书本，不关心实际生活、不关心人情世故等，常用来比喻书呆子。但作者在这里用的是这句经典的字面意思，并夸张地说自己要做到这样读书比登天还难，让这一场景的描写显得诙谐生动，富有情趣。又如：

我腾空跃起，迅速打开灯，蚊子被我的举动所震慑，“三十六计，走为上策”，我轻蔑地笑了一声：“那我就给你来个蚊香计。”(《我与蚊子的亲密接触》)

作者在描述蚊子被自己的动作惊动要飞走的时候，用到了拟人的手法，把蚊子写得好像一个懂兵法的将军。这里把自己和蚊子的斗争描写得惟妙惟肖，充满趣味。除了描述人物的心理，夸张地表达自己心情，用经典诗文名句还可以让表达更加有文采，更加吸引人。例如：

曾醉心“浓妆淡抹总相宜”的西子湖，曾向往“悠然见南山”的东篱，曾憧憬与“兴酣落笔摇五岳”的李太白交游，曾渴望和“未妨惆怅是清狂”的李商隐畅谈，却更爱那“最爱湖东行不足”的绿杨阴里的白沙堤，爱那“晚来天欲雪，能饮一杯无”的白居易，爱那抹淡泊而宁静的颜色。(《无用凡人，有味灵魂》)

这里连用了五句唐宋诗中的名句，来说明自己对白居易的喜爱之情。前面的苏轼、陶渊明、李白和李商隐，在作者看来都不如淡泊宁静有生活气息的白居易。但如果只是这样平铺直叙，就显得平白无奇。作者引用了这些诗人的经典诗句，让人一读之下就能立刻联想到这些作家作品的风格态度，即使引用数量多，也不会让人觉得累赘和繁复，反而让文章阅读成了一种美的享受。

在这些作文中仅有一处反引，体现出了作者的独立思考。例如：

> 俗话说："读万卷书，不如行万里路。"从书上了解一个地方固然是一种好方法，但我认为了解一个地方的最好方法还是亲自去那里看一看，欣赏那里的自然美景，感受那里的风土人情。(《带你走近张家界》)

文章开头引用的名句出自董其昌的《画禅室随笔》，原句"读万卷书，行万里路"是将二者并举的，认为行万里路跟读万卷书是互补的，要努力读书，让自己的才识过人；还要让自己的所学能在生活中体现，同时增长见识。也就是我们常说的理论结合实际，学以致用。这里作者将原句改为"读万卷书不如行万里路"，意在说明了解一个地方最好的办法就是去那里看一看，亲自去体验一下，显得很有说服力。

这里其实也用到了借引的形式。借引是一种改用，即引用名句的本意与作者所要表达的意义不尽相同，就可能需要根据原句进行改写，推陈出新，增强生动性，产生幽默风趣的效果。例如：

> 这不，语文老师留下的两黑板题刚抄完，数学老师又带来一张考卷，英语老师的测试也才拿来，真是"无边作业萧萧下，不尽考卷滚滚来"。(《回忆母校》)

这里作者将杜甫《登高》中的“无边落木萧萧下，不尽长江滚滚来”改写为“无边作业萧萧下，不尽考卷滚滚来”，巧妙借用诗人仰望无边无际萧萧而下的木叶，俯视奔流不息滚滚而来的江水时流露出的沉郁悲凉，让改写后的“无边作业萧萧下，不尽考卷滚滚来”的“无边”“不尽”愈加渲染了课业压力大、作业特别繁重的气氛，使读者身临其境，脑海中浮现出学生时代在母校奋笔疾书，不停地写作业的画面。又如：

当我为一道数学题而“黑头搔更短，浑欲不胜簪”之时，她却一旁悠然地吃着巧克力——只吃巧克力，什么也不干。(《学会飞翔》)

作者想要表现自己为了一道数学题抓耳挠腮苦思冥想，就借引了杜甫的“白头搔更短，浑欲不胜簪”。杜甫原诗是在说烽火遍地，家信不通，自己想念远方的亲人，眼望面前的颓败，在不知不觉间搔首踌躇，发现自己稀疏短发，几不胜簪。这里表现的是国破家亡后的离乱伤痛和对衰老的哀叹。作者用这句表示悲哀的诗句夸张地描写自己的痛苦，与另一旁愉快地吃着巧克力的妈妈相对比，就显得格外幽默。

有时单引用一句还不足以表明作者的意思，还有人会将两句经典根据自己的需要捏合在一起，共同组成新的结构和句式，呈现新的内涵和意义。例如：

我们难道不应该吸取教训，铭记于心吗？这正告诉我们：莫让浮云遮望眼，风物长宜放眼量。(《莫让浮云遮望眼，风物长宜放眼量》)

这里前半句借用王安石的《登飞来峰》中的“不畏浮云遮望眼”，后半句借用毛泽东的《七律·和柳亚子先生》中的“风物长宜放眼量”凝练出文章的主题并为文章命题。说明要不惧怕眼前的困难，对一切事物放开眼界去衡量，从中表现出作者放开眼界，从全局着眼的开阔胸襟。学而后思，把平时积累的句子化为自己文章的一部分，实则妙哉。此外还有学生将王安石的名句改成“莫被分数遮望眼，鼓励孩子天地宽”，来说明不要过于看重分数，要多鼓励孩子。为了说明劳动的重要性，把《论语》中的“不学礼，无以立”改成了“不劳动，无以立”，这都是非常精彩的借引。

在这些作文中还有极少量对经典诗文名句的客观引述，例如：

> 管仲曾言，其“尝与鲍叔贾，分财利多自与，鲍叔不以我为贪，知我贫也”；之后“为鲍叔谋事而更穷困，鲍叔不以我为愚，知时有利不利也”；多次出仕却屡遭驱逐，“鲍子以为不肖，知其不遇时”。（《鲍叔举贤显高义，家国大义再延续》）

作者讲述管鲍之交时，就客观引述了《史记·管晏列传》中的片段，让这段描写变得更加简洁。因为原文来自史书，客观上也增加了可信度，让我们在简短而又真实的描述中得见鲍叔雅量，之后又点出鲍叔的家国大义。这样的描写让文章显得更加大气磅礴，也更有历史感和厚重感。

整体来看，这些考场优秀作文在经典诗文名句的引用方面表现优秀，引用形式多样，而且在引用中还能够根据表达的需要，灵活地进行形式上的改造或意义上的联结，让文章更加生动，更加有内涵。但因为是考场作文，有时间限制，对作者的表达能力有极高的要求，即使是满分作文，也有个别引用不够恰当。例如有一些引用就与下文缺少联系：

> （1）《道德经》有言：“光而不耀，言而不肆。”至理名言，洞若观火。（《浙江大地，光而不耀》）
>
> （2）“合抱之木，生于毫末；九层之台，起于垒土；千里之行，始于足下。”在国破家亡、寄人篱下之际，勾践选择了沉默。（《从

未止步》)

例(1)中《道德经》中的这句话出自第58章，原文是“圣人方而不割，廉而不刿，直而不肆，光而不耀”。意思是有道的圣人方正而不生硬，有棱角而不伤害人，直率而不放肆，光亮而不刺眼。这句话是用来说明圣人的处世智慧，是个人修养的一种境界，是说做人要低调，不要炫耀自己。但作者在这里引用之后缺少与下文的联系，就显得不够贴切。例(2)引用的经典名句出自《老子》第64章，意思是说事物细微时容易散失，所以做事情要在它尚未发生以前就处理妥当。老子原意是有所作为的将会招致失败，有所执着的将会遭受损害，因此圣人无所作为也不会招致失败，无所执着也不遭受损害。要遵循万物的自然本性而不要妄加干预。但人们今天常用这句话来引喻做事要从最基本开始，经过逐步的积累，才能有所成就。但无论哪个意思，与后文勾践保持沉默都缺乏必要的联系，用在这里就显得比较突兀。

还有的引用是因为对原句的理解不够精准造成了引用的不恰当，例如：

(3)“玉不琢，不成器，人不学，不知道。”正如先秦思想家荀子，作为儒家思想的集大成者，他广泛吸收了道家、法家、墨家、阴阳家等各学派思想，摒弃门户之见，以宽阔的胸怀和器量，提出了“性恶论”“礼法并制”“天行有常”等先进的思想观点，甚至培养了两个思想观点迥异的弟子——李斯和韩非。(《器量万千，有容乃成》)

(4)“路漫漫其修远兮，吾将上下而求索。”屈原，你独处汨罗江畔，看滔滔江水，带着对劳动人民的悲伤，带着对祖国的热爱，你抱石投江，纵身一跃，构成最美丽的弧线。(《读书的滋味》)

(5)古人云：凡事预则立，不预则废。而预测也能为决策者树立信心和决心。(《预测生活，积极进取》)

例(3)出自《礼记》，意思是玉不经过雕琢，不会成为器物；人不经过刻苦学习，就不会懂得处世的道理。原句意在强调学习的作用。但后文讲的是荀子在广泛学习后取得了成就，虽然和学习有关，但是联系却不够紧密。如果能够用苏轼的“博观而约取，厚积而薄发”就显得更为恰当。例(4)是屈原《离骚》中的第97句，结合上下文可以把这句话理解为：道路又窄又长无边无际，我要为理想的实现而努力。因此这句经典表达的是屈原积极求进的心态。作者在这里引用之后马上写屈原投江自尽，就与前文形成了矛盾，也是不合适的。而例(5)将《礼记》中“凡事预则立不预则废”的表示预备、准备的“预”理解为“预测”也是不正确的。

此外这些作文还有极少量引用中出现了错字，例如把“长风破浪会有时”写成了“乘风破浪会有时”，把“一花独放不是春”写成了“一花开放不是春”，虽然不影响理解，但毕竟还是不够精准。

通过前文的考察我们看到，中小学生优秀考场作文中，中华经典诗文名句的引用数量在逐步增加，范围也在逐步扩大，引用的形式也比较丰富。总体引用的质量很高，能够有效地增强表达效果，突出观点，强化感情，即使是客观引述，也能够让表达更简洁、更有说服力。这也说明在行文中采用引用这一手法的确能够增强表现力，而引用中华经典诗文名句更是事半功倍。

第五章

大学生书面表达中中华经典诗文名句的使用情况

引经据典是中国人书面表达中的常见形式，单就“三人行必有我师”这句经典的引用情况就可以看出人们对经典诗文名句的喜爱。人们可以用这些经典来论证观点，抒情达意，客观陈述，不仅在书面语料中常用，口头表达中也更为灵活多样。通过对经典诗文名句的使用，可以达到一种增强语气，让表达更加幽默夸张的效果。这种对经典诗文名句的引用在初学写作的小学生中已经出现。笔者对小学生、初中生和高中生的考场作文进行了梳理和统计，发现其中已经有很多非常精彩和优秀的引用形式，为其作文增色不少。为了提高大学生的语文素养，各级各类高等院校和高职学院近年来也都开设了《大学语文》课程。那么大学生的书面表达能力较之中小学阶段是否有了进一步的提高呢？笔者拟对大学生书面表达中的引用情况做一考察，了解大学生对中华经典诗文名句的理解和使用是否准确贴切。同时管中窥豹，对大学生的语言表达能力和语文素养进行考察。

由于大学语文课堂与中小学不同，大学生很少有专门的写作训练，因此笔者收集了他们的读书笔记，来考察大学生书面表达中对中华经典诗文名句的引用情况。陕西师范大学在 2020 年 8 月，举办了“悦读暑假，走近经典”本科生暑期读书会活动，要求学生在经典导读讲座后自行阅读，同时撰写读书笔记或心得体会。学校对这些读书笔记进行了收集和评比，并对笔记优秀的同学予以了表彰。笔者所选用的书面语料即这次活动的读书笔记，一方面可以通过这些笔记考察阅读对经典名句引用的影响，另一方面也可以看出大学生在书面表达中经典名句的引用质量。

第一节　大学生书面语料中中华经典诗文名句的引用数量和范围考察

因为本次考察的共计564篇书面语料都是读书笔记，作者写的都是自己读书后的感悟，其中必然会对书籍中的语句进行引用，因此笔者将其中纯摘抄或者罗列且没有相关阐释的引用语料加以剔除。后经过统计发现，所有读书笔记中符合本文所考察的引用标准且使用无误的语料是243条，占总数的43.1%。

对这243条语料当中引用的经典诗文名句的来源进行考察和统计后，我们发现其中出自《论语》的共计75条，出自唐诗的有65条，出自《诗经》的有31条，出自《红楼梦》16条，出自宋词13条，出自《孟子》8条，出自《师说》5条，出自荀子《劝学篇》5条，其他来源比如诸子散文、其他朝代诗歌和明代传奇等共25条。

通过分类与统计，大学生书面语料中的引用内容基本仍以小学到初高中阶段所学名篇中的诗句为主，如《关雎》《行路难》《师说》《论语》以及唐诗宋词中的名句都是初高中课程标准中规定的需要掌握的名篇，并没有超出这一范围。

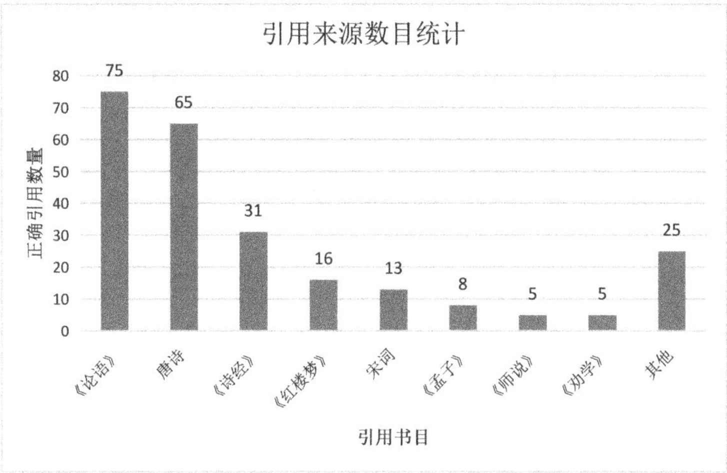

图 5-1　大学生书面语料中中华经典诗文名句的引用来源统计

一、对《论语》的引用

整体来看，对《论语》的引用是最多的，总计 75 条，占所有引用的 30%。这里引用的经典名句主要围绕着为人处世、品德修养和教育学习等核心内容进行引用，其中引用最多的是：

己所不欲，勿施于人。　　8 次

曾子曰：“士不可以不弘毅，任重而道远。仁以为己任，不亦重乎？死而后已，不亦远乎？”　　5 次

学而不厌，诲人不倦。　　4 次

这三条占所有引用自《论语》的 24%，近四分之一。其中“己所不欲，勿施于人”出自《论语·颜渊》，在今天传播很广，意思是自己不喜欢的也不要强加给对方。“学而不厌，诲人不倦”出自《论语·述而》，意思是学习不觉满足，教诲别人不知疲倦。第二句曾子的话出自《论语·泰伯》，虽然不是孔

子说的，但是引用频率也不低，在语料中共出现了五次。曾子这句话的意思是读书人不可以不宏大刚强而有毅力，因为他责任重大，道路遥远。把实现仁作为自己的责任，难道还不重大吗？奋斗终身，死而后已，难道路程还不遥远吗？成语“任重道远”就是来自这句话，比喻责任重大，要经历长期的奋斗。整体来看，大学生在对《论语》的引用中基本都是正引，对孔子的教育观、哲学观和为人处世的原则方法等都持赞赏态度。

此外，《论语》中对《诗经》的三句评价被引用得较多，共9条，分别是：

不学诗，无以言。	4次
诗三百，一言以蔽之。曰：思无邪。	3次
《关雎》乐而不淫，哀而不伤。	2次

《论语·为政》原文为：“子曰：‘《诗》三百，一言以蔽之。曰：思无邪。’”这句话的意思是《诗经》三百首用一句话概括，那就是不虚假，“思无邪”的意思是思无不可对人言。《诗经》中的诗歌是把心中所愿所想坦白真诚地展示出来，没有什么虚伪矫饰的。此句意在赞美《诗经》当中的作品都是出自真情实感，不矫揉造作。大学生在读书笔记当中引用《论语》对《诗经》的评论基本都出现在关于《诗经》的读后感中，是为了强调论证《诗经》的经典和美好，说明《诗经》在当时的地位以及重要作用，在其他语料当中没有出现。

另外出于《论语》的还有21句，被引用超过三次的有这样一些句子：

学而时习之，不亦说乎？	4次
温故而知新，可以为师矣。	4次
君子喻于义，小人喻于利。	4次
吾日三省吾身。	3次
知之者不如好之者，好之者不如乐之者。	3次

学而不思则罔，思而不学则殆。　3次

吾日三省吾身：为人谋而不忠乎？与朋友交而不信乎？传不习乎？　3次

志士仁人，无求生以害仁，有杀身以成仁。　3次

朝闻道，夕死可矣。　3次

学而优则仕。　3次

此外还有11句被引用了两次或一次。整体来看，对《论语》的引用是数量最多、频次最高、同时也是范围最广的。可见，大学生对《论语》的熟悉度更高，对其中的经典名句也理解得也更为深入。而此次读书活动中，大学生选择阅读《论语》并写作读书心得的篇数也是最多的，足见阅读与表达之间关系密切，经典阅读与名句引用之间也存在正相关关系。

二、对唐诗宋词的引用

除了《论语》之外，大学生最喜欢引用的还有唐诗中的名句，以唐代著名浪漫主义诗人李白、现实主义诗人杜甫的名句为最多，例如：

仰天大笑出门去，我辈岂是蓬蒿人。　6次

安得广厦千万间，大庇天下寒士俱欢颜。　5次

会当凌绝顶，一览众山小。　4次

长风破浪会有时，直挂云帆济沧海。　3次

李白的“仰天大笑出门去，我辈岂是蓬蒿人”出自《南陵别儿童入京》，意思是：抬头仰面朝天，纵声大笑着走出门去，我怎么可能会是长期身处草野之人呢？这两句表现出了诗人骄傲得意的心情，同时也表现出诗人的自信和自负心理，认为自己绝对不可能是草野之人。这句诗把李白踌躇满志的形

象表现得淋漓尽致，对了解李白的生活经历和思想感情具有特殊的意义，可以看作是李白个人形象的代表。而“长风破浪会有时，直挂云帆济沧海”出自李白的《行路难》第一首，是李白遭受谗毁而被排挤出长安时写的。诗中抒写了李白人生道路的艰难。他在政治道路上遭遇艰难时产生了不可抑制的愤激情绪，但是倔强又自信的李白依然盼望着有一天能施展自己的抱负，于是发出了这句要乘风破浪横渡沧海的口号，表现了他对人生前途的乐观豪迈气概，充满了积极浪漫主义的情调。这也是李白自信浪漫个性与风格的体现。

杜甫的《茅屋为秋风所破歌》与《望岳》中的名句也被高频引用。前者中的那句声音洪亮，铿锵有力，境界开阔，恰切地表现了诗人从“床头屋漏无干处”“长夜沾湿何由彻”的痛苦生活体验中迸发出来的奔放的激情和火热的希望。和后文“吾庐独破受冻死亦足”共同将诗人的博大胸襟和崇高理想表现得淋漓尽致。杜甫之所以伟大，就是因为他的痛苦不是个人的，而是“天下寒士”的，是整个社会的普通民众的。这句经典也是对杜甫炽热的忧国忧民的情感的集中体现，是杜甫诗歌主题的集中体现。因此，当人们关切社会、关注民生时就会用到这句诗。它也在千百年间一直激动着读者的心灵，并始终激励着我们这些后来人。而《望岳》是杜甫青年时代的作品，充满了年轻人的浪漫与激情。全诗通过描绘泰山雄伟磅礴的气象，热情赞美了泰山高大巍峨的气势和神奇秀丽的景色。尾联“会当凌绝顶，一览众山小”抒发了自己勇于攀登、傲视一切的雄心壮志，洋溢着蓬勃向上的朝气。因此也成为激励年轻人奋发有为的名句，直到今天依然受到年轻人的喜爱。

宋词[①]的引用频率明显低于唐诗，一共只被引用了13次，其中被引用频率最高的是苏轼的词，分别是：

十年生死两茫茫	3次
一蓑烟雨任平生	2次

① 为了统计的方便，本文所说的宋词含五代词。

明月几时有，把酒问青天。 1次

这三条都是苏轼词中的名句。“十年生死两茫茫”出自《江城子·乙卯正月二十日夜记梦》，词中表达的是作者对亡妻的怀念之情，在对亡妻的哀思中又糅进自己的身世感慨，因而将夫妻之间的情感表达得深婉而真挚，使人读后无不为之动情，为之感叹。这句经典写出了夫妻二人的生死相隔。死者对人世已经茫然无知了，活着的人对逝者的一切也是一无所知。时间倏忽，转瞬十年，生死相隔，彼此茫茫，因此让人格外叹息。“一蓑烟雨任平生”出自苏轼的《定风波》。这首词作于苏轼贬谪黄州后的第三年春。苏轼通过野外途中偶遇风雨这一小事，表现出旷达超脱的胸襟，寄寓着超凡超俗的人生理想。尾句是在说自己就是披着蓑衣在风雨里过一辈子也会处之泰然，非常潇洒和超脱，体现出了苏轼豁达乐观的心态和品质，也是苏轼风格的代表。而《水调歌头》是苏轼在中秋节望月怀人的代表作。首句“明月几时有，把酒问青天”中的把酒问天这一细节与屈原的《天问》和李白的《把酒问月》一脉相承，都起得突兀、问得离奇。苏轼把青天当作自己的朋友，把酒相问，显示出了词人豪放的性格和不凡的气魄。语气上比起李白更强烈、更迫切，既好像是在追溯明月的起源、宇宙的起源，又好像是在惊叹造化的巧妙，让我们从中可以感受到诗人对明月的赞美与向往。

除了苏轼，被引用频率较高的就是柳永的词了。他的“执手相看泪眼，竟无语凝噎”被引用了两次，“衣带渐宽终不悔，为伊消得人憔悴”被引用了一次。其他诸如李之仪的“我住长江头，君住长江尾”，李清照的“寻寻觅觅，冷冷清清，凄凄惨惨戚戚”，辛弃疾的“少年不识愁滋味”和五代李煜的“春花秋月何时了？往事知多少”都只被引用了一次。

可以看到，大学生书面语料中对唐诗宋词的引用频率与诗人的知名度密切相关，唐诗主要是李白和杜甫，而宋词主要是苏轼，引用这三人的作品频次就几乎已占所有引用的一半了。另外柳永的两句被用了三次，也占了宋词总数量的近四分之一。另外，大家引用的诗词名句往往都是最能体现作家风格的、在情感上有共鸣的，古今中外贯通的，例如苏轼的“十年生死两茫茫”和柳永的“执手相看泪眼，竟无语凝噎”都写出了我们普通人面对生离死别时共同的哀伤和痛苦。最后，引用频率也与诗句的主旨、风格密切相关，比如李白的“仰天大笑出门去，我辈岂是蓬蒿人”非常符合他狂浪自信的气质风格，杜甫的“安得广厦千万间，大庇天下寒士俱欢颜”也与他忧国忧民的心态相吻合，而“一蓑烟雨任平生”也是苏轼旷达人生态度的真实体现。唐诗宋词如果合并计算的话，总数为 78 次，已经超过了对《论语》的引用频次。可见从整体上看，唐诗宋词是非常受欢迎的，其在现代汉语的表达中依然具有很强的生命力。

三、对《诗经》的引用

大学生书面表达中引用频次排名第三的是《诗经》。对《诗经》名句的引用主要集中在一些很有名的篇目中，以《桃夭》《关雎》《蒹葭》《采薇》为最多。

桃之夭夭，灼灼其华。	9 次
昔我往矣，杨柳依依。今我来思，雨雪霏霏。	5 次
他山之石，可以攻玉。	4 次
关关雎鸠，在河之洲。窈窕淑女，君子好逑。	4 次

引用《诗经》的名句一共是 31 次，而这四句就有 22 次，已占总数的 67.7%。“桃之夭夭，灼灼其华”出自《诗经·周南·桃夭》，讲的是诗人看见春天柔嫩的柳枝和鲜艳的桃花，就联想到新娘的年轻貌美。“昔我往矣，杨柳依依。今我来思，雨雪霏霏”出自《诗经·小雅·采薇》，是三千年前一位久戍之卒在归途中的追忆唱叹之作。在艺术上，这句经典被称为《诗经》三百篇中的最佳诗句之一。自南朝谢玄以来，对它的评析简直已经绵延成了一部一千五百多年的阐释史。王夫之《姜斋诗话》中的“以乐景写哀，以哀景写

乐，一倍增其哀乐”和刘熙载《艺概》中的“雅人深致，正在借景言情”，已成为诗家口头禅。而“昔往”“今来”对举的句式，则屡为诗人追摹。“他山之石，可以攻玉”这句出自《诗经·小雅·鹤鸣》，诗歌并不出名，但是这句已成为成语，意思是别的山上面的石头坚硬，可以琢磨玉器。比喻别国的贤才可以为本国效力，也可以比喻他人或他人的意见可以帮助自己改正缺点。《国风·周南·关雎》因为是《诗经》中的第一首，所以在中国文学史上占据着特殊的位置。通常认为这是一首描写男女恋爱的情歌。首句“关关雎鸠”在艺术上巧妙地采用了“兴”的表现手法，以雎鸟相向合鸣相依相恋，兴起淑女君子的联想。后来“窈窕淑女”和“君子好逑”分别成为成语，表达对女子的赞美，也成了男子求偶的套语。

除了这几句外，还有五句也被引用过，它们分别是：

如切如磋，如琢如磨。	3 次
所谓伊人，在水一方。	2 次
硕鼠硕鼠，无食我黍。	2 次
投我以木瓜，报之以琼琚。	2 次
执子之手，与子偕老。	1 次

可以看到，对《论语》与对唐诗宋词的引用相比，大学生对《诗经》的引用更为集中，说明他们对《诗经》的熟悉范围更小，仅限于个别名篇和名句。

四、对《红楼梦》的引用

对《红楼梦》的引用非常集中，一共引用了 16 次，都集中在这三句里面，范围更窄。

满纸荒唐言，一把辛酸泪。都云作者痴，谁解其中味。	8 次

机关算尽太聪明，反误了卿卿性命。	4次
质本洁来还洁去。	4次

《满纸荒唐言》是清代小说家曹雪芹创作的一首绝句，出现在《红楼梦》开篇第一回，可以视作是《红楼梦》的缘起诗。绝句道出了作者的思想与苦衷，表达了作者难以直言又生怕被世俗所不解的苦闷心情。因此在谈到《红楼梦》的主旨和创作缘起时通常会引用这句诗，多被用于开篇或者结尾。“机关算尽太聪明，反误了卿卿性命”出自《红楼梦》第五回红楼梦12曲中的《聪明累》，主要是描述王熙凤费尽心机地算计，显得十分聪明，到头来反倒算计了自己的性命。在读书笔记中基本都是用来介绍王熙凤的。“质本洁来还洁去”出自黛玉的《葬花吟》。这首诗在风格上仿效歌行体，名为咏花，实则写人。全诗展现了黛玉多愁善感的性格、内心的矛盾与痛苦、细微而复杂的心理活动，把花的命运与人的命运紧相联系，将人物的遭遇、命运、思想、感情融汇于景与物的描绘之中，创造出内涵丰富、形象鲜明生动的意境，具有强烈的艺术感染力。另外这首诗也在暗示着人物的命运，实际上就是林黛玉自作的“诗谶”。“质本洁来还洁去”表面上写的是花朵清洁地飘落，实际上黛玉也希望自己高贵的身体洁净地生来，洁净地离去，不要沾染尘世的污垢。这首诗展现了黛玉独立又自尊的高傲性格，而其中这句经典更是她清高孤傲高洁品质的集中体现。书面语料中引用这三句多是为了说明小说主旨和描写人物形象，与作品关系非常密切。

对《红楼梦》这三句的引用如此集中，一方面说明《红楼梦》开篇诗的重要作用无法回避，林黛玉、王熙凤等红楼主要人物的形象塑造给读者的印象极其深刻；另一方面也说明，大学生对《红楼梦》并没有因为阅读而产生更深入、更广泛的认识和理解，这不能不说是一个遗憾。另外我们也看到，对《红楼梦》中经典名句的引用基本都出现在对这部小说的评论中，只有两个用于其他论证中的例子，也从侧面说明与原作密切相关的经典语句其适用范围本身也比较有限。

五、对其他诗文名句的引用

除了对《论语》《诗经》《红楼梦》以及唐诗宋词的引用之外，相对引用频率较高的经典诗文名句有：

闻道有先后，术业有专攻。	4 次
近朱者赤，近墨者黑。	4 次
人固有一死，或重于泰山，或轻于鸿毛。	4 次
老死不相往来。	3 次
书中自有黄金屋，书中自有颜如玉。	3 次

“闻道有先后，术业有专攻”出自唐代文学家韩愈的《师说》，意思是知道道理有先有后，技能学术各有研究方向。多用于表示每个人都有自己擅长的地方。“近朱者赤，近墨者黑”今天已经成为一个成语，它出自晋朝文学家和哲学家傅玄的《太子少傅箴》，意在告诉人们一个人生活在好的环境里就会受到好的影响，生活在坏的环境里也会受到坏的影响。强调环境对人的影响和作用。“人固有一死，或重于泰山，或轻于鸿毛”出自司马迁的《报任安书》，意思是人终究不免一死，但每个人死的价值是不同的，有的人的死比泰山还重，有的人的死却比鸿毛还轻。现在常用来比喻人生价值的轻重悬殊。“老死不相往来”出自老子的《道德经》，原意是指两国人民相处得很近，交往密切到连鸡狗的叫声都混在一起，却从来不发生战争与摩擦。今天已成为一个成语，多为贬义，语义重点是不来往，这一点与原意差别很大。但在大学生的书面语料中都是正引，忠于原意，用于说明老子的哲学思想。“书中自有黄金屋，书中自有颜如玉”出自《劝学诗》，概括了过去许多读书人读书的目的和追求——出人头地。过去人们常用这句话来鼓励别人或子女读书，但我们今天将读书看作是接受教育，教育是社会的一个功能，教育的目的是让学生掌

握知识技能，以投身社会，服务人群，并不单纯是出于个人实用的目的。

这几句名言非常常见，“近朱者赤，近墨者黑”已经成为成语，“书中”句被人们看作是俗语，而另外两则都出自中学语文必背篇目，本身作品知名度就很高，其中的名句自然传播很广，使用更多。另外荀子的《劝学》也是名篇，这里面的名句被引用的频次也相对不低。例如“学，不可以已”“积土成山，风雨兴焉；积水成渊，蛟龙生焉”和“青，取之于蓝而青于蓝；冰，水为之而寒于水”共被引用了五次。可见，对原诗文篇目越熟悉，对其中名句的引用也就越多，频率也就越高。

整体来看，大学生书面语料中对唐诗宋词和《论语》的引用数量最多、频次最高，同时也是范围最大的；对《诗经》和《红楼梦》的引用主要是引用作品中的原句，且比较集中，范围较窄，除了个别引自《论语》评价《诗经》风格价值意义等的经典名句之外，都集中于作品本身，论证时较少引用其他名句。其他的引用多出自名篇或已经过传播演变成为今天的成语或俗语。可见，大学生在书面表达中的引用和阅读的关系非常密切，原作越有名，阅读得越多，引用频率就越高。输入与输出成正比，这是符合常理的。但是从数量和范围里看，并没有超过进入大学前的水平。引用的范围比较窄，引用的名句比较集中，表达的形式不够丰富，这是比较明显的问题。

第二节 大学生书面语料中中华经典诗文名句的引用形式与目的考察

在中华经典诗文名句的引用中，最为常见的是将其用于论证和抒情，其次是客观引述。在对243条正确引用了经典诗文名句的语料的考察中，正引共有238条，约占97.9%；借引2条；此外还有反引3条。基本上被引用的经典诗文名句都是作者赞同的、欣赏的，认为对自己有启发的。借引形式有两条，都引的是出自《论语》的“学而不厌，诲人不倦”。

(1)唯独学而不厌的人，才可以诲人不倦，做教师的人要想把岗位站得长久，他们必须是有机会一面教，一面学；教到老，学到老。(弘扬红烛精神，践行立德树人——读《陶行知全集》有感)

(2)如果教师只会用旧瓶装新酒，那就看不到新鲜的事物。教师应不断研究，才能时常找到新理，只有学而不厌，然后才能诲人不倦。(《〈陶行知全集〉读后感》)

“学而不厌，诲人不倦”原本是一组并列结构，意思是说学习时要做到不知满足，教导别人时要做到不厌倦，实则分别从学与教两方面进行阐释，并未着重强调教与学的关系。然而这里作者通过阅读《陶行知全集》，认为教与学是相辅相成、互相影响的，“学而不厌”与“诲人不倦”也是可以联系的。尤其是从事教育行业的人——教师更要不断学习新知识，才能在讲授时讲出新意。因此这两句借引将上下句成并列关系的原句改成了一个条件复句，用来说明学习对教师成长的重要性。这两句借引都是虽然逻辑关系上有变化，但是意思上并没有过于偏离原意，只是从原来既强调学也强调教改成了更为强调学习的作用。

反引和正引相比起来，数量极少，只有三条，但是就在这仅有的三处反引中，我们看到了大学生在阅读中思想的闪光之处。例如：

(1)再读《货殖列传》，“天下熙熙，皆为利来；天下攘攘，皆为利往，夫千乘之王，万家之侯，百室之君，尚犹患贫，而况匹夫编户之民乎！”读到这些话时，不得不为两千多年前的司马迁有这样的金钱观而感到惊叹！这也是本篇文章的要旨，作者肯定了人们追求财富是人的本性，否定了历代儒生所鼓吹的君子安贫等自欺欺人的行为，更深刻地抨击了社会统治阶级自己所说的君子喻于义，小人喻于利。(《〈史记〉读书心得》)

(2)其实，这三个条件肯定是不等值的，一个人是很难做到同时与天、地、人相合的。因此孟子又说“天时不如地利，地利不如人和”……正因如此，我可以大言不惭地把孟子的话改为：地利不如人和，人和不如天时，无天时便寻地利，无地利便求人和，与“天、地、人”合，世上又何来难事之有？(《周易》读书笔记)

(3)还有一个例子的话，是我们经常听到的“己所不欲，勿施于人”。但是在现代社会，我认为这一句话可以重新改编一下，改编成“己所欲，勿施于人”。这其实体现在父母身上会比较多。父母往往会将自己所没有能够达成的梦想或者愿望强加在孩子身上，而忽略了孩子的意见。(《〈论语〉读书笔记》)

在例(1)《史记》的读后感中，作者选用了《货殖列传》，谈论自己对司马迁金钱观的看法。他认为“君子喻于义，小人喻于利”的说法是虚伪的，不真实的，这里的反引实际上是肯定了司马迁的金钱观，认为追求财富是人的本性，并不分君子和小人，每个人都为利益而来。在例(2)《周易》的读书笔记中，作者引用了孟子的“天时、地利、人和”说来讨论天、地、人三个条件各自的重要性。他认为“天时”是最不受控的因素，很多战争均受外在环境的干扰；“地利”是最初的、也是最基本的条件，经济发展很大程度上会受到地区的影响，而地缘政治和资源也是影响着国家安稳的重要因素；“人和”是最可控、最具有能动性的因素，因此作者在引述孟子的原句后，提出了“地利不如人和，人和不如天时”的观点，体现出很好的思辨能力。在例(3)读过《论语》中的“己所不欲，勿施于人”后，作者联系当代社会中的教育现象——很多父母会强加个人的希望于孩子——来进行反思。作者认为不应当将自己的梦想或愿望强加于孩子身上，这是对孩子的忽略和不尊重，所以他将这句经典反其意而用之，从新的角度对古诗文名句进行新的诠释理解，富有新意且十分精辟。这些观点都是非常新鲜的，也是很有道理的，体现出大学生良好的思辨能力。

按照引用目的来看，大学生语料中的论证类占到了极大比重，有160条，占65.8%，可以说绝大多数的引用都是出于论证的目的。在这些引用经典诗文名句进行论证的例子中，比较常见的有两种形式。

首先是运用诗文名句来提出观点，这类引用共有20条，数量不多，但效果往往更为突出。引用前人观点作为自己观点进行立论或表明态度是提出观点的形式之一，前人的观点如果能够用诗文名句的形式来提出，就比较新鲜比较特别，能够起到吸引读者注意力的作用。引用形式可以是正引，也可以是反引或借引。例如：

古人云：“书中自有黄金屋，书中自有颜如玉。”书籍是一场欢乐的盛宴，能够带领我们领略到一个全新的世界。(《阅读，是一种

境界》)

在读书笔记中，作者通常会首先表明自己对阅读所持的态度。这个例子中，作者通过引用“书中自有黄金屋，书中自有颜如玉”来开篇，同时也表明了自己的立场态度，强调了研读书本的重要性。作者也以此为观点展开讨论，并引出自己所阅读的书籍，之后进行赏析。又如：

子曰：“君子和而不同，小人同而不和。”(《论语·子路篇》)君子可以与周围的人融洽相处，在处理好人际关系的同时却有自己的想法，不随波逐流，不盲目附和，有自己独立的见解，不偏不倚，至诚尽性、慎独自修、忠恕宽容。而小人则容易失去自我，没有独立见解，虽然看似总是跟随着潮流，却并没有达到真正的统一，没有自己的独立人格。但真正的君子却是“以文会友，以友辅仁”。(《论语·颜渊篇》)

这里作者也是引用了《论语》中阐述君子和小人不同的名句“君子和而不同，小人同而不和”来提出自己对君子和小人的观点，并以此为标准进一步解释了君子和小人的定义。

除了在文章开头用经典诗文名句来提出观点外，在文中引用经典来佐证观点更为常见，有 140 条，占所有论证类的 87.5%。例如在《论语》《诗经》《唐诗三百首》等古文类读书笔记中，作者常在分析归纳提出观点后，引用多个诗句举例论证自己的观点。如在《大唐之诗壮矣——〈唐诗三百首〉读后感》中，作者在读书笔记的每段段首都会提出他的观点，如“大唐是一统天下的大唐，因此诗词也是雄浑辽阔的。”“大唐是开放包容的，因此诗词也是豪迈洒脱的。”“大唐是明朗睿智的，因此诗词也是含蓄但不失隽永的，质朴又饱含真诚的。”这些段首句均表明了他对唐诗的认识，之后他便开始引用唐诗中的名句来论证段首论点。如在谈到“大唐明朗睿智，诗词隽永”时就引用了刘禹锡的《乌衣巷》“朱雀桥边野草花，乌衣巷口夕阳斜。旧时王谢堂前燕，飞入寻常百姓家”和无名氏的七言乐府诗“劝君莫惜金缕衣，劝君惜取少年时。花开堪折直须折，莫待无花空折枝”等来论证这一观点。

《论语》是大学生阅读篇目中阅读频次最高的，因此读书笔记涉及《论语》内容的也是最多的，共有78篇。孔子被尊称为“文圣”，是伟大的思想家、教育家，他的思想核心是仁。孔子注重人的品格培养，主张礼乐教化，因此关于《论语》的读书笔记中多是关于“仁”“学”与“君子”的探讨，一般都是通过引用具体语录进行佐证。例如：

(1)《论语》在人格方面也着墨很多，可见在儒家学者看来，完善的人格具有举足轻重的地位。这一方面的内容有很多，而我们熟知且广泛使用的有：“礼之用，和为贵。”“曾子曰：吾日三省吾身，为人谋而不忠乎？与朋友交而不信乎？传不习乎？”(《〈论语〉读书笔记》)

(2)君子行仁必定是心甘情愿的，怀有极大的热忱与渴求去追求心中的道义，而不会去在意事成之后的物质收益。而小人，即见识短浅的一类人，是不愿意践行仁道的，这类人更喜闻乐见的是短期的物质利益，而绝非道义。正如子曰：“君子喻于义，小人喻于利”(《论语·里仁》)、“君子怀德，小人怀土”(《论语·里仁》)。(《〈论语〉读书笔记》)

例(1)讲到《论语》中人格的作用时用到了其中两则语录来说明人格塑造的重要性；例(2)讲到了君子和小人看待利义关系的差异时也举出两则语录作为例证。

在大学生书面语料中，常会因所读书目与自己曾经读过的诗文经典有共同之处或有共同讨论的话题，故加以引用，类比论证阅读书目中的相关观点。如中外教育主题类读物的读书笔记多会引用中国典籍或名篇来佐证、类比相关概念与观点。这种论证多是正引，都是肯定孔子、荀子、韩愈等人的教育理念是正确的、值得学习且深入人心的。大学生在对前人经典中的思想与话语进行引用时，是以这些经典作为衡量标准来类比、佐证自己所阅读书目中的思想，表现其正确性。中外很多近现代教育思想其本质与《论语》《师说》等经典中提到的观点是一样的。如：

> 对于儿童，我们能做的就是安静观察，了解其关注的东西，然后给予更深层次的解答。这种观点与我国教育经典《论语》中的“不愤不启，不悱不发”的启发式教学观点不谋而合。(《〈童年的秘密〉读后感》)

在这篇读书笔记中，作者认为西方对孩子的启蒙启发需要观察孩子的兴趣，进而他联想到《论语》中的“不愤不启，不悱不发”。也有学生提到《颜氏家训》中的家训如“夜觉晓非，今悔昨失”和《论语》“吾日三省吾身”的教育理念本质一致，都注重对自我的反省。在《教师专业化的理论与实践》等读书笔记中，学生多引用“业精于勤荒于嬉，行成于思毁于随”“授人以鱼，不如授人以渔”等经典名句来对照当今的教学理念。在教育类书籍中，对《论语》等教育类典籍的引用较多，主要是引用其中名句来类比论证关于学习或教育的观点，表现其合理性。

除了在论及学习与教育理念外，在谈到交友、人生观乃至治国理政思想等方面，也有多位作者引用了经典诗文名句中的思想来进行对比论证。例如有作者在谈到分权治理各行其是的思想时这样写道：

> 这方面和中国孟子的“劳心者治人，劳力者治于人”异曲同工。讲求社会的分工就是提升社会工作效率的方法，竭力做好城邦在自己本分内的工作即是理想国中的正义的体现。(《〈理想国〉读书笔记》)

在这篇关于《理想国》的读书笔记中，作者将《理想国》中提到的“分权”思想类比为《孟子》中的“劳心者治人，劳力者治于人”，在认可孟子的治国理论的基础上，肯定了与孟子理论相似的“分权”思想。

在《史记·刺客列传》的读书笔记中，也有作者引用了《论语》中的“志士仁人，无求生以害仁，有杀身以成仁”这一对志士仁人的定义来衡量《史记》中的刺客行为是否正义或值得褒扬。

除了论证最为常见之外，抒情达意也是引用经典诗文名句的一大目的。在这些读书笔记中，引用经典来抒情的也有 70 条之多。在读书笔记的写作中，作者们多引用经典诗文名句来表达个人的情感，例如：

> (1)从小耳濡目染，使得我们对于《论语》中的很多名句都耳熟能详，如“吾日三省吾身：与人谋而不忠乎？与朋友交而不信乎？传不习乎？”“温故而知新”“逝者如斯夫！不舍昼夜”“士不可以不弘毅，任重而道远”……这些话历经两千五百多年，至今依然能散发出智慧的光芒，为人们所津津乐道，可见其魅力之大。(《〈论语〉读书笔记》)
>
> (2)诗词歌赋里的缠绵悱恻，让我沉浸在桃之夭夭，灼灼其华的美好意境中；哲学名著里探讨的宇宙时空，唯心唯物，让我能够对人生、对生命有更深的理解与感悟……不论是哪种类型的书，阅读都是大有裨益。(《阅读是一种境界》)

例(1)引述了很多孔子的经典话语，说这些话语直到今天依然有智慧有魅力，对人们有启发，是在表达对《论语》的赞美之情。例(2)中用《诗经》中的“桃之夭夭，灼灼其华”来表达对诗词歌赋艺术价值的赞美。在引用经典诗文名句抒情时，作者们普遍会采用排比式，连着引用多条诗句表达对书籍、对文学、对某种题材的喜爱之情。在描写或者说明时，也有人连用名句来让表达更有力度和文采。例如：

何谓君子？一谓“衣带渐宽终不悔，为伊消得人憔悴”之执着坚定；二谓“世人笑我太疯癫，我笑世人看不穿”之自若坦然；三谓“落红不是无情物，化作春泥更护花”之无私奉献。(《既见君子，云胡不喜——读〈古文观止〉有感》)

这一段中作者明确揭示主题，说明讨论的对象是“君子”，并给出了作者的定义——执着坚定、自若坦然与无私奉献。作者在三个形容词前分别加了三句经典易懂的诗句，使自己的赞扬之情更加凸显，同时也使君子的形象更加立体，让表达更加生动形象，也更有画面感。

有的作者还会通过引用书籍作者的自述自评来抒发感情，例如一篇《红楼梦》的读书笔记中这样写道：

满纸荒唐言，一把辛酸泪。红楼深深，一梦烟云，久久不见，却也不能忘怀。漫步红楼，美不胜收，历史雾霭数重重，红楼一梦，太虚幻境，芸芸众生皆是空。(《浅谈〈红楼梦〉》)

“满纸荒唐言，一把辛酸泪”本为曹雪芹所写，其高度概括了《红楼梦》的内容，也借此抒发了自己的苦闷。而作者也用这句经典诗句来感叹《红楼梦》的家族兴衰与曹雪芹的身世浮沉，他阅读后的情感与曹雪芹是相通的，因此就引用了这句来表达自己读后的悲叹与感慨之情。

一些经典诗文名句本身富有哲理和启发性，因此在表达时引用它们就可以不直接说出某种情感或哲理而达到让读者理解深意的目的。例如：

当我们找到自己的目标，并且投身其中时，头脑中灵感一现，给我们一种“山重水复疑无路，柳暗花明又一村”的感觉。(《〈人间

词话〉心得》)

“山重水复疑无路，柳暗花明又一村”表现出了一种积极的人生态度。无论当下多么迷惘，只要勇于开拓，坚定信念，就能遇到转机，重新迎来光明。作者以此告诫我们要对生活保持希望，向着目标努力，就会迎来转机，表现出一种乐观积极向上的精神，同时也传递出一种出现转机的喜悦之情。这种含蓄的抒情也可以加深文章的内涵，让表达更有韵味。

最后，大学生的书面语料中也同样有一些客观引述的形式，虽然一共只有 13 条，但也起到了一定的表达作用。例如：

“机关算尽太聪明，反误了卿卿性命。”王熙凤可以说是其中比较有代表性的人物了。《红楼梦》中这样描述她，她满身锦绣，珠光宝气，“一双丹凤三角眼，两弯柳叶吊梢眉”“粉面含春威不露，丹唇未启笑先闻”“恍若神妃仙子”但是她是面艳心狠。(《浅谈〈红楼梦〉》)

作者在提到王熙凤时，用了《红楼梦》中关于王熙凤的判词“机关算尽太聪明，反误了卿卿性命”来开头，起到了介绍王熙凤、引出人物出场的作用。这样一来就比直接介绍王熙凤要显得更为自然，也更能让读者联想到王熙凤的性格特点。

这类客观引述常常出现在文章或段落的开头，例如：

(1)说到爱情诗，不可避免地要说《桃夭》。“桃之夭夭，灼灼其华。”就算是没能背下整篇《桃夭》，大家也应该对这一句是滚瓜烂熟。因为现在很多言情小说或者电视剧爱用这一句。(《读〈诗经〉有感》)

(2)不管什么时候提到《论语》，我的第一反应仍是孩童时期诵读的第一句："学而时习之，不亦说乎？有朋自远方来，不亦乐乎？人不知而不愠，不亦君子乎？"那时候理解得浅显，没有注意到短短三句就涉及学习、交友、修养三方面。孔子教我们的不是晦涩难懂的大道理，可却又是只有活得通透、简单的人才能真正明白体悟，并能够最终实践的秘诀诀窍。(《孔子的温度——读〈论语〉有感》)

这两篇都是用自己所读经典中的名句来开篇，让人们对这些经典产生一个初步的印象，有了好感，有了兴趣，然后再开始进入后面的介绍。例(1)是从"桃之夭夭，灼灼其华"引入对爱情诗的介绍，例(2)是用孔子"不亦……乎"的排比句来引入对孔子思想的介绍，都起到了先声夺人、引人入胜的作用。在段落布局上，选择运用经典诗文诗句进行开篇，不仅可以使文章更具有吸引力和感染力，同时也可凸显文采，便于抒情或引入正文，使读者在阅读时产生共情。

在文章结尾处引述经典诗文名句也是一种比较常见的做法，通常用于收拢全篇，在经典名句营造出的意境中结束，不仅不突兀，而且颇有余味。例如：

"蒹葭苍苍，白露为霜。所谓伊人，在水一方。"我们追寻《诗经》，然道阻且长、且跻、且右，漫长坎坷而曲折。(《思无邪——〈诗经〉读书笔记》)

这里引用"蒹葭苍苍"句来说明，读者对《诗经》的追寻也像追寻"伊人"一样，道路漫长而曲折。在结尾处作者把对《诗经》的不懈探讨和热爱之情比作热恋男子对"伊人"的执着追寻。这里的引述收束了全篇，也渲染了气氛，给人留下一种"言有尽而意无穷"的阅读感受。

从整体上来看，大学生书面语料中对经典诗文名句的引用以正引为主，只有极少量的借引和反引形式。通常来说，我们引用经典诗文名句就是为论证和抒情服务的，越是认同欣赏，越是印象深刻，就越会倾向于使用。因此正引形式必然占绝对比重。对经典诗文名句的引用中论证类也占绝大多数。论述类包括提出观点与论证观点两大类，其中用于提出观点的数量较少，多出现在开篇，主要用于表明态度或直接用名句作为立论点，其余均为论证观点，即使用名句佐证观点的正确性。被用于论证类的诗文名句多为说理性的语句，写景抒情类的诗句多用于佐证观点和抒情。抒情类的引用其表达的感情多是赞美之情和对原作的欣赏。而客观引述的数量最少，多出现在文章开头或段落开头，用于开启文章或段落的话题，或出现在文章结尾，结束全篇，留下余味。

第三节　大学生书面语料中中华经典诗文名句的引用质量考察

由于本次考察的564篇书面语料都是读书笔记，所以每一篇当中都有数量不等的经典诗文名句的引用。但是令人感到遗憾的是，引用数量虽然多，整体质量却不高。其中超过一半的“引用”都只限于摘抄和罗列，另外不到一半虽然能做到将引用与自己的表达相结合，但是依然存在各种各样的问题。

一、引用错误

在这些经典诗文名句的引用中，有一些存在比较明显的错误。一类是常识性错误，一类是理解性错误。常识性错误多表现为对经典诗文名句的作者记忆不清、对名句的记忆不准确和因为发音接近而产生的记忆混淆。例如：

(1)后来，我就有更多的机会接触到宋词。偶然向同学借了一本《宋词三百首》，我才真正地陶醉在如诗如画的美妙意境中。从辛弃疾的“十年生死两茫茫，不思量，自难忘。千里孤坟，无处话凄凉”(《江城子·乙卯正月二十日夜记梦》)中体会到了作者与爱侣的感情深婉而真挚以及前者是如何怀着悲痛的心情表达了对后者的深切怀念，悼念之情令人悲从中来。(《千百年前的低声吟唱——读〈宋词三百首〉有感》)

(2)很多不同的人经历了相同的事情，我们会发现他们的感受和总结出来的经验是不一样的。就像两个同时有30年打鱼经验的渔夫，其中一个会成为很优秀的渔夫，而另一个则有可能成为一个只会凭借蛮力获取食物的渔夫。我想这也许就是人的学习力和总结能力不同吧，这也是孔子说的"吾日三省吾身"的用处吧。(《〈老人与海〉读后感》)

(3)德行是一个人的基石。修身首先要修的是自己的道德。道德从来都是个人约束自己行为的标尺。自己要先以身作则，才有资格去教导他人的行动。孔子有言"吾日三省吾身，为人谋而不忠乎？与朋友交而不信乎？传不习乎？"一个坚持自我反省的人，才能不断提高对自我的认识，培养自己良好的道德修养。(《从古代经典汲取内在精神力量——〈十三经概论〉读书笔记》)

(4)古人讲：老当益壮，志在千里。年老的时候，还是需要经历，而不是只是享受。那么年轻的时候，我们更要有这份拼搏、努力的姿态。(《〈老人与海〉读后感》)

(5)因为怀揣了满满的志向，王勃发出了"老当益壮，宁移白首之心；穷且益坚，不坠青云之志"的铿锵之音；因为怀揣了满满的志向，李白发出了"长风破浪会有时，直挂云帆济沧海"的豪迈之志；因为怀揣了满满的志向，杜甫表现出了"会当临绝顶，一览众山小"的坚定之心。(《读〈史记〉有感》)

例(1)中作者想引用苏轼的《江城子》来表达自己对宋词的喜爱之情，说明宋词带给自己的感动，但是却出现了记忆偏差，将这首词的作者写错了，写成了辛弃疾。例(2)和例(3)引用的虽然是来自《论语》的话，但并不是孔子说的，而是曾子说的。另外，例(2)中作者用两个渔夫打鱼的例子是想说明总结反思的作用，这里乍看起来用“吾日三省吾身”是合适的，但仔细看前文，强调的是总结出来的经验不一样，并不是一个总结另一个不总结，一个反思而另一个不反思，所以用在这里也是不恰当的。例(4)想引用曹操《龟虽寿》中的名句“老骥伏枥，志在千里”，但是一没有记清楚作者，将这句话说成是一句古人的话，另外将“老骥伏枥”写成了“老当益壮”，失去了原句当中的比喻义。例(5)则是因为读音相近，将杜甫《望岳》中的名句“会当凌绝顶”写成了“会当临绝顶”，虽然只是一字之差，但是“临”只是到达，而“凌”则带有超越之意，高下立分。

这些读书笔记与中小学作文不同，不是在现场写成的，也没有时间上的限制，同时又是读书笔记，和阅读关系极为密切，但是依然出现这样的低级错误，确实是令人遗憾的。除此之外，比较明显的错误就是因为对名句的理解有问题而造成了引用错误。例如：

这些诗歌中深切体现出杜甫忧国忧民，推己及人的高尚风格，同时也暴露出封建社会的种种弊端，以及揭露统治阶层糜烂的生活，也更是体现了杜甫崇高的精神气节。《望岳》中“会当凌绝顶，一览众山小”也很好地体现了这一点。(《〈唐诗三百首〉读后感》)

这里作者引用的是杜甫《望岳》中名句。这首诗写于杜甫青年时期，尾联“会当凌绝顶，一览众山小”写出了诗人雄视一切的雄姿和气势，也表现出诗人的心胸和气魄。杜甫在诗中把众山的小和泰山的高大进行对比，表现出一种不怕困难、敢于攀登绝顶、俯视一切的雄心和气概。虽然也体现了杜甫的人格魅力，但是却并不能体现前文所提到的杜甫的忧国忧民和推己及人，因此这里引用论证是错误的。又如：

从心理学的层面上讲，这些疯癫者是身体污染与道德污染的结合体，要用宗教和民间道德来“治疗”他们。如果回到我们的古代智慧中，老子所倡导的“小国寡民”“民至老死不相往来”就是福柯所描述的收容院的模式，居民（疯癫者）都是愚人，他们不与统治者（理性人）有直接的联系，只需为他们提供劳动和统治者（理性人）所倡导的“道”（宗教精神），让他们内化，使这些问题变成纯粹是道德。（《〈人类理解研究〉读书笔记》）

这里作者谈到的是福柯的收容院模式，他意在提醒人们“权力机制”是一种挥之不去的梦魇，即使它的形式发生了多种改变，但类似的“发明”总有功能的连续。这些精巧的设计，哪怕是最文明的设计，主要都是为了对付“人”。但是老子的“小国寡民”并不是为了对付人，所谓的“老死不相往来”里边蕴含着的是对战争的反对和对和平的呼唤。“小国寡民”是老子清静无为思想中“不争”和“顺其自然”思想的体现，表现出的是在诸侯争霸天下纷乱的境况下老子对百姓的关爱。这与福柯批评的这种收容院模式是完全不同的，甚至可以说是没有关联的。作者在这里将二者进行类比，是生拉硬拽，是极端错误的，是对老子思想的一种误读。

二、引用不当

有的引用表面上看起来与主题内容有关，但是仔细推敲却会发现，其引用并不准确，而这主要是因为对原句的意思理解不够深入造成的。例如：

人们常说：书中自有黄金屋，书中自有颜如玉，意思大概为读的书越多，思想境界会提高，眼界会更宽广。《宋词三百首》带给我的收获更是如此。（《千百年前的低声吟唱——读〈宋词三百首〉有感》）

这里引用的“书中自有黄金屋，书中自有颜如玉”出自宋真宗赵恒的《劝学篇》，原诗分在两联出现，今人使用时多为连用。原诗字面的意思是只要通过学习，博取了功名，自然就能有荣华富贵，也自然少不了美貌女子。本来是劝学格言，从人们追逐名利的角度出发阐述了读书的重要性。但是今天我们使用这句话要么是沿用原文的意思，反引这句话来说明读书不能太过于功利；要么就是正引，取其鼓励人们读书，不必讲求读书动机，只要爱读书就胜过不读书的意思。正引时通常不会把它庸俗化，而是用来强调读书是有价值的。这里将其解释为“读的书越多，思想境界会提高，眼界会更宽广”是不准确的，是比较牵强的。又如：

或许有时候，你倾心的付出并没有得到朋友的回应，也不要生气，做好自己；亦或许，一点都不想付出的你还在渴求朋友的回报，那么，请立即停止这种幼稚的想法，因为“己所不欲，勿施于人。”(《论语·颜渊篇》)自己都做不好，更不要去妄想别人会为你做什么。所以，交友第一步，真心待友，不论他从哪里来，都应该表示欢迎。(《人生导师——〈论语〉》)

这一段引用了孔子的“己所不欲，勿施于人”来谈论交友。原句的意思是自己不喜欢的，也不要强加给对方。作者说有的人不想付出，却渴求朋友的回报。如果是要求他人来回报，那么这里的引用就是合适的。但文中使用的是“渴求”这个词，“渴求”只是一种心理上的期待，并不是施加给他人。而“己所不欲，勿施于人”中的“施”的意思是“施加”，带有强烈的主动性。因此这里的引用也显得不够贴切。又如：

学习的态度应该持恒专一，相信只要肯花时间、下功夫，就会有收获。“积土成山，风雨兴焉”“积水成渊，蛟龙生焉”“积善成德，而神明自得，圣心备焉。”(《读荀子〈劝学〉有感》)

首先荀子《劝学》中这段运用了比喻手法的排比句是连续的，在引用中是不应该分开加引号的。另外，这段话强调的是在学习中积累的重要性。当然积累也需要坚持，和作者前文所说“持恒”有一定的关系。但是如果要说明学习应该坚持，应该有恒心，《劝学》当中有“骐骥一跃，不能十步；驽马十驾，功在不舍。锲而舍之，朽木不折；锲而不舍，金石可镂”这样的句子，更能佐证作者的观点。因此，这里对这句经典的引用也是不够贴切的。

下面这几个例子都是引用自唐诗宋词，但是因为对诗句原意理解得不够精准，导致引用后的表达并不是十分恰当。

(1)从屈原的“吾将上下而求索”，到李白的“仰天大笑出门去，我辈岂是蓬蒿人”，都是《诗经》中知识分子历史责任感和事业心的延续和发扬光大。(《诗经文化，源远流长——〈诗经〉读书笔记》)

(2)初中的孩子们长大后终于明白了什么叫“浮生”，也才知道沈复为什么这样说，因为他没有家了。自芸娘走后，天大地大，他只能“一蓑烟雨任平生”。(《立于黄昏粥尚温——读〈浮生六记·闺房记乐〉有感》)

(3)我以为欢喜不是浮于表面的，而是和悲伤痛苦一样叩击灵魂的，每一次真实的悲喜都要消耗灵魂，所以浓烈的情绪过后人们总是疲惫。在这样的前提下……“故人具鸡黍，邀我至田家”的平淡细语中，也掩藏着平凡的快活，……相比之下，“云想衣裳花想容”苍白得如同入秋的知了，下雨天的窗户纸，一戳就破，经不得推敲。读来发困，弃之可惜，倘要留在宫里写这种鸡肋，这官李白他不如不当。(《唐时明月今时光——〈唐诗三百首〉读后感》)

例(1)引用了李白《南京别儿童入京》中的名句来说明知识分子的历史责任感和事业心，这是不尽准确的。李白素有远大抱负，他立志要“申管晏之谈，谋帝王之术，奋其智能，愿为辅弼，使寰区大定，海县清一”(《代寿山答孟少府移文书》)。这一政治理想的确在很长时间里都没有得到实现的机会。天宝元年(742),李白已经四十二岁,突然得到了唐玄宗召他入京的诏书,异常兴奋,于是就写下了这首七言古体诗。这首诗的确反映出了李白慷慨激越的进取精神,可以说和作者所说的事业心有一定关系。但是这句描写的主要是诗人求用心切、受宠忘形的神态,用在这里和屈原的"吾将上下而求索"并列,显得格局不够,因此不够恰当。例(2)中说沈复在芸娘走后只能"一蓑烟雨任平生",作者想表达的是一种无奈之情。但实际上苏轼这首词写的是自己去沙湖看田归途遇雨后的豁达和乐观心态,"一蓑烟雨任平生"是说自己即使披着蓑衣在风雨里过一辈子也处之泰然,无喜无悲、胜败两忘。作者这里对苏轼词的思想感情缺乏了解,只看到了"一蓑烟雨"的困境,却忽视了"任平生"的潇洒旷达,因此这里的引用也是不妥的。例(3)作者想要表达与实际生活相关的诗句更能打动人心这个意思,这无可厚非。但这里对李白《清平调》中的"云想衣裳花想容"评价过低。这句描写贵妃美貌的经典诗句以重字开头,互文见义,是很能显示李白举重若轻的艺术表现力的,且与段首主题的关联不够紧密,逻辑上无法自洽,也是不合适的。

三、引用无关

在这些引用当中还有一类是引用的经典诗文名句和上下文无关,有为了引用而引用的嫌疑,读起来令人不知所云。例如:

孔子在不经意间这样说过,<u>知之者不如好之者,好之者不如乐之者</u>。带着这句话,我们还要更加慎重地审视这个问题:要想清楚,《道德形而上学原理》到底是一种怎么样的存在?问题的关键究竟为何?(《〈道德形而上学原理〉读后感》)

孔子这句经典的意思是,对于学习,了解怎么学习的人不如喜爱学习的人；喜爱学习的人又不如以学习为乐的人。这句话强调的是兴趣对于学习的重要性。对知识的学习感兴趣，就会变被动为主动，以学习为乐事，在快乐中学习，这样才能提高学习效率，加深对知识的理解，才能够将所学灵活运用。这句话和后文的“慎重地审视这个问题”可以说是风马牛不相及。如果作者想表达自己对这本书有浓厚的兴趣，那就需要在引用的经典后面加上相关的其他话语，建立彼此之间的联系，才能让这段引用真正发挥作用。

大学生阅读频率最高的是《论语》，引用频率最高的也是《论语》，他们对《论语》中的语句也最为熟悉，但是很遗憾的是他们的引用并没有真正建立起与自己所要表达的主题之间的联系。例如：

(1)子曰：“朝闻道，夕死可矣。”“默而识之，学而不厌，诲人不倦。何有于我哉。”孔子主张对崇高思想的执着，对丰富健全精神的向慕，应远在物质追求之上。(《〈论语〉读书笔记》)

(2)子曰：“知之为知之，不知为不知，是知也。”(《论语·为政》)”在学习中，没有人是天才，天才都是百分之一的灵感加百分之九十九的汗水形成的。正如韩愈在《师说》中所言：“人非生而知之者，孰能无惑？”(《人生导师〈论语〉——〈论语〉读书笔记》)

(3)在《吴太伯世家》中，周太王的儿子吴太伯，为了避让王位，宁可远走荆蛮(荆楚土著)并随其文身剪发，以免再被重用。相比父子兄弟争位相残的斗争，他的谦让太难能可贵了。因而太史公借孔子的话称赞他：“太伯可谓至德矣。”这种谦让的美德，使得太史公也情不自禁赞道：“呜呼，又何其闳览博物君子也！”君子坦荡荡，这是一个人品质的最高境界，至今亦不过时。(《〈史记〉读书笔记》)

例(1)中“朝闻道夕死可矣”是孔子形容对真理或某种信仰追求的迫切。“默而识之，学而不厌，诲人不倦”谈论的是孔子治学的方法，和后文所说对思想精神的追求在物质享受之上并无关系。如果想表达后文的意思，用孔子“君子食无求饱，居无求安，敏于事而慎于言，就有道而正焉，可谓好学也已”这句则更为恰当。例(2)中孔子的话讲什么是真正的智慧，讲的是人要诚实对待自己，不懂就问，不能不懂装懂。而韩愈的话则强调每个人都会有疑惑都需要学习。这和作者所说的天才不是天生的，是需要后天努力的并无直接的关系。例(3)作者谈到了对《吴太伯世家》中主要人物吴太伯的观点，在段落的结尾处引用了《论语》中的“君子坦荡荡”来进行总结和点评。“君子坦荡荡”的下一句是“小人长戚戚”。孔子用对比的手法来说明真君子都有着旷达的心胸，他们不拘泥于物，既不以物喜，也不以己悲。因此，无论在什么情况之下，都能够无愧于心，始终坦坦荡荡。但小人则多以私利为重，经常患得患失，心胸狭隘，故时常忧愁烦恼。孔子用这种对比道出了君子与小人在胸怀和心态上的典型差别。钱穆先生认为“读者常以此反省，可以进德”。南怀瑾先生也对此点评道：“这两句可作为座右铭，贴在桌旁，随时用以自励，养成坦荡荡的胸襟。”也就说是今人对这句话的理解都在于君子的胸怀应该坦荡。而前文所说都是在赞美吴太伯的谦让之风，虽然也是君子的风格，但是和胸怀坦荡却没有关系。因此这里的引用也是不合适的，与上文无关的。

大学生在书面表达中对《论语》中的名句存在理解不透彻，因此造成了引用与正文内容无关的情况。他们对其他经典名句的引用也存在类似问题。例如：

> 鲁迅说，悲剧就是把美撕碎了给人看。诚哉斯言矣，这就是悲剧的力量。《道德经》说：“将欲取之，必先予之。”《诗经》说：“投我以木瓜，报之以琼琚。”人生没有浪费的风景，正是那些经历，成就了今天的自己。(《〈白鹿原〉读后感》)

这一段开头第一句讲的是悲剧的意义，最后一句讲的是人生经历对成就自我的作用。但是引用的《道德经》名句意思是要想夺取些什么，得暂且先给予些什么。一般指先付出代价以诱使对方放松警惕，然后找机会夺取。而《诗经》中的投桃报李原意是：你送给我木瓜，我送给你琼琚，比喻互相赠送答谢。现在多用于比喻友好往来。作者如果想要表达每一段付出都会有回报，就必须要对所用诗句有所引申和阐释。但无论如何，这两句引用与鲁迅对悲剧的评价都很难建立联系。这种引用也是失败的。

四、引用过度

有的时候，作者引用的经典诗文名句是合适的，也是能够恰如其分地说明观点或者表达感情的，但是引用中却没有注意到分寸，引用过度，造成了表达上的多余，反而有损文章的表现力或者影响阅读的流畅性。例如：

> 当我读完《边城》后，脑子里充盈着一种纯洁的思想，就如同《穆斯林的葬礼》般“真”，但有所不同的是，《穆斯林的葬礼》讲的是最纯洁的梦想，最凄美的爱情，最痛苦的命运。而《边城》则是田园风光，乡村逸迴。不禁令人想起王维的《山居秋暝》：“空山新雨后，天气晚来秋。明月松间照，清泉石上流。竹喧归浣女，莲动下渔舟。随意春芳歇，王孙自可留。”幽雅淡然的意境，令人神驰向往。(《〈边城〉读书笔记》)

这篇《边城》的读书笔记中提到了边城中的自然风光，于是作者就联想到了唐代田园诗人王维的《山居秋暝》。这首诗描绘的是秋雨初晴后傍晚时分山中的旖旎风光和山民的淳朴风尚，和小说《边城》中的风光有着相似性和情感上的关联。但是作者的重点应该是在《边城》，所以完全没有必要将这首诗完整引用。引用全诗是喧宾夺主，对文章主题是有一定干扰的。

整体来看，大学生在书面表达中能够注意到引用的作用与价值，也多次引用相关的经典诗文名句来佐证观点，抒情达意，丰富表达。但是在引用质量上，还存在一些不尽如人意的地方，比如一些常识性的错误就显得尤其不应该。因为对经典诗文名句缺乏深入的理解，一些引用显得不够恰当，甚至干脆毫无关联，读起来严重影响对内容的理解，甚至会干扰表达，造成阅读理解中的障碍。还有的引用喧宾夺主，在不需要全篇引用时引用了全篇，这也会造成表达主题的偏离或者失重，同样影响表达的质量。引用经典诗文名句是为了让我们的表达更加有感染力、表现力和说服力，因此加强对经典诗文名句的理解，加深对作品主题的理解是非常重要的，这对准确表达、恰当引用也是非常必要的。

第六章

大学生口头表达中中华经典诗文名句的使用情况

书面表达中经典诗文名句的使用呈现出范围广、数量多，但使用不尽准确贴切的情况。考虑到书面语料在写作时有更充足的时间，可以借助辅助资料，不能完全反映当代大学生的实际水平，因此本章拟对口头表达中的经典诗文名句使用情况作以考察，希望能够更为全面地了解当代大学生对这些经典名句的掌握情况，从而发现问题，解决问题。

第一节　大学生口头语料的确定与选取

为了考察大学生口头表达中中华经典诗文名句的使用情况，本文选取了陕西省普通话水平测试的录音，并将其转写为文字语料，并在此基础上进行了分析。普通话水平测试是对应试人运用普通话的规范程度、熟练程度的口语考试。考试形式为口试。考试时分省进行，但考查内容都分为四个部分，其中第四个部分是根据命题自由说话。

普通话水平测试设定的报考条件中说，可以报考的人群是：

1. 中小学教师；
2. 中等师范学校教师和高等院校文科教师；
3. 师范院校毕业生(高等师范里，首先是文科类毕业生)；
4. 广播、电视、电影、戏剧，以及外语、旅游等高等院校和中等职业学校相关专业的教师和毕业生；
5. 各级广播电台、电视台的播音员、节目主持人，从事电影、电视剧、话剧表演和影视配音的专业人员；
6. 其他应当接受普通话水平测试的人员和自愿接受普通话水平测试的人员。

但从历年的报考情况来看，由于就业的需要，参加该考试的绝大多数都是师范专业的在校大学生，整体受教育经历比较长，学历也比较高，文化水平高于社会平均水平。本文在研究时选取的是 2017 年春季参加该考试的陕西师范大学在读大学生(包括极少数研究生)的口头语料。

普通话水平测试的第四项是命题自由说话。测试形式是当场抽签，每张题签上有两个话题，可以从中任选一个话题，单向说话三分钟。这些话题是考试者提前知道的，是可以提前准备的。话题一共有三十个，大体可分为记叙类和议论类。

记叙类的里面又分为记人的，比如：我的家庭、我的老师、我的朋友、我尊敬的人、我喜欢的明星等；记事类的有：童年的记忆、难忘的旅行、我的学习生活、我的业余生活、我的假日生活、我的成长之路、喜欢的职业、我和体育、我知道的风俗等；记物的，比如：我喜欢的文学艺术形式、我喜欢的动(植)物、谈谈美食、我喜欢的季节(或天气)、我喜欢的书刊、我所在的集体(学校、机关、公司等)等；还有记心愿的，比如：我的理想或愿望、我向往的地方等。

议论类是针对一些自然社会现象的评论，比如：我心目中的教师职业、学习普通话的体会、谈谈社会公德或职业道德、谈谈服饰、谈谈个人修养、谈谈对环境保护的认识、谈谈购物或消费的感受、谈谈科技发展与社会生活、谈谈卫生与健康等等。

参加考试的大学生虽然知道话题，可以提前准备，但这个部分是人工打分，如果考试过程中有背稿嫌疑会被考官扣分，三十篇稿子想要提前全部背好也并不现实。因此大部分参加考试的人都是提前准备提纲，在没有文字依托的情况下，当场根据抽签，在给定的两个话题中选择一个来即兴表达。因此，这个部分的表现是能够反映应试者的真实口头表达水平的。

引经据典的习惯虽然一般出现在书面表达中，但是在比较正式的口头表达中，引用中华经典诗文名句的情况也很常见。即使是非正式的网络语言和日常对话中，引用经典来说明观点、抒发感情也并不少见。推广普通话是我国的一项基本国策，“普通话水平测试是推广普通话工作的重要组成部分，是使推广普通话工作逐步走向制度化、科学化、规范化的重要举措。”①普通话水平测试可以说是一个和基本国策息息相关的、非常重要的水平测试。很多工作都对从业者的普通话水平有要求。因此，参加这项测试的应试者对其是非常重视的，在表达时也是能够认真对待的。从测试的角度看，第四部分的自由说话就属于比较正式的口头表达。而且《普通话水平测试实用教材》中在论及命题说话的应试策略时，还专门提到可以用名言引入法来引入话题：

> 名言引入法即在开始时用一些我们耳熟能详的词语、语句引入话题内容。比如话题“谈谈美食”，可以这样引入：“常言道：‘民以食为天’”；话题“谈谈社会公德(或职业道德)”，可以这样引入：“人之立身，所贵者在德”；话题“我的学习生活”，可以这样引入：“人们常说：‘活到老，学到老。’这足以说明学习应该贯穿人的一生”；话题“我的家乡”，可以这样引入：“‘乡愁是一枚小小的邮票，我在这头，母亲在那头。’是的，远行的游子总会思念着自己的家乡，我的家乡是……”等等。这种方法中运用的名言熟语，对说话主旨的表现有画龙点睛的作用，从而增强了表述的生动性。②

从现有的口头语料中也可以看到，有不少应试者采用了这一方法来引入话题，丰富自己在自由说话部分的表达。说话作为与书面表达相对的口头语言表达，是日常交际中不可缺少的能力。说话人要掌握说话的内容、动机、场合等诸多要素，才能完成说话行为所指向的交际任务。因此，笔者选用普

---

① 国家语言文字工作委员会普通话培训测试中心编制：《普通话水平测试实施纲要》，商务印书馆，2009年版，第1页。

② 普通话水平测试实用教材编写组：《普通话水平测试实用教材》，中国传媒大学出版社，2011年版，第222页。

通话水平测试中第四部分“自由说话”的语料，通过考察当代大学生在口头表达中引用经典诗文名句的情况，以小见大，以期了解当代大学生口头表达的实际水平。

第二节　大学生口头表达中中华经典诗文名句使用数量考察

笔者从 2017 年春季参加普通话水平测试的陕西师范大学在校大学生中随机抽取了 437 个录音资料作为研究样本。根据统计，应试者对自由说话的三十个话题有一定的倾向性，他们的选择多数集中在记叙类的话题上，按照选择频率从高到低依次是：

我的假日生活	41 次
我的愿望或理想	38 次
我尊敬的人	37 次
我喜欢的季节或天气	31 次
我喜欢的节日	23 次
我的业余生活	21 次
谈谈美食	20 次
我喜欢的职业/我知道的风俗/我所在的集体	19 次
我向往的地方/我的成长之路	18 次
难忘的旅行	17 次
童年的记忆	16 次

我的朋友	15 次
我的家乡	14 次
我喜爱的书刊	13 次
我喜爱的动物(植物)	12 次
我的学习生活	11 次
我和体育	10 次
我喜欢的明星或其他知名人士	8 次
我喜爱的文学或其他艺术形式/谈谈服饰	6 次
谈谈科技发展与社会生活	5 次

还有几个话题无人选择，它们是：谈谈卫生和健康、学习普通话的体会、谈谈社会公德或职业道德、谈谈个人修养、谈谈对环境保护的认识、购物(消费)的感受。

从话题的选择来看，应试者更倾向于选择陈述类的话题，对议论类的话题则比较回避。在这些话题的表达中，引用经典诗文名句的情况如下：

“我的假日生活”有 1 人引用了 1 句：

书中自有黄金屋，书中自有颜如玉。（赵恒《劝学诗》）

“我的愿望和理想”有 4 人引用了 3 句：

师者，所以传道受业解惑也。（韩愈《师说》）

春蚕到死丝方尽，蜡炬成灰泪始干。（李商隐《无题》）

十年树木，百年树人。（管仲《管子·权修》[1]）

① 《管子》原句为：“一年之计，莫如树谷；十年之计，莫如树木；终身之计，莫如树人。”

“我尊敬的人”有3人引用了3句：

师者传道受业解惑也。（韩愈《师说》）
水满则溢。（曹雪芹《红楼梦》[①]）
桃李满天下。（白居易《春和令公绿野堂种花》[②]）

“我喜欢的季节(或天气)”有9人引用了8句：

不知细叶谁裁出，二月春风似剪刀。（贺知章《咏柳》）
人间四月芳菲尽，山寺桃花始盛开。（白居易《大林寺桃花》）
一岁一枯荣。（白居易《赋得古原草送别》）
随风潜入夜，润物细无声。（杜甫《春夜喜雨》）
一日之计在于晨，一年之计在于春。（萧绎《纂要》[③]）
迟日江山丽，春风花草香。泥融飞燕子，沙暖睡鸳鸯。
（杜甫《绝句》）
晚来天欲雪，能饮一杯无？（白居易《问刘十九》）
好雨知时节，当春乃发生。（杜甫《春夜喜雨》）

“我喜欢的节日”有5人引用了3句：

爆竹声中一岁除，春风送暖入屠苏。（王安石《元日》）

明月几时有，把酒问青天。不知天上宫阙，今夕是何年？我欲乘风归去，又恐琼楼玉宇，高处不胜寒。起舞弄清影……

（苏轼《水调歌头》）

---

① 曹雪芹《红楼梦》第13回原句为：“你如何连两句俗话也不晓得？常言道：‘月满则亏，水满则溢。’……”

② 白居易《春和令公绿野堂种花》原句为：“令公桃李满天下，何用堂前更种花。”

③ 南朝·梁·萧绎《纂要》原句为：“一年之计在于春，一日之计在于晨。”

两耳不闻窗外事，一心只读圣贤书。（《增广贤文》）

“我的业余生活”有 2 人引用了 2 句：

书中自有黄金屋。（赵恒《劝学诗》）

家事国事天下事，事事关心。（顾宪成）

“谈谈美食”有 5 人引用了 2 句：

民以食为天。（司马迁《史记》[①]）

五谷为养，五果为助，五畜为益，五菜为充，气味合而服之，以补精益气。（《黄帝内经》）

“我喜欢的职业”有 9 人引用了 5 句：

师者，所以传道受业解惑也。（韩愈《师说》）

桃李满天下。（白居易《春和令公绿野堂种花》）

会当凌绝顶，一览众山小。（杜甫《望岳》）

清风徐来，水波不兴。（苏轼《赤壁赋》）

春蚕到死丝方尽，蜡炬成灰泪始干。（李商隐《无题》）

“我知道的风俗”有 10 人引用了 6 句：

清明时节雨纷纷，路上行人欲断魂。（杜牧《清明》）

遍插茱萸少一人。（王维《九月九日忆山东兄弟》）

---

① 《史记·郦生陆贾列传》原句为：“王者以民人为天，而民人以食为天。”

每逢佳节倍思亲。（王维《九月九日忆山东兄弟》）

总把新桃换旧符。（王安石《元日》）

但愿人长久，千里共婵娟。（苏轼《水调歌头》）

明月几时有，把酒问青天。我欲乘风归去，又恐琼楼玉宇，高处不胜寒。起舞弄清影，何似在人间。转朱阁，低绮户，照无眠。不应有恨，何事长向别时圆。人有悲欢离合，月有阴晴圆缺，此事古难全。但愿人长久，千里共婵娟。（苏轼《水调歌头》）

“我所在的集体”有 1 人引用了 1 条：

为天地立心，为生民立命，为往圣继绝学，为万世开太平。

（张载《横渠语录》）

“我的成长之路”有 3 人引用了 2 条：

皇天不负有心人。（梁启超《新罗马·侠感》[①]）

读万卷书，行万里路。（董其昌《画禅室随笔》[②]）

“难忘的旅行”有 1 人引用了 1 条：

黄鹤一去不复返，白云千载空悠悠。（崔颢《黄鹤楼》）

---

① 梁启超《新罗马·侠感》原句为：“纷纷成败无凭准，自古道皇天不负有心人，伫看起陆龙蛇演出风云阵。”

② 明·董其昌《画禅室随笔(卷二)》：“昔人评大年画，谓得胸中万卷书。更奇，又大年以宗室不得远游，每朝陵回，得写胸中丘壑，不行万里路，不读万卷书，欲作画祖，其可得乎?”

"我喜欢的书刊"有2人引用了4条：

花谢花飞花满天，红绡香断有谁怜。（曹雪芹《红楼梦》）

心比天高，命比纸薄。（曹雪芹《红楼梦》）

满纸荒唐言，一把辛酸泪。都云作者痴。谁解其中味。

（曹雪芹《红楼梦》）

书中自有颜如玉，书中自有黄金屋。（赵恒《劝学诗》）

"我和体育"有1人引用了1条：

风马牛不相及。（《左传》①）

"我喜欢的明星(或其他知名人士)"有1人引用了1条：

百炼成钢（陈琳《武军赋》②）

"我喜爱的文学(或其他艺术形式)"有1人引用了3条：

床前明月光，疑是地上霜。举头望明月，低头思故乡。

（李白《静夜思》）

锦瑟无端五十弦，一弦一柱思华年。庄生晓梦迷蝴蝶，望帝春心托杜鹃。沧海月明珠有泪，蓝田日暖玉生烟。此情可待成追忆，只是当时已惘然。（李商隐《无题》）

相见时难别亦难，东风无力百花残。春蚕到死丝方尽，蜡炬成

① 《左传·僖公四年》原句为："四年春，齐侯以诸侯之师侵蔡。蔡溃。遂伐楚。楚子使与师言曰：'君处北海，寡人处南海，唯是风马牛不相及也。不虞君之涉吾地也，何故？'"

② 汉·陈琳《武军赋》："铠则东胡阙巩，百炼精刚。"

灰泪始干。（李商隐《无题》）

“谈谈服饰”有2人引用了2条：

腹有诗书气自华。（苏轼《和董传留别》①）

爱美之心人皆有之。（孟轲《孟子》②）

共有59人在口头表达中引用了中华经典诗文名句，占总人数的13.5%。其中在讲述“我知道的风俗”“我喜欢的季节或天气”“我喜欢的职业”引用经典诗文名句的人是最多的，分别是10人、9人和9人。

在谈到风俗习惯的时候，应试者多会谈到节日风俗，于是就会用到“每逢佳节倍思亲”，用到写清明的“清明时节雨纷纷，路上行人欲断魂”，写重阳节的“遍插茱萸少一人”，写春节的“总把新桃换旧符”和与中秋节有关的“但愿人长久，千里共婵娟”。

在谈到“我喜欢的季节或天气”这个话题时，应试者谈得比较多的是春天。他们往往喜欢在开头使用“一年之计在于春，一日之计在于晨”来引出话题。之后会引用诗句来描述春天的景色，例如“不知细叶谁裁出，二月春风似剪刀”“人间四月芳菲尽，山寺桃花始盛开”“一岁一枯荣”“随风潜入夜，润物细无声”“好雨知时节，当春乃发生”等等。还有一个应试者引用了杜甫描写春天景色的《绝句》：“迟日江山丽，春风花草香。泥融飞燕子，沙暖睡鸳鸯。”有一个应试者讲述到冬天的时候也引用了白居易《问刘十九》这首写冬日生活的小诗的后两句：“晚来天欲雪，能饮一杯无？”

在谈到“我喜欢的职业”时，由于应试者多是师范生，因此很多人都谈到

① 苏轼《和董传留别》原诗为：“粗缯大布裹生涯，腹有诗书气自华。厌伴老儒烹瓠叶，强随举子踏槐花。囊空不办寻春马，眼乱行看择婿车。得意犹堪夸世俗，诏黄新湿字如鸦。”

② 《孟子·告子上》原句为：“恻隐之心，人皆有之；羞恶之心，人皆有之；恭敬之心，人皆有之；是非之心，人皆有之。”人们多借引《孟子》原句，来表达对美的热爱人人都有。

自己以后要当老师，于是大家多用韩愈《师说》中的名句“师者，所以传道受业解惑也”来解释老师的作用、价值和重要性，用“桃李满天下”来赞美老师育人无数，用“春蚕到死丝方尽，蜡炬成灰泪始干”来赞美老师的高尚和无私。整体来看，在比较紧张的考试状态中现场发挥，只能依靠平时对经典诗文的积累，这个引用率已着实不低。这里可以看出应试者对经典诗文名句的引用和所选话题的内容有着非常密切的关系。

通过对引用诗文名句的统计，笔者发现，大学生在口头表达中引用的诗文名句数量较少，一共仅有 40 句，且范围较小，不够广泛。名句引用频率高于或等于三次的只有 8 句：

师者，所以传道受业解惑也。	11 次
清明时节雨纷纷，路上行人欲断魂。	5 次
一年之计在于春，一日之计在于晨。	4 次
爆竹声中一岁除，春风送暖入屠苏。	3 次
书中自有黄金屋，书中自有颜如玉。	3 次
春蚕到死丝方尽，蜡炬成灰泪始干。	3 次
民以食为天。	3 次
但愿人长久，千里共婵娟。	3 次

这八句中以韩愈《师说》中的“师者，所以传道受业解惑也”为最多，这也与应试者多为师范生，未来要从事教育行业有密切关系。“一年之计在于春，一日之计在于晨”“书中自有颜如玉，书中自有黄金屋”和“民以食为天”因为使用广泛，已经类似俗语，因此使用频率也相对较高。剩余四句中三句出自唐诗，一句出自宋词，都是非常经典的人们耳熟能详的诗句。

在表达中仅引用了两次的有七句，分别是：

随风潜入夜，润物细无声。	2 次

桃李满天下。 2次

不知细叶谁裁出，二月春风似剪刀。 2次

明月几时有，把酒问青天。不知天上宫阙，今夕是何年？我欲乘风归去，又恐琼楼玉宇，高处不胜寒。起舞弄清影，何似在人间。转朱阁，低绮户，照无眠。不应有恨，何事长向别时圆。人有悲欢离合，月有阴晴圆缺，此事古难全。但愿人长久，千里共婵娟。 2次

皇天不负有心人。 2次

遍插茱萸少一人。 2次

每逢佳节倍思亲。 2次

这七句中五句是唐诗，一句是宋词，还有一句"皇天不负有心人"也已成为俗语。其余25句均只有一次引用。整体看来，在口头表达中引用的诗文名句数量较少，其中绝大部分都是唐诗，范围较小，整体并没有超出中小学生的引用水平。

第三节 大学生口头表达中中华经典诗文名句使用质量考察

笔者对 59 条引用了中华经典诗文名句的口头语料进行了考察，发现所有的引用无一例外都是正引，且绝大部分都是用来提出或佐证观点的。例如有应试者在谈到自己的假日生活时说："但是一个充实有意义的假期生活，远远不局限于此。我们都知道，书籍是人类进步的阶梯，书中自有颜如玉，书中自有黄金屋。所以自己订的生活目标是每天都要坚持看书，让自己能够在放松身心的同时获得精神上的满足。"作者希望自己的假期生活过得充实又有意义，因此引用了这句经典来说明自己假期生活的目标是每天坚持看书。

除了用名句来论证，应试者们也会用名句来描述。例如有应试者在描述春天的景色时说："这个时候的春风中夹杂着花香，这个时候还有春雨润物细无声……"通过暗用杜甫的这句经典，说话人描述了春雨的特征，表达了对春天的喜爱。

此外还有极少量引用经典名句来抒情的，例如有人在讲到节日的时候这样说道："而中秋节是团圆的佳节，中秋佳节倍思亲。每到中秋，人们便会格外思念远方的亲人。"这里是借引了王维的《九月九日忆山东兄弟》中的"每逢佳节倍思亲"，将其改变形式为"中秋佳节倍思亲"，来说明这个节日会让人格外想念亲人。这样的引用是贴切的，成功的，也是可取的。

但通过对这59个引用了经典诗文名句的语料的梳理和考察，笔者发现，其中引用准确、得当、能够有效增强表达的感染力和表现力的仅有29个，还不到一半。这些引用准确的语料中，大部分引用的都是韩愈《师说》中的“师者，所以传道受业解惑也”，用来说明教师职业的作用、意义和价值。还有模仿教材用“民以食为天”来开头，展开话题，讲述自己要谈的美食的。可以说，即便能够做到引用恰当，其引用范围和引用质量也比较有限。而其余30个语料如果严格考察的话，其对经典诗文名句的引用都存在各种各样的问题。

一、引用过度

首先最为明显的是，因为在普通话测试中自由说话部分要求说话时间为3分钟，不足3分钟要酌情扣分。缺时1分钟以内(含1分钟)扣1—3分，缺时1分钟以上，扣4—6分。说话不满30秒(含30秒)，本测试项成绩为0分。因此就有应试者在表达中为了拖长时间，刻意去引用，而不是从表达的需要出发，造成引用过度。例如有应试者在讲述自己喜欢的季节时，说自己最喜欢的季节是春天，之后开始描述春天的景色和春天里人们的活动，然后又说：

> 春天在诗人的笔下也是那么美丽。春天是“不知细叶谁裁出，二月春风似剪刀”，春天是“人间四月芳菲尽，山寺桃花始盛开”，春天是“一岁一枯荣”，春天是万物生长，春天是那么的美，那么的(空缺)……

为了说明春天的美，应试者连用了三句唐诗，初读起来似乎没有问题。但是结合后面的表达就会发现，说话人在引用之后没有对所引用的诗句所描述的春风、春花、春草所构成的春景有更多的描绘，也没有任何感情的抒发，甚至第二个“那么”的后面还没有形容词。可以想象，这些引用的诗句在应试者脱口而出的时候并不是出于表达的需要，而是堆砌和罗列。

再看下面这个例子，同样是讲述季节，同样是说自己最喜欢的季节是春季，说话人先用了一大段文学性的描述，来介绍春天是一个温暖的、充满活力、生机勃勃的季节，之后说：

> 这个时候的春风中夹杂着花香，这个时候还有春雨“润物细无声”“二月春风似剪刀”。在柳树抽出了新芽之后，它被春雨滋养着，然后二月的春风修剪了它的枝叶。

这段话中正引了杜甫《春夜喜雨》和贺知章《咏柳》中的两句经典诗句，单独来看，似乎问题不大。但之后说话人立刻转而讲述春季是一个适宜耕种的、充满希望的季节。这段对柳树的描述和前后文都缺少联系，就显得非常突兀，其中的引用也并未能起到为表达增色的作用。

同样是描述春景，也有人引用了杜甫的《绝句》全篇：

> 我选择的题目是我喜欢的季节或天气。我喜欢的季节是春天。春天是一个美好的季节。杜甫曾经为它写过这样一首诗：“迟日江山丽，春风花草香。泥融飞燕子，沙暖睡鸳鸯。”简单的几个词，简单的几种意象，但描绘的却是一幅美丽和谐而又感人至深的春景。春天是一个美好的季节，……

这个应试者引用了经典诗篇来开头，在引用之后，又用自己的话将诗歌的主题进行了概括，之后再展开自己的讲述。虽然引用的是整首诗，但却没有堆砌之感，反而吸引听者对春天的美好产生兴趣，展开想象。这里的引用就起到了为表达增加吸引力和感染力的作用。

与之相反的是，有的应试者为了凑时间，同样也引用了全篇，但是却严重影响了表达的流畅，也影响了对话题的阐述。例如有人在讲述自己最喜欢的节日时，提到了中秋节：

> 其实每次提到中秋节，我印象最深的就是诗人苏轼，（他因为）在中秋节这一天思念弟弟而作的一首诗《水调歌头》。诗是这样的：“明月几时有，把酒问青天。不知天上宫阙，今夕是何年。我欲乘风归去，又恐琼楼玉宇，高处不胜寒。起舞弄清影。”

说话人在简单介绍了中秋节是一个团圆的节日之后，就开始引用苏轼的《水调歌头》，但是引用又到“起舞弄清影”戛然而止。除了出现将“词”说成了“诗”这样的失误和口误以外，这里的引用完全是为了延长说话时间。说话人既没有从这首词当中体现出的感情来引到中秋节的团圆主题，也没有对这首词所涉及的月亮意象和中秋的关联做出阐述，最后也没有结束语就直接停止，很明显是为了拖够时间。这首词的引用在这里并不是表达内容的组成部分，而是一段可以去掉的冗余成分。

比这个更严重的是另一位应试者在介绍节日的时候，先是介绍了春节、清明节，然后又说到了中秋节。可是只说了一句“中秋节也是家人团聚的日子”之后，就说自己想起了苏轼的《水调歌头》，然后就将这首词全篇背诵了一遍，且最后没有结束语，未对话题进行收尾。像这类的引用其实就是一种冗余，不能视作是正常的引用。

类似这样的情况有很多，尤其是谈到节日的时候，不少说话人喜欢引用关于节日的诗句，但是引用过于频繁，让表达显得不够自然流畅。例如一谈到清明节就要引用杜牧的《清明》，一说到春节就引用王安石的《元日》，一说到重阳节就引用王维的《九月九日忆山东兄弟》，一说到中秋节就引用苏轼的《水调歌头》。本身这些关于节日的诗作词作中确实有很经典的名句，也很能代表节日的特色，说明节日的风俗，也有助于表达这个节日独有的情感，但是说话人总是单纯地把名句背诵出来，完全不去与自己要表达的内容相联系，让引用游离于主题之外，就显得非常突兀。还有人在讲到自己喜爱的文学或其他艺术形式时，说到自己喜欢诗，于是说到李白的诗就背诵《静夜思》全篇，说到李商隐就背诵《无题》全篇，却没有对诗歌艺术形式本身加以任何点评或者进行简单的鉴赏。这样的引用其实就是过度的，没有必要的。

可以看出，应试的大学生在自由说话环节是有引用经典诗文名句来辅助表达的意识的，但是由于对这些诗句的理解还不够深入，只是停留在单纯的背诵上，所以由话题联想到诗句容易，可是用诗句来为表达增光添彩却很难，甚至在引用之后不知道该说什么才好，造成表达空洞，没有内容，让这些引用成了冗余成分，不仅不能增色，反而令人厌弃。

二、引用不当

说话人在表达中为了显得有文采，或者为了使表达更有感染力，会有引用经典诗文名句的主动性。但是由于对经典诗文名句的理解不够准确，有的引用就显得比较牵强。例如有人在谈到自己喜欢的天气时，说到了喜欢下雪天。应试者先是描述了一段雪景和雪景带给自己的感觉，然后突然说：

> 晚来天欲雪，能饮一杯无？这是古人对雪天的评价，是他们的活动。我们在下雪天也有很多的活动。

能看得出来，这里说话人是想从对雪景的描述转入对雪天活动的讲述，因此引用了白居易《问刘十九》中的这句诗。这首诗描写的是诗人在一个风雪飘飞的傍晚邀请朋友前来喝酒的情景。“晚来天欲雪，能饮一杯无？”就像在说家常话，语言非常朴素亲切。诗歌通过对把酒共饮的渴望的描写，体现了朋友间深沉真挚的感情。因为诗中说的是雪天喝酒的活动，用在这里作为两个内容的过渡本来是合适的，但是应试者对这句诗的理解并不精准，所以一开始说成了这是古人对雪天的评价，后面因为要说雪天的活动，才又改口说是他们的活动。如果这里在引用之后，对诗意稍加解释，说“下雪天的时候，古人会喝酒，这是他们喜欢的活动”，然后再转入对今人下雪天活动的描述就比较自然、比较妥当了。

还有人在讲到自己最喜欢的节日时说到春节，在语段的开头就引用了王安石的《元日》：

> 节日有很多，比如说儿童节、情人节、中秋节、元宵节，但我最喜欢的节日是春节。因为春节不仅象征着团圆，而且代表着新的开始。“爆竹声中一岁除，春风送暖入屠苏”是对这节日最佳的描述。……

《元日》是一首写古代迎接新年的即景之作，取材于民间放爆竹、喝屠苏酒、换桃符的习俗，表现的是春节的欢乐气氛。我们对这句诗的引用一般要么侧重辞旧迎新，要么用来介绍春节习俗。说话人原本可以在引用完诗句后接上一句“春节是辞旧迎新的节日，古人在春节时有很多庆祝的活动”，然后再展开对春节习俗的描述，但是很遗憾的是他对这句诗的含义没有做出任何阐释，也没有和上下文联系起来，而是说这句诗是对春节最好的描述。虽然没有语法错误，但既不通顺也不生动，而且与前后文没有太大关联，引用在这里就显得不够准确和恰当。

有的说话人在表达中因为话题内容转换，造成思维的中断，引用的名句虽然非常简单常用，但也会出现不恰当的问题。例如有人在说到“我喜欢的季节”这个话题时，说自己最喜欢的季节是春天。在描述完春天的景色后，说话人想转而讲述春天人们的活动，于是这样说道：

> 我还……春天的人们……一年之计在于春。我喜欢人们……热情奔放的春天，人们在春天的时候会有一丝丝的宁静，一丝的热

情。一年之计在于春。人们在春天喜欢做自己喜欢的事情，像弹吉他、跳舞、游泳。繁忙的一天，从春开始。

在改变话题的过程中，说话人一时语塞，于是就引用了“一年之计在于春”来填补空白。引用之后说话人还是没有顺利转换话题，于是只好又引用了一次。这句经典的意思是在一年开始的春天，人们就应该做好全年的安排和打算，强调的是春天在一年四季中所占的重要位置。人们引用这句话一般多用于说明凡事要早做打算，珍惜时间。用在和春天有关的话题中，多强调一年的计划要在春天考虑安排，为全年的工作学习打好基础。应试者用它来说明和春天有关的活动是合适的，但是他在后面接的却是人们在春天喜欢做的事情，这就偏离了这句经典的真正意义了。

在引用中，很多时候其实只需要引用经典诗文名句的一部分而不是全部，但是因为说话时考虑时间有限，说话人就不小心引用得过多，反而造成表达的不准确，不恰当。例如有人在讲述自己最喜欢的季节是春天时，说到了春风轻柔，继而又说到了细雨绵绵。此时说话人这样说道：

雨，也不如夏日般的猛烈，更不如冬日般的寒冷，不如秋日般的潇洒。它是绵绵的细雨。正如这句诗所说到的：好雨知时节，当春乃发生。随风潜入夜，润物细无声。这样的绵绵细雨滋润了我们的大地，给予我们更多的滋养。

杜甫《春夜喜雨》里的开头四句虽然都是在说春雨的，但首联强调的是春雨的好，好在下的时机好，正在万物萌芽生长需要下雨的时候，雨就下起来了。而颔联则是说春雨是伴随着春天的和风悄悄地滋润万物的。也就是说，根据前后文，说话人的重点其实是在说春雨和春风一样是可亲的，是轻柔的。这里也完全没有用到“当春乃发生”的意思，因此这里就没有必要将首联一起引用，单独引用颔联即可。

从以上例子我们可以看出，应试的大学生在引用经典诗文名句时，只看到了这些经典和所表达的内容部分的相关性，于是想到什么就说什么，急于引用，甚至引用过多。可是他们对这些经典名句的实际含义又理解得不够透彻，所以引用后就很难进行较为精准的阐述，也就更难和所要表达的内容进行联系，因此显得不够恰当和贴切。

三、引用错误

引用不当只是不够恰当，还有一些说话人在引用时没有注意到原句的含义，引用中也没有恰当的解释，甚至还出现错误，让表达自相矛盾，使人无法理解。例如有人选择了“我喜欢的季节”这个话题，说的是春天。在说到春雨的时候说话人这样说道：

> 春天的小雨是无声的，是滋润万物的。随风潜入夜，润物细无声。春雨像牛毛，像花针，在地上泛起阵阵涟漪。春雨是美的，它滴到大地上发出滴答滴答的声音。

原诗句讲的是春雨润物无声，说话人先说到了春天的小雨是无声的。但是在引用之后，反而又说春雨滴到大地上发出滴答滴答的声音，就显得前后矛盾。如果这里加上一点解释，说这个滴答的声音非常小，不仔细听都听不到，就比较自然，也就不会前后不一致了。

还有人在介绍自己喜欢的节日时说到了春节，说自从上大学以后，故乡就只有冬夏没有春秋了。然后说话人想到了自己的妹妹，于是他这样说道：

> 同时妹妹现在也已经处在初中阶段，每日两耳只闻窗外事，一心只读圣贤书，……再也不是那个心思顽劣的小女孩了。

根据说话人的讲述，自己的妹妹应该是在潜心学习，没有心思关心外面的世界。但是这里引用的名句原句出自《增广贤文》，是“两耳不闻窗外事”，形容读书人只顾读书，对外面的事情不闻不问，而不是“只闻”。这里其实就是出现了引用的错误，“只闻窗外事”也和下句“只读圣贤书” 形成了矛盾。

还有的人在表达中引用了经典名句，但是却缺少与前后文语义上的衔接，因此显得比较突兀，甚至不知所云。例如：

而且我所在的班级是卓越班，是来自五湖四海的优秀的兄弟姐妹们。他们素质高，品质好，学识高，德才兼备。能在这四年的学习中，和他们在一起，我能更好地提升自己，更好地丰富自己，更好地完善自己，以实现之后更好的发展。关中大儒张载曾经说过，为天地立心，为生民立命，为往圣继绝学，为万世开太平。希望陕西师范大学能够以更好的资源培养我，而我将来也会以陕西师范大学为重。

张载在《横渠语录》中的这段话意思是，作为知识分子，应当为天地确立起生生之心，为百姓指明一条共同遵行的大道，继承孔孟等先贤不传的学问，为天下后世开辟永久太平的基业。后来这句话也成了有识之士表达自己社会理想和志向的一句经典。从最后说话者说自己在这个集体中要成为更好的自己，能看出他也是想用这句话来表达决心的。但是他在引用后紧接着提出对自己所在学校的希望，则是逻辑不通的。

还有的人在引用时对原句记忆不清，理解不透，所以引用时出现了多处遗漏和错误，且解释不准确，因此也失去了引用的价值和意义。例如有人在谈美食时说中国美食受到养生中所谓药膳同源的影响非常大，就引用了《黄帝内经》中的这段话：

这《黄帝内经》上有一句话叫作：五谷为备、五畜为充、五菜为养，气味合而服之，以补精益气。他其实又把美食啊、食物的定义也做了一个很宽泛的介绍。

首先这段引用与原文不一致，原文是“五谷为养，五果为助，五畜为益，五菜为充”，意思就是谷物是人们赖以生存的根本，而水果、肉类和蔬菜等都是作为主食的辅助、补益和补充。说话人在这些表述意思的关键词上出现了混淆，并且遗漏了“五果为助”，就与原文的意思有了巨大的差别。其次，《黄帝内经》这段话讲的是饮食的搭配，与前文所说的药膳同源并没有什么关系。所以这里的引用不光形式上是错误的，与前后文也缺少关联，是很不恰当的。

即使是人们耳熟能详的诗句，在引用中也有人出现错误。例如有人在谈到自己喜欢的节日时提到了重阳节。

重阳节的时候，人们会登高赏菊。重阳节的时候，王维有一首诗叫《忆九月九日山东兄弟》，里面有一句话是“要插茱萸少一人”。而重阳节的时候，正是菊花开得正好的时候，人们便会以赏菊为主要目的，表达对老人的尊重。

这里不光把王维诗作的名字说错了，而且原诗“遍插茱萸少一人”也说成了“要插茱萸少一人”。更为严重的是，后文和茱萸毫无关系，说的是人们在重阳节赏菊的风俗。一可能是说话人完全不懂原诗中的茱萸是什么意思，二也可能是缺少对诗句的解释，造成了引用与下文脱节的情况。如果这里增加一句，说“插茱萸是唐人的习俗，我们今天过重阳节会赏菊花”，这样就比较自然贴切了。

还有人在讲到自己喜爱的书刊时谈到了《红楼梦》，最后用开篇的五绝“满纸荒唐言”结束：

满纸荒唐言，一把辛酸泪。都云作者痴，谁解其中味。《红楼梦》通过对封建社会一幅画卷的描绘，向我们展示了封建主义的黑暗与腐朽，让我们了解到许许多多人物的悲欢离合，林黛玉的多愁善感，宝玉的任性骄纵，宝钗的……

说话人的引用初衷是想要用这首诗来结束自己这段关于《红楼梦》的介绍，原本是很合适的。因为曹雪芹将这首诗放在开篇就是在告诉读者，自己是在用大胆的艺术想象虚构了一个以大观园为中心的故事，其中包含着种种血泪辛酸的现实生活和感受，表达的是作者难以直言而又生怕不被理解的衷曲。如果引用者将落脚点放在作者的创作意图上，总结全书印象，那么就是恰当的。但是后文的内容既没有提到作者曹雪芹，也没有对五绝中的任何关键信息例如“荒唐言”“辛酸泪”等进行阐述，后文的说法如果看作是对这首诗的解读，那么也属于错误的，偏离主题的。

此外，说话人在引用经典诗文名句的时候还有一个常见的问题，就是因为平时积累太少，表达时无话可说，就会将引用过的名句用来填补思维空白，即使前面说过了，还会再做重复。例如有人在谈到美食的开头已经用过了“民以食为天”，但是话说到中间，感到不知道该说什么的时候就又说了一遍，和上下文都没有关系。还有人讲到喜欢的季节时，说春天是生命的开始，用“一日之计在于晨，一年之计在于春”来解释春天就像一天的早晨一样。可是到了话题要结束的时候，不知如何收尾，就又把这句话引用了一遍，说“一日之计在于晨，一年之计在于春。春天是生命的开始，经历白雪皑皑的冬天，我们终于迎来了万物复苏的春天”，然后就结束了表达。这完全是对前面内容的重复，是没有任何意义的。

整体来看，虽然应试的大学生在选择话题时，都倾向于叙述性较强、与个人生活密切相关、经常谈论的话题，正常情况下，这样的话题可以让大多数应试者有话可说，而且比较轻松，一般不需要特别复杂的构思过程，但是在表达中他们还是存在各种各样的问题。单从引用经典诗文名句这一常见形式来考察，就会发现，应试的大学生们即使在引用一些中小学阶段就已经非常熟悉的诗文名句时，依然存在字句上的错误和理解上的不准确。而更明显的问题是因为对诗文名句理解上的不准确或者不深入，导致引用之后无法正确地解读，使其与主题无关，出现很多错误。有的即使引用的语境是准确的，但是因为理解不细致，又造成了引用不恰当不贴切，原本可以为表达增色的引用反而成了表达中的遗憾。还有的限于水平，把引用变成了背诵，只要跟话题有一点关联，应试者就立刻把自己知道的诗文名句背诵出来，既不去做一定的阐述，也不去解释，结果让引用成了表达中的冗余成分，失去了其应有的价值和意义。从对经典诗文名句的引用可以看出，大学生在口头表达中存在内容空洞、脱离主题、啰唆重复等问题。引用质量不高，一定程度上就反映出了大学生语文素养欠缺的现状，而这也是应该引起我们重视的。

第七章

中华经典诗文名句在二语学习者表达中的语用情况

汉语母语者常常通过引用一些名人名言、古典诗词、格言警句和谚语俗语来增强论证的科学性、准确性和可信度，也通过这种表达方式让感情抒发更含蓄、更强烈，让语言更加优美生动，典雅睿智。由于自古以来文人墨客就很欣赏“无一字无来历”的做法，故而汉语中引经据典的频率也大大超过别的语言。例如《人民日报》社论几乎篇篇引经据典，而习近平总书记也多次在报告和演讲中引用经典来谈论治国理政、党风和文化建设等各种问题。引经据典的好处显而易见，写作时引用经典可以更凝练地阐明观点，表述思想，使文章文采斐然，引人入胜。口头表达时亦能够凸显一个人的文学素养。在所引经典语言素材中，经典诗文名句可谓是中华语文宝库中的精华，是传承中华文化和华夏文明的重要体现，也可以说是我们在语言表达中取之不尽、用之不竭的源泉。一个汉语母语者能够对古典诗文名句信手拈来，如数家珍，使用贴切，已经能够令人刮目相看，那么一个把汉语作为第二语言的学习者若能在语言表达中灵活自如地、恰如其分地引用经典诗文名句，那就足以证明其汉语水平已达到了较高水准。

吴双(2012)根据语块理论，选取了一些经典诗文名句让二语学习者进行了写作前的阅读，并通过练习的方式强化了其习得效应，之后促使学生将所习得的经典诗文名句作为语块输出，应用于写作当中。其实验结果表明，有目的地以语块形式输入经典诗文名句，可以有效地提高留学生的汉语写作水平，读写的同步训练可以更好、更快地提高写作质量。因此吴双提出，在写作教材中应多选择一些经典诗文语篇作为范文，阅读和写作教学也应彼此打通，相得益彰。语块理论认为二语学习过程中存在一些使用频率和接受程度都很高的短语语汇，其融合了语法、语义和语境的优势，具有较为固定的语法结构限制、稳定的搭配意义和特定的语用环境，可以作为一个既定的规则和模式储存在学习者的记忆中。当需要表达时学习者可以很快从记忆存储中调取，完成语言的组织。中华经典诗文名句无疑就具有语块的特点，如果二语学习者能够在语言表达中恰当地使用这些经典诗文名句，那必将有效改善其表达中的口语化倾向，使他们的表达不至于言辞贫乏，手段单一。如果能够在教学中重视经典诗文名句，将其作为一个整体的模式教授给学生，也必将提高二语学习者的语言表达能力，尤其对书面表达能力的提高大有裨益。

第一节 二语学习者中华经典诗文名句的习得情况

在实际的汉语教学中，能够对中华经典诗文名句有一定了解的学习者一般都已处于汉语学习的高级阶段。他们通过两到三年的学习，通常已经对中国文化有了一定的认识，普遍也非常感兴趣。而且如果是汉语言文学专业的留学生，本身还会学习中国文化经典导读、中国古代文学这样的课程，他们大多已经有了一定的基础。那么他们对经典诗文名句的了解和使用情况到底如何呢？笔者对陕西师范大学国际汉学院三、四年级和研究生一年级的留学生进行了关于中华经典诗文名句习得情况的调查。

共计 82 名学生参与了本次调查，他们分别来自韩国、日本、美国、苏丹、哈萨克斯坦、意大利、乌克兰、俄罗斯、贝宁、老挝、越南、吉尔吉斯斯坦、泰国等国家。三、四年级的学生分别通过一、二年级的所有考试得以升级，被安排在语言班和商务班进行高级阶段的学习。研究生一年级的学生均为各类奖学金生。82 名学生中获得 HSK 五级和六级的学生有 48 名，占 59%，获得 HSK 四级证书和没有获得证书自认为汉语水平为中级的学生有 34 名，占 41%。

令人遗憾的是八十余名学生中只有 4 人自认能够在口头和书面表达中熟练使用中华经典诗文名句来表情达意。这个比例与母语者相比是非常低的。

母语者的文章中，即便是小学生作文，引经据典的表达方式也是很常见的。在日常的口语表达中，即便是普通的文化水平不高的中国人也常常喜欢加入一些“古人云”和“孔子曰”之类的插入语。被调查的28%的学生对经典诗文名句一无所知，48%的学生知道一些诗文名句的意思，但是不会使用，还有21%的学生会使用但是觉得不够熟练。当要求他们使用自己熟悉的诗文名句来写一段话时，只有12名学生写出了符合要求的语句，共计12句。这12句中引用最多的是孔子的“有朋自远方来”、李商隐《无题》的“心有灵犀一点通”和《三字经》的“人之初，性本善”，它们分别被引用了两次：

(1)“有朋自远方来。”有朋友从(很)远的地方来看你(你)会很开心。

(2)有朋自远方来一定是很快乐的事情。朋友现在在日本留学，所以通过微信和他聊天也(还是)不如见一次面。

(3)人们常说的“心有灵犀一点通”指的就是心心相印，两心相通。

(4)跟着心有灵犀一点通的人，我什么都不再需要。

(5)人之初，性本善。——人的本性是善(良的)。

(6)人之初性本善是三字经的序言。

其余还有出自《论语》的“三人行必有我师”“温故而知新”、出自王维《九月九日忆山东兄弟》的“每逢佳节倍思亲”、出自杜牧《清明》的“清明时节雨纷纷”、出自北朝民歌《敕勒歌》的“风吹草低见牛羊”和出自杜秋娘《金缕衣》的“莫待无花空折枝”，均只使用了一次：

(7)生活中再忙再累也要挤点时间做自己喜欢的事情,享受生活。尤其是年终的时候,“莫待无花空折枝”。

(8)最近花都开(了)。周末去看桃花怎么样?

但最近都在下雨，出去玩很不方便。

清明时节雨纷纷嘛。

(9)我在外国已经很多年了，每逢佳节倍思亲。

(10)小王，你怎么了？看起来很紧张，一直烦躁不安。

快要考试了。

放心吧。你当下的任务是准备考试。温故而知新。

(11)每个事情要做好，不要有问题。有可能现在看不到问题。但是不要忘记。风吹草低见牛羊。

(12)我跟朋友一起走的时候，我们遇到了一个事情。一个朋友突然生气了和骂了还有一个朋友好好了解这件事情。通过他们的行动，我感觉除了好的人以外坏人也我们可以学习一部分。比如说，不要做这样的行动。当然好人给我好印象，但是坏人也给我留下印象。所以三人行必有我师。不管他是好人或坏人，他给我教训。

在留学生写出的这些语句中，不考虑语法错误，仅就经典诗文名句的引用来看，基本符合原句的含义，适用的语境也基本恰当，准确率还是比较高的，达到了83%。但是考虑到参与调查的总人数，即便是已经进入高年级阶段的留学生，能够比较准确地引用经典诗文名句来表情达意的人依然少之又少，仅为15%。

笔者又对HSK动态作文语料库中二语学习者使用经典诗文名句的情况进行了考察。经统计，HSK作文中引用率最高的是出自《论语》的“三人行必有我(吾)师”和出自《三字经》的“人之初，性本善”，均被引用过10次。其余分别是出自王实甫《西厢记》的“有情人终成眷属”，6次；出自《论语》的“己所不欲勿施于人”，4次；出自赵恒《劝学诗》中的“书中自有黄金屋”4次；其他李商隐《无题》的“心有灵犀一点通”、老子《道德经》的“千里之行始于足下”、《论语》的“温故(而)知新”、《三字经》的“养不教父之过”均出现了3次。此外还有“每逢佳节倍思亲”“谁言寸草心，报得三春晖”“一寸光阴不可轻”仅出现过两次。

整体来看，将汉语作为二语学习的留学生在经典诗文名句的使用上存在数量少、范围窄、引用频率低的问题。从对二语学习者的调查和语料考察中我们发现，目前学习者对经典诗文名句的习得情况并不理想。一方面他们所掌握的经典诗文名句数量较少，HSK 作文中仅出现了 26 句，我校高级班留学生相对熟悉的经典诗文名句也不过 12 句。另一方面，留学生相对比较了解的经典诗文名句来源比较单一，大部分都来自《论语》和唐诗。例如 HSK 作文中引用频率最高的是《论语》，一共引用了 66 次，其中《论语》中的经典名句被引用了 23 次，占 35%。我校留学生所掌握的经典诗文名句也以《论语》为主，除了之前列举的八句外，还有出自《论语》的“学而不思则罔，思而不学则殆”“知之为知之，不知为不知”、李白《静夜思》中的“低头思故乡”和苏轼的“明月几时有，把酒问青天”。这 12 句中有 5 句出自《论语》，4 句出自唐诗。这不能不说是比较遗憾的，也是未来的教学中应当注意加强的。

第二节 二语学习者中华经典诗文名句的语用情况考察

从笔者的调查中可以发现，留学生普遍认可中华经典诗文名句的价值，认为可以通过这些名句的学习丰富自己的汉语知识，提高交际水平，并更好地去理解中国文化。在书面和口头表达中，他们也愿意去使用这些经典名句，想让自己的汉语表达能够更上一层楼。但是目前他们对这些经典诗文名句的使用情况到底如何呢？

笔者以二语学习者最为熟知、使用也最为普遍的"三人行必有我师"为例进行了考察。在HSK动态作文语料库中，这句孔子的经典话语共被引用了10次，但其中1次是被中国台湾男生引用，非本文的考察范围，故将其排除。有3次是同一个韩国男生使用的，有2次是同一个日本女生使用的，其余4次分别出现在两个韩国男生和两个美国男生的作文中。除去台湾男生的作文，"三人行必有我师"一共仅出现了9次，也一共只被六个人引用过。其中使用相对比较准确的仅有三句，正确率仅为33%。

(1)不过有一位老师有点坏，经常批评我们水平不如以前的学兄学姐，又经常不上课。论语说得好："三人行必有我师焉。"我向这位坏老师学习我认(为)不应该像他那样。(200105韩国《一封写

给父母的信》)

(2)不过说父母是孩子的第一任老师也不够形容其对孩子教育的重要性。一直到父母去世那时候，孩子要向他们学。虽然人生具有数多老师(三人行，必有我师)，但是连其他老师综合的影响仍然比不上父母的。(200505 美国《父母是孩子的第一任老师》)

(3)想当一位老师一定有很高的需求。贵国的《三字经》说得最巧：养不教，父之过，教不严，师之惰！怪不得八年多的汉语老师通通都对我怎么严，找不到好的老师给孩子教育的话，那就易如反掌！就去神州啦！贵国华夏子孙起码有四亿多老师，占全人口三分之一，怎么知道呢？孔子不是说吗？三人行，必有我师焉！(200510 美国《父母是孩子的第一任老师》)

例(1)中韩国男生在使用“三人行必有我师”这一孔子的经典名句时，用的是其中“其不善者而改之”的意思，说自己不能像那位坏老师那样。而例(2)(3)中两位美国学生在引用这句经典时不约而同都是在说明老师的数量多。虽然不能说这种说法是错误的，但应该说不是地道的，或者说是并非特别恰当的。

根据前文对“三人行必有我师”的考察，母语者对这句经典的使用主要以论证说明观点为主，且多为正引。在使用中多用于四个方面：一是强调学习态度，主张人们应当广泛学习，从师学习，虚心学习，要主动学习；二是说明学习方法，既可以择善而学，也可以择不善而学，关键是能对善与不善进行辨别和判断；三是强调要尊重老师，善于发现老师；四是将这句经典引申到为人处世之道，强调要宽以待人，严以律己。在具体使用中对这句经典的语用情况也多有交叉，例如在讲向他人学习的同时多强调要谦虚，谦虚了方知他人值得学习，而向他人学习又体现了谦虚的态度。这种语用都是符合孔子的原意的。

但是二语学习者对“三人行必有我师”句的使用明显出现了一些偏差。例

(1)韩国男生的作文中虽然用到了广泛学习的意思，但通过笔者对母语者使用情况的考察，人们一般多用正面的意思，也就是“择其善者而从之”之意，极少有人用到“其不善者而改之”。也就是说母语者更强调的是通过对周围人的优秀品质和做法的学习来提高自己，完善自己，而不是由看到对方的缺点想到如何改进自己。如果要强调两个角度的学习，母语者一般会引用整句，并对整句进行解释，而不会只用“三人行必有我师”句来说明这个意思。

例(2)美国男生虽然提到了人的一生中会有很多老师，但他将“三人行必有我师”用加括号注解的方式来进行引用，也是不符合我们引经据典的规范的。这同时也说明，这个学生仅知道孔子的这句名言，也了解其意义，但对这句经典的使用还没有落到实处，也就是说并没有达到灵活运用的程度。

例(3)的美国男生因中国人口的数量多，由“三人行必有我师”推断出中国的老师也多，这种说法如果在口头交际中作为一种玩笑和夸张，似乎无伤大雅，但是用于正式的书面表达却是不妥当的，而且用这句经典来结束全篇也显得非常突兀，是不符合母语者的表达习惯的。

另外六例引用了“三人行必有我师”的语料情况则都是错误的。

(4)孔子说：“三人行，必有我师焉。”意思就是说，无论在任何情况之下，找个最合适的办法、最积极的态度来推进才有成果吧！(199605 韩国《由“三个和尚没水喝”想到的……》)

(5)我一看这短文就会联想到中国有一句话，“三人行必有我师焉。”这句话的意思是有什么困难三个人在一起时一定会解决问题，可这三个和尚在一起却没有办法，他们的想法也一样于是人多反而没有水喝了。(199605 日本《由“三个和尚没水喝”想到的……》)

(6)这短文虽然与“三人行必有我师”不同，但是可以是我们去考虑真正的真理是什么？而且它从不同的角度来暗示我们。(199605 日本《由“三个和尚没水喝”想到的……》)

(7)“三个和尚没水喝”这句话，可联想到“三人行必有吾师焉”。这两句话，可说是具有完全极端的意义。其各句话罕有的内容如下，请参考。（199605 韩国《由“三个和尚没水喝”想到的……》）

（8）另外，相对于“三个和尚没水喝”，“三人行，必有吾师”为我们都要学习的一段话。此话是说，人生活到老学到老是理所当然的，社会上，每个人都有每人的专长，没有一人是万能，领悟所有的知识，总有一些还是要向别人学习，总有机会教育别人之际。而且需具有一活到老学到老的精神，来增加自己的知识，来修饰自己的人格。（199605 韩国《由“三个和尚没水喝”想到的……》）

（9）总之，上述两句话，一是“三个和尚没水喝”，二是“三人行必有吾师”中，虽然都是 7 个字，但是，两句所含有的内涵完全相反，一句对人类有利，一句对人类无意，故我们要清醒地思考其中的意义，是我们在此社会中，愿做一个“三人行必有吾师”的人，也不要做一个“三个和尚没水喝”的人。（199605 韩国《由“三个和尚没水喝”想到的……》）

首先这六个用例都出自同一个主题的作文，作文题目是“由‘三个和尚没水吃’想到的”。几位汉语学习者都不约而同想到了“三人行必有我师”。但实际上“三个和尚没水吃”这句俗语和孔子的这句经典并没有什么语义上的联系。唯一的相同点就在于“三”这个数字。“三个和尚没水吃”讲的是人多了互相依赖，互相推诿，事情反而没有人做。和“三人行”常用的强调学习、尊敬老师、与人为善并没有关联。但由于对两个俗语的了解不够清楚，就依据“三”进行了联想，这是很不妥当的。

另外，如果能够在对两句话进行解释的基础上对比其不同，然后提出自己的观点和看法，那也是一种将二者联系起来的写法。然而遗憾的是，几位学习者都没有对这句话做出准确的解释。比如例（4）将孔子的这句经典解释为找出最合适的办法、最积极的态度来推进才有成果，例（5）解释为有困难的时候三人在一起就可以解决，这都是不正确的。例(8)虽然提到了没有人是万能的，是要向他人学习的，但是又将这句话与“活到老，学到老”混在一起，还说有机会要教育别人，这实际上已经与孔子这句话的内涵相去甚远了。而例(6)(7)(9)虽然联想到了“三人行”句，但在文章中并没有对这句话做出解释。因此可以看出，使用者对这句话的含义是不清楚的。

因此，仅通过“三人行必有我师”这个已经是留学生最熟悉、使用最广泛的诗句的语用情况就能够看出，二语学习者对经典诗文名句的理解和运用还存在很大的问题。此外，结合 HSK 作文语料和调查问卷的结果看，留学生普遍对这些经典诗文名句的原意理解得不准确、不透彻，适用语境也不够清晰，因此在表达时就显得不够恰当，更不够地道，没有达到引经据典的应有效果。

第三节　造成二语学习者中华经典诗文名句语用状况不佳的原因

既然留学生普遍对经典诗文名句感兴趣，且有意愿在表达中去使用这些名句，那么为什么二语学习者在现有的表达中对经典诗文名句的使用状况却不够理想呢？

一、教材对诗文名句的重视不够

首先应当说是教材的编写问题。教材是学习者学习的重要依托，目前不管是汉语教材还是针对二语学习者的文化教材，对经典诗文名句的重视程度都远远不够。在语言教材中，对经典诗文名句的释义和释例都远比不上词汇和语法，而且明显输入量不足。其实从中级阶段开始，学生已经有一些机会在语言课上接触到经典诗文名句了。以较早出版的《汉语精读课本》(中国社会科学出版社)为例，在二年级下册第 12 课《过年》中，就出现了苏轼的“明月几时有，把酒问青天”，在三年级下册第 7 课《老外对中国人的困惑》一文中出现了“有朋自远方来，不亦乐乎”，第 9 课《新三十而立》出现了“三十而立”。但遗憾的是教材的编写者并没有及时地给出注释，更没有给出适用语境的说明。

近年来出版的且使用比较广泛的发展汉语系列《高级汉语》(北京大学出版社)中，这一问题已经有了明显的改善。例如下册的课文中直接引用的刘禹锡的“水不在深，有龙则灵”、苏轼的“但愿人长久，千里共婵娟”、孔子的“四十而不惑”、陆游的“柳暗花明又一村”这四处经典诗文名句，编者都给出了出处，并做了简要的解释。但是遗憾的是除了这四句之外，十五篇课文中还有四处引用改编了经典诗文名句，但是教材的编写者却没有注意到。加了注释的四句也仅限于注明了出处和基本意思，依然没有告诉学习者其使用的语境，因此仅参考注释，学习者也是无法正确使用的。

另外在文化课的教材中，一般也是注重经典篇目的选取，教材基本都是从宏观的角度来对经典作品进行通篇的解读和梳理，并不会专门突出名句。笔者考察了三部最为常见的为留学生编写的古代文学教材，分别是欧阳祯人主编、北京大学出版社出版的《中国古代文学史教程》、中国人民大学对外语言文化学院主编的“对外汉语教学中国文化系列”教材和王庆云主编、华语教学出版社出版的《中国古代文学》。针对二语学习者的古代文学课介绍的都是中国最为优秀、最为出色、最有代表性的作家，教授的都是最为经典、最能代表中国文学最高水平的文学作品。这些文学作品不仅是名篇，其中必然也有名言佳句。但令人遗憾的是，这三部教材虽然都是由富有教学经验的教师和专家编写的，而且各具特色，但是它们普遍存在的一个问题就是内容太全、太多。对留学生来说，阅读用现代汉语撰写的文章都存在种种理解障碍，要想凭借教材的注释看懂古代文学作品，那几乎是不可能完成的任务。即使在教师逐字逐句解释后，他们仍然很难对作品有比较透彻的理解。这些教材所选篇目多，注释详尽，但是普遍都没有关注经典名句的理解和语用，课后练习题也多关注重点字词的解释和全文全诗的主题理解。当然这是有必要的，但是这种编写方式没有考虑到二语学习者的水平和特殊需求，和针对中国大学生编写的教材区别不够明显。对于学习时间短则半年、长则四年、最多也不过六年的来华留学生来说，整篇学习压力过大，而且学过之后印象也不会很深刻，因此效果不佳。

二、教师对诗文名句教学的简单化

语言课本身教学任务重，教材没有办法关注经典名句的恰当语用，教师也没有足够的时间去讲解经典名句的使用条件和功能。文化和文学课教材选篇多，选篇难，缺少重点，又直接带来了教师教学中的一个重要问题，那就是简单化。

首先在语言教学中，无论是精读课还是写作课，汉语教师往往更为关注生词和语法的教学。到了高级阶段，由于生词数量较多，每一课常常会有四五十个，处理生词就会成为教师不得不花费大量时间和精力的任务。除此之外，语篇教学在这一阶段也尤为重要。高级阶段的课文长度往往有两三千字，教师带着学生梳理课文、理清篇章结构所花费的时间也是很长的，一般在处理完生词后也需要两课时左右才能完成。在这样的情况下，即便教师意识到母语者对这些经典诗文名句的使用极为常见，引用这些经典可以有效提高学生的表达水平，但由于时间紧张，教师通常的做法只能是参考教材注释，简单说明出处和基本意义，而根本无暇训练学生在合适语境中使用这些经典名句。

文化和文学课的教学教师多依托教材，古代文学课还需要帮助学生梳理中国文学发展的概况，介绍作家和作品背景，带领学生理解篇目，鉴赏作品，通过作品的学习帮助学生了解作品承载的文化内容，带领学生进行跨文化的比较。教材内容多，授课任务重，教师往往只能不得已地对教学内容进行删减，对很多篇目放弃讲解，只讲名篇。在对名篇的讲解中，限于学生水平，大部分教师又只能是梳理大意，讲解重点字词。如果教师没有通过经典诗文名句提高学生语言水平、提高学生表达能力、传播中华文化的意识，那么这些经典名句基本上很难给学生留下深刻印象，更不用说让这些经典名句进入他们的表达，丰富他们的表达效果了。

教材输入量不足和教师教学的简单化带来的一个严重后果就是学生对学

习经典诗文名句的意义认识不足。虽然学习者普遍对这些名句有兴趣，但是根据调查，51 人都认为学习经典诗文名句完全没用或只是偶尔有用，占 61%；31 人认为比较有用或非常有用，占 39%。不过令人感到惊喜的是，被调查者中有 53 人都认为如果老师讲了这些经典诗文名句的使用条件，会对他们的学习有帮助，这个比例占到了 65%。选择偶尔有帮助的人数也有 26 人，占总人数的 32%。这说明学生对所学内容是否能够有效使用是很在乎的。如果老师能够在教学中让他们认识到中华经典诗文名句的价值，教会他们在合适的语境中正确使用，那么他们也一定能够在经典诗文名句的学习中找到成就感，也必然会对这些经典的学习提高兴趣。归根结底，教材的编写和教师的教学非常关键，这也是影响学生学习效果、学习兴趣的重要因素。

第八章

加强诗文名句学习
助力语文素养提升

"语文"作为一个学科概念，叶圣陶先生曾经这样定义："'语文'一名，始用于一九四九年华北人民政府教科书编审委员会选用中小学刻本之时。前此中学称'国文'，小学称'国语'，至是乃统而一之。"①在叶先生看来，语文就是语言，是我们口头语言和书面语言的结合。叶圣陶先生所说的"语文"实际上已经包含了语言文章也就是书面语言，语言文字也就是书写符号和语言文学。文学是语言的艺术，是以书面语言为载体的形式。因此叶圣陶的"语文"观实际上是不限于语言的，而是一个综合的概念。当代的语文教学中，有学者和教育工作者在叶圣陶先生概念的基础上，又提出了"大语文"的说法。

1952 年至 1985 年，河北邢台八中的语文教师张孝纯进行了为期三十多年的语文教学改革探索。在广泛实践的基础上，他提出了"大语文"的教育理念，并逐渐形成一个在全国影响较大的语文教学流派——大语文教学流派。张孝纯老师非常看重语文学科的应用性。他认为语文是最重要的交际工具，是社会文化的载体。因此语文教育应密切联系社会生活，让学生在社会这个大课堂里通过社会实践活动来学习语文。同时还应当通过语文教育来对学生进行潜移默化的审美教育和思政教育。概括来说就是语文即生活。因此，社会生活的广阔要求语文学科从学科内容、教学目标乃至教学方法都应该是"大"的。

张孝纯老师的"大语文"主要是针对中小学的语文教学，大学语文的"大语文" 教育观是由南京师范大学朱晓进教授于 2006 年在外

① 叶圣陶，《答滕万林》1964 年 2 月 1 日，《叶圣陶集》第 25 卷，江苏教育出版社，1994 年版。

语教学与研究出版社召开的大学语文教材研讨会上公开提出来的。朱教授认为，大学语文不同于中学语文，大学语文教学要有“大语文”观。朱教授提出的“大语文”教育观实际上是将大学语文课程置于大文化的背景和框架中来审视的。无论是在教材内容的选择和编纂上，还是在教学计划的安排和执行上，都要以传承中华优秀传统，使学生接受先进文化和新文化教育及影响为目的。只有这样的大语文教学，才能真正提高大学生的人文素养，实现大学语文课程的终极教学目的。

“语文”这一概念本就有多层涵义，可以解释为语言文字、语言文学、语言文化等等。不管我们是否使用“大语文”这个概念，语文本身就是大的。语文之大，在于社会生活面的丰富广阔，也在于它所承载的历史文化信息的深厚博大。笔者认为，无论是在哪个阶段，针对哪类学习者，都应该考虑到语文的“大”，要有“大语文”的教育观。对大学生，既要提高他们对祖国语言文字的理解和运用能力，还要突出语文教育对人文精神与人文情怀培植的更高追求。即使是针对将汉语作为第二语言学习的留学生，也应该用“大语文”的教育观去进行课程的安排和设计。语文不能仅仅教授语言，还应当以提高学习者的语文素质和人文素养为目标，对汉语作为二语的学习者也同样应该抱有从语言到文化的期待。有学者认为，在未来的世界文化格局中，汉语和它所负载的中国优秀传统文化和当代文化将占有越来越大的比重。可以说，一个新的中国语言文化时代正在兴起。语文教学应当也需要承担其应有的人文教育理念和文化传递的功能。因此，我们要将包括汉语教学在内的语文教育教学提升到传承传统文化，交汇中外文化，传播当代文化的层面上来，让中国的文化复兴与艺术复兴、科技复兴、思想复兴融为一体，互相促进，最终让汉语的使用者拥有高度的文化自信，也能够让汉语和汉文化更好地走向世界，被更多的人了解和熟悉，从而消除误会，建立人类命运共同体的更深联结。

语文教育贯穿了母语者所有的教育阶段，它是作为一门基础性课程而存在的。在长期的发展和教育当中，语文教学的内容和方式也随着时代的变化和发展而有所不同。但无论如何变化，语文素养是任何阶段的学生在生活和学习中都必不可少的一种基本素养和能力。而且在不同的教学阶段中，语文教学都承担着促进学生基本认知和促使他们学会寻找学科间联系的重任。对二语学习者来说，语文的基础是语言，继而是文学，内里则是文化。他们从语言学起，在不断提升运用汉语进行跨文化交际、提高交际水平的同时，也在通过语言的学习了解文化。从实用的角度来讲，语文本身对其使用者来说，就是一门应用价值很高的学科。学好语言文学对任何一个个体，不论是母语者还是把汉语作为第二语言的学习者，都可以拓宽视野，提高个人素养，获得好口才，进而提升个人魅力。

中华经典诗文名句在语言上声律和谐，言简意赅，语汇生动，充满艺术的美感，从文学角度来看，又情景交融，意味深长，思想内涵深刻，发人深思，能够代表中华优秀传统文化的精髓。在当代，这些经典诗文名句仍然活跃在我们的表达中，具有极强的生命力。通过对经典诗文名句的学习，可以以点及面，强化母语者的母语意识，提高二语者的语言水平，更好地助力他们语文素养的提升。加强对经典诗文名句的学习，我们也要从三个层面入手——形式、意义和功能。

第一节　记诵经典诗文名句，丰富语言表达形式

2018年9月，教育部、国家语委专门印发文件《中华经典诵读工程实施方案》。中华经典诵读工程以立德树人、培育社会主义核心价值观为根本任务，以传承弘扬中华优秀传统文化、革命文化和社会主义先进文化为核心内容，以诵读、书写、讲解等文化实践活动为主要形式，充分发挥语言文字在传承发展中华优秀文化中的重要作用，为青少年的美好人生打下鲜明的中国底色，为增强人民群众的文化自信提供有力支撑。语文知识重在积累，而诵读就是一个基础知识积累的途径。知识的积累在于对知识的阅读、体验和记诵，其中记诵是最为主要的摄取知识的途径。中华经典诗文名句的积累离不开记诵。以往人们认为背诵是一种死记硬背的学习方法，是被很多教育工作者批判和唾弃的。但从表达上来看，缺少必要的积累，就会腹中空无，苦思冥想也无法输出。从交际的角度来看，如果不了解、不理解别人表达中引用的经典诗文名句，也会造成交际中的障碍。因此，要提高语文素养，对经典诗文名句的记诵是不可缺少的。一旦懒得记，懒得背，懒惰心理形成，那就会成为学习中的巨大屏障。记诵经典诗文名句可以增加表达中的文化气息，对发扬中国的传统文化，进一步提升语文学科素养也都有很大的现实意义。

语文教育中的记诵选取的都是那些传承经典的、经久不衰的佳作佳句。

各个时代的思想文化背景不同，文学的时代特征也不同。同一时代的不同作家、作品风格也会截然相异。但人性是相似的，人情是相通的，在对待爱情、亲情、友情上有着很多共鸣。当通过背诵有了一定数量的积累，对同主题的诗词散文就会领悟出共同的韵味。比如读到苏轼望月怀人的“但愿人长久，千里共婵娟”，就很容易联想到张九龄的“海上生明月，天涯共此时”；读到李之仪的“日日思君不见君，共饮长江水”就很容易联想到《古诗十九首》的“迢迢牵牛星，皎皎河汉女”，继而又会想到秦观的“两情若是久长时，又岂在朝朝暮暮”。只有在一定积累的基础上，才能融会贯通。即使这些名句的作者年代不同，写作背景各异，但其中的情感却是相通的或是有关联的。在融会贯通的过程中，这些经典名句的内涵也能够再次被阐发，内在魅力再次被彰显，这种联想记忆也有助于学生赏析能力的提高。此外，中华经典诗文名句都在宣扬积极向上的人生观，体现着真善美。例如“人生自古谁无死，留取丹心照汗青”的生死观，“先天下之忧而忧，后天下之乐而乐”的宽广胸怀，“烽火连三月，家书抵万金”的家国情怀，无一不代表着中华文化的精髓。背诵这些作品对于学生的人格形成和塑造也有着十分重要的作用。它潜移默化着学生的思想，无形中改变着学生的习惯，让学生向着好的方向发展。通过背诵经典能够陶冶他们的情操，培养他们健全的人格，重塑他们经典文化的修养。

由于时代的更替，语言环境的改变，我们今天回视这些经典诗文名句，在阅读和理解上总觉“隔”了一层，要想深刻理解其中的意蕴与内涵，熟读和背诵是一个最简便的途径，正所谓“书读百遍，其义自见”。要了解经典名句的结构形式，就要从记诵开始。“记”就是记忆，“诵”就是诵读。在对经典名句的学习中，首先要做的工作就是诵读。由于经典诗文名句都是用文言写成的，所以对母语者、对二语学习者来说难度都较大，因此教师的领读是他们认识这些经典名句的第一步。在针对二语学习者的调查中，23%的学生认为老师应当领读，因为“我不会读这些经典诗文名句”“经典诗文名句用的词语是比较难，大多时候一句里有至少一个生词”，甚至还有三个学生提出领读是最重要的方法。而对母语者来说，古代汉语本就有难度，经典诗文名句中个别字词的书写、读音和理解对他们来说也不是一件容易的事情。教师在领读中应注意给学生正音正调，通过教师反复的领读和学生的诵读，也可以帮助学生逐渐对古典诗词的韵律美产生更为直观的感受。句尾押韵和平仄变化是古典诗词最基本的要素，它能够使诗词更具有节奏感、韵律感，更具有一种声调和谐之美。教师可以先不用去讲解和介绍，而是在领读和诵读中潜移默化，让学生体会到抑扬顿挫、平上去入以及声调和节奏的变化。吴峥认为："对外汉语教学应以文化教育为目的，重视从初级学习阶段开始对留学生进行国学教育。中国古典诗词是国学教育的好材料，朗诵和吟诵是进行诗歌教学的重要方法。"①在经典诗文名句的教学中，教师应当认识到领读的重要性，这样才能帮助学生在诵读中更好地体会中国诗词语言和传统文化的魅力。

香港大学陈耀南教授曾经在谈到背诵的作用时强调，好文章背诵得多，灵巧的修辞、畅达的造句、铿锵的声韵、周密的谋篇，口诵心惟，不知不觉就会变成自己能力的一部分。所以，我们主张让母语者和二语学习者从背诵开始。背诵能促进学生记忆力的发展和语文知识的积累，背诵也是提高语文阅读和写作能力的有效方法。只有通过多背诵一些经典才能积累更多语言材料，逐步领悟遣词造句的写作规律和方法。我们强调，背诵尤其要出声背诵，要把这些经典诗文名句读出来，诵出来，背出来。比起默读默背，大声诵读优点更多。在大声诵读中，不只调动了眼睛、嘴巴和大脑，诵读的声音传入耳中，相当于又多了一遍记忆的过程。其次，学生在大声诵读的过程中，注意力更集中，也更容易形成良好的语感，提高口语表达能力。对二语学习者而言，大声的诵读更能够帮助他们掌握语音语调，理解经典诗文名句的语气和感情，从而加深对经典的理解。

诵读之后，还应当加强记忆。这个要求比读出来、说出来更有难度，那

① 吴峥：《国学教育与对外汉语教学浅论》，《中国诗歌研究动态》，2009 年第 1 期。

就是要求学生写出来。因为汉语当中有很多同音字，只是背诵不写出来，有时是无法保证记忆的精准度的。比如孔子的“学而不思则罔”的“罔”，很多人就会误写成“惘”，杜甫的“烽火连三月”的“烽”就会被误写成“锋”或“峰”。我们希望学生熟记经典诗文名句，还是为了让他们能够通过记诵，大量地熟记各种词汇、句式、修辞和艺术技巧，从而像海绵吸水一样，积累丰富的语言材料。当他们需要运用语言来释放自己的思想情感时，这些长期沉睡在脑海里的语言素材，便会从笔端奔泻而出，势如泉涌。杜甫“读书破万卷，下笔如有神”的“神”从何而来呢？其实就是从日常的积累记诵中来，从头脑中储存的大量语言信息中来。

因此，为了提高学习者的语言表达能力，丰富语言表达的形式，就需要精准背诵，出声背诵，直至最后能够默写出来。这样在需要借用这些经典诗文名句的时候才能做到脱口而出，下笔如神助。对母语者来说，背诵是一件枯燥费力的事情。对二语学习者来说，记诵是一件非常困难的事情。根据笔者的调查，愿意采用背诵这一方法的留学生只有 16 人，占 19.5%。然而我们知道，要想灵活地引用经典名句来表情达意，前提就是要熟记、牢记，这样当遇到恰当语境时，就能从记忆中调取并使用。因此，教师有必要引导学生认识到背诵的重要性，对母语者使用频率很高的经典名句，教师也应当提醒留学生去加强记忆。中国的传统教学中，历来就很推崇博闻强记。在教学实践中，教师可以让学生多背诵，多积累。有“背”才能无患，通过背诵丰富学生的语言知识储备，这样在表达时才有可能准确使用。高慧敏(2002)认为，古代诗词教学“具有特殊性，有些诗句脍炙人口，千古流传，现代人仍然时常引用古代诗词名句。同一般文言作品相比，古代诗词的应用性更强。”①要想应用，不背诵恐怕是不可能的。从教学实践中我们发现，其实背诵“知之为知之，不知为不知”并不见得就一定比背诵“知道就是知道，不知道就是不知道”更有难度，而在理解意义的基础上，学生背诵“一鼓作气，再

① 高慧敏：《试谈对留学生的古代诗词教学》，《华侨大学学报(哲学社会科学版)》，2002 年第 4 期。

而衰，三而竭”也并非难以企及的目标。中国人常说，“熟读唐诗三百首，不会作诗也会吟”。如果学习者能够对经典诗文名句熟读并背诵，本身就能够帮助他们体会其含义，进而才能够更熟练地引经据典，恰当表达。

语言学习有一个从“死”到“活”的过程，“死”的东西多了，就能生巧，慢慢就会“活”。所谓“死”，就指的是原始的语言积累，创建个人的语料库。这一点母语者和二语学习者是一样的。语汇丰富了，技巧掌握了，就能随意提取，运用自如，写起文章说起话来自然得心应手。

第二节 理解经典诗文名句，提高文学素养和修养

经典诗文名句相对于整篇文章、整首诗而言，是片段，但这个片段是千百年来人们从各类典籍中精心择取的文质兼美的片段。虽然字数少，但却是诗文中的重要组成部分，是点睛之笔，是诗文当中的精华。语文是口头语言和书面语言的结合，它与人文学科中的文史哲相关，与文学传统相关，也与“存在”相关。从经典诗文名句入手，有助于学生增强对“语文”的兴趣，从人文与审美、文学与文化多方面理解文本。理解是积累、表达的基础，在记诵经典诗文名句之后，教师应当引导学生边读边思考，精读体悟名句的内在含义，进而理解作者的思想感情和名句的主旨。在教师领读，有感情的示范读和学生诵读记忆这些名句之后，我们应该进行讲解，帮助学生理解。如果只是停留在对经典诗文名句的记诵上，缺乏对必要信息的解释和说明，那么这些诗文名句就会是支离破碎的，彼此缺少联系，也很难进入表达当中，也就很难让学生借由这个途径来提高文学素养和修养。对经典诗文名句的理解应该从这样几个层面入手。

一、理解背景信息

与经典诗文名句有关的背景信息包括出处、作者、写作背景和相关文化知识。对母语者来说，背景知识的重要性不言而喻。但是对留学生来说，他们的意识还需要老师来引导。被调查的留学生中有 20 人觉得老师应该介绍一下作者，但没有人认为这是最重要的。关于是否要介绍经典诗文名句的相关文化知识，有 45 名被调查者认为应当介绍，占总调查人数的 55%，还有 2 名学生认为有必要专门讲解文化和背景知识。笔者认为，关于经典诗文名句的背景知识介绍多少，介绍到哪个程度，要根据具体情况来选择和决定。

例如李白的经典诗句“清水出芙蓉，天然去雕饰”出自《经乱离后天恩流夜郎忆旧游书怀赠江夏韦太守良宰》，意在赞美韦太守的文章自然清新，像刚出清水的芙蓉花，质朴纯洁，毫无雕琢装饰。同时这句诗也传递出了李白对诗歌的文学见解。也就是说，李白认为文学作品要像芙蓉出水那样自然清新，他主张纯美自然，反对装饰雕琢。这句经典后来也经常被用来赞美李白诗歌的语言风格。以上这些信息都是这句经典的背景信息，那么教师应该如何处理呢？作为整体来看，李白的这首诗并不出名，因此我们只需要介绍李白这位优秀诗人，介绍这首诗是在什么时候写的，是写给谁的，但不一定需要学生记住诗歌的名字。但是李白的诗歌风格、文学观念却应成为介绍的重点，因为这句诗本身就是李白诗歌风格的写照。这些背景信息是需要教师有重点地引导学生去学习和理解的。

但是在讲到“谁知盘中餐，粒粒皆辛苦”时，教师更应强调的就不是作者李绅，而应将重点放在这句话的含义和背景文化上。毕竟对于普通的中国人来说，李绅不如李白有名，他的诗歌创作在文学史上留下盛名的也只有这首《悯农》。我们在使用这句经典时一般都是劝告人们不要浪费粮食，因此，教师教学也就无需刻意强调其作者。另外讲解时还要看与经典名句有关的文化知识是否影响对经典名句意义的理解和认识。以苏轼的“但愿人长久，千里共婵娟”为例，如果不了解这首词创作的背景，就不容易理解苏轼在这句祝福中表达的思想和感情。因此教师有必要告诉学生在中秋节这个阖家团圆的日子里，苏轼和弟弟分隔两地，彼此想念但又无法见面这样的背景知识。同时教师还应当讲解中秋节和月亮的文化涵义，帮助学生了解月亮意象和中秋节的文化习俗。而这些与诗文名句有关的知识对学生理解中国传统文化是非常有帮助的。

二、理解字句含义

理解是使用的基础，介绍完相关背景知识后，教师要做的一项很重要的工作就是释义。只有对这些经典诗文名句的意义有了深入的了解，才能谈得上恰当的使用。关于讲解意思，有 74%的二语学习者都认为教师应当讲解意思。因为“很难推测意思”“如果不懂意思，别的就没用”“不知道意思就不能使用或使用得不恰当”，而且有 13 名学生认为讲解意思是最重要的方法。要想准确理解名句的意义，就要先理解字句。讲解字句对母语者来说重要吗？答案显而易见。即使是受过多年语文教育的母语者，在日常的写作和口头表达中还会出现因为不理解诗文名句意义而误用的情况。因此对母语者和对二语者来说字句的讲解都是不可缺少的。

现有的教材中一般都有重点字词的注释，但是只依靠注释，是不可能完全理解名句的内涵的。例如“三人行，必有我师焉，择其善者而从之，其不善者而改之”这句话，看起来似乎没有什么特别生僻的字词，但是这句话的难点在于“改”这个字。如果不讲清楚“改”并不是看见别人的不足要去改正别人，而是省察自己改正自己，那么对孔子这句话的理解就不准确了，也不符合孔子严以律己宽以待人的风格了。又如“不患人之不己知，患不知人也”，如果不讲清楚这里“己知”是“知己”的倒装用法，“知己”是动宾短语，就会有人将“己知”误看成“已知”，出现理解上的迷惑。

对于二语学习者来说，字句的解释尤为重要。“己所不欲，勿施于人”这句话对高年级的学生来说，单个的汉字应当都是认识的，但是这些汉字组合在一起成为一句话，他们就很难理解其含义。这个时候教师可以采用语素释义的方法，将“己”解释为“自己”，“不欲”解释为“不想”，“勿”解释为“不要”，“施”解释为“施加”，“人”解释为“别人”。这样一来学生就容易理解这句话的含义了。如果教师还能再用《圣经》中的“爱人如己”进行一下文化对比，那么学生就会更容易理解和接受。另外笔者认为，与对母语者的教学不同，对留学生进行的经典诗文名句的释义应当遵循一个原则，就是粗中有细。“粗”的意思是不能按照古代汉语课的要求来进行教学，不要求学生每个字都懂，而应当是让学生懂大意。对母语者来说，学习经典的目的在于提高，要求深求细，但是对二语学习者来说则重在扫盲，应以跨文化交际为目的，能够恰当表达，能够准确理解就是成功。“细”的意思是教师应当给学生消化吸收的时间，适当放慢速度，让他们慢慢感受和体验，同时还可以辅助一些多媒体手段，让学生通过图片、视频、音乐、朗诵等多种渠道来感知和理解，化抽象为具体，加深他们的印象，这样就可以有效地消除输入障碍。

三、理解修辞之妙

经典诗文名句之所以成为经典，成为有名的被人们喜爱的语句，在语言上、艺术上是有着独特的魅力的，可以说它们就是浓缩的精华。从经典诗文名句出发，以点带面，可以让学习者在较短时间内提取更丰富的信息，效率极高。在字句的梳理完成之后，教师还应该对这些名句做文学性的解读，帮助学生鉴赏它们，从而提高文学素养和鉴赏水平。

例如苏轼的“欲把西湖比西子，浓妆淡抹总相宜”，就是用无论淡雅装饰还是盛装打扮的越国美女西施来比喻西湖不管是晴天还是雨天，都同样美不胜收。这句经典在艺术上最令人叫绝的就是比喻这一修辞手法的运用。以绝色美人西施来比喻西湖，不仅赋予了西湖的美以生命，而且非常别致，非常新奇。人人都知道西施是个美女，但到底有多美、如何美，却只能存在于每个人的想象当中。西湖的美景不也是如此吗？苏轼采用这样的比喻手法比起直接去描写，不仅节约了笔墨，而且寓意深刻，令人顿时产生无限遐思。这种比喻被宋人称为是“道尽西湖好处”，以致“西子湖”也成了西湖的别名。我们在分析完字句之后，不应当只停留在理解诗句的意思上，还应当把这句经典所使用的修辞手法讲清楚，让学生懂得如何恰当使用比喻手法来表达。在日后看到西湖美景的时候，也可以借用这句经典来形容西湖之美。

又如王安石的“春风又绿江南岸，明月何时照我还”。这句经典中的“绿”字一直为人们称道。它将无形的春风化为鲜明的形象，极其传神。据南宋洪迈《容斋随笔》记载，王安石先后用了“到”“过”“入”“满”等十多个字，最后才选定这个“绿”字。这个“绿”字之所以传神，就在于在修辞上它运用了一种移觉手法，也叫通感。风一般只能以听觉和触觉辨别，春风是吹面不寒，过耳无声的。王安石把“绿”这个表示颜色的形容词用在诗中变成了使动用法的动词，让并不十分容易传达的听觉、触觉变为视觉，既写出了春风的到来，又表现出春风吹到江南后水乡的变化，一派生机，欣欣向荣，既有色彩，又有动态，给人以视觉上的形象美。通过这句经典了解了通感这一修辞手法之后，人们在未来的表达中就可以借用这句诗来说春风带给任何地方的变化，例如：

在工程指挥部的大门上，我们看到一副醒目的对联，上联是：“春风又绿大别山”，下联是“阜九大军战犹酣”，横批是“铺通全线”。这不正是3万多铁路大军的共同心声吗？（BCC）

往年，当春风又绿白洋淀后，白洋淀的旅游便渐入佳境。今年“五一”放七天长假，北京周边游也十分火爆。然而，由于白洋淀发生了有史以来死鱼最多、污染水域面积最大的淀水污染事件，它令无数向往白洋淀的旅游者望而却步。（BCC）

除了在文章中用，还有很多对这句经典的借引出现在新闻标题中，例如

"杭州：春风又绿小营巷""春风又绿并州城""春风又绿张家港""春风又绿杏花岭""春风又绿柏坡岭"等等。有时人们还会借用两句经典进行组合，例如：

> 春风又绿汀江岸，似曾相识鹭归来。4月下旬，在昔日水土流失最严重的长汀县河田镇乌石崇山头上，处处绿意盎然，青翠的乔灌，茂盛的小草，群群白鹭盘旋山头，让前来考察的原中国科学院副院长孙鸿烈等6位院士和20多位专家情不自禁地赞叹：长汀走出了一条治理水土流失成功的路子，堪称"中国南方治理水土流失的一面旗帜"。(BCC)

这条新闻在标题组合中借用了王安石的"春风又绿江南岸"和晏殊的"似曾相识燕归来"，写出了长汀治理水土流失改善自然环境后令人欣喜的成果。如果不是对名句有了充分的积累，有了修辞上的学习，那么是很难写出如此精彩而又令人印象深刻的标题的。

我们理解了刘禹锡《竹枝词》"东边日出西边雨，道是无晴却有晴"里"晴"的双关，就可以借用这句经典来含蓄地询问自己喜欢的人对自己是不是有情；了解了韩愈《师说》"闻道有先后，术业有专攻"这句是用对仗的形式凝练的语言告诉我们学习有早有晚，专业各有擅长，那么就可以在别人赞美自己的专业技能时用这句经典来表示谦虚，也可以对他人表示鼓励，或者在说明人各有专长的时候用这句来论证。总之，经典诗文名句因为具有语言之美、艺术之美，学生理解了这些名句在文学上的价值，也就可以用这些名句来丰富自己的表达。在书面表达当中适当地、恰当地引经据典，可以摆脱说空话、套话的禁锢，让文章变得更加有情趣，更加鲜活。

四、理解语用条件

既然学习经典诗文名句的主要目的之一就是为了表达，为了恰当地使用，那么还需要理解这些名句的主旨，这样才能帮助学生正确地引用。从前文对母语者和二语学习者语用的考察情况来看，他们对经典诗文名句的使用是不尽如人意的。因此，非常有必要理解原诗文名句的主旨，知道原作者在写这句诗文的时候是为了说明什么，表达什么，是想要用这句话语做什么，最后在总结的基础上加强对名言佳句语用条件的讲解。也就是说，在学生准确理解经典名句的意义后，教师应当明确告诉学生什么时候可以用，应该怎么用。

在针对二语学习者的调查中，有62%的学生认为应当讲解这些经典诗文名句的用法，因为“生活中可能用到各种情况，你可以用这些表述自己的观点”“使用这些经典诗文名句有助于让你的口语表达能力更加地道”“这样我们就会在生活中使用”。有5名学生认为讲解用法是最重要的，甚至还有学生说“要讲解用法，要不然学习就是消磨时间”。对母语者的教学教师一般都将注意力放在了修辞上，但是我们通过对大学生书面和口头表达的考查，发现他们在语用上也存在问题。因此，在教学中，教师应当在学生准确理解名句意义的基础上，告诉学生可以在什么时候、什么情况下引用这些名句。

我们以“有朋自远方来”为例。这句话出自《论语》开篇的第一句：“学而时习之，不亦说乎？有朋自远方来，不亦乐乎？人不知而不愠，不亦君子乎？”宋代著名学者朱熹对此章评价极高，认为它讲的是“入道之门，积德之基”。也就是说，《论语》的首章就提出以学习为乐事，以与朋友交流相互学习为乐事，做到人不知而不愠。这也体现出了孔子学而不厌、诲人不倦、注重修养、严以律己的主张。“有朋自远方来”意思很简单，就是说有志同道合的学习者从远方来。根据上下文，这个“来”必然不是一般的往来，不是休闲娱乐，不是闲聊串门，而是在学习上、品德修养上相互切磋，互相学习请教，这是让孔子感到愉快的事情。因此孔子用“不亦乐乎”表达了自己内心的喜悦。这句话也就有了对朋友表示欢迎的意思。我们了解了这则名句的含义和主旨，也就知道了如果我们需要表达对远方来客的欢迎就可以引用这句话。今天我们也常用这句经典来表达远客到来时自己的喜悦之情和对远方客人的欢迎之意。例如：

> 我们的民族是讲究人情的。当“有朋自远方来”的时候，当亲友有喜庆的事的时候，大家聚一聚、送点土产，这是人情之常；……（BCC）
>
> 外交部发言人陆慷24日说，中国，特别是杭州地方，已经进入“G20时间”。中国已经做好准备，杭州已经做好准备，期待有朋自远方来。（BCC）

这两个例子中第一个表达的是喜悦之情，第二个表达的是期待和欢迎。在教学中，如果教师在讲解完字词的意义和修辞手法之后，适当地举一些例子，让学生明白什么场合、什么情况下我们可以引用这句经典，那么就可以帮助学生更快地理解这些经典名句的语用条件和语用环境。

除了教师的讲解之外，还应当适度加强表达训练，让学生从输入到输出，真正把这些经典诗文名句用起来。从母语者的使用情况来看，学生是想用的，愿意用的，也都普遍认识到了在表达中使用这些经典名句是有价值的。虽然只有27%的留学生提出应当练习，其中一名学生认为适当的练习是最重要的，因为“这样学生能记住意思和用法”，但二语教学届现在已经形成了这样的共识——第二语言教学的培养目标应当是跨文化的交际能力。汉语作为第二语言教学，也应当有这样的培养目标。跨文化交际能力指的是与不同文化背景的人们有效、恰当地交往的能力。具有这种能力意味着能够在母国文化与他国文化之间建立联系，具有文化的敏感性，能够辨别并运用不同策略与异域文化的人进行交际，能够扮演文化中介的角色，有效处理两种或多种文化之间的误解和冲突，能够在不同场合中与其他文化的人们进行交流。[①] 因此，二语学习者更有必要利用中华经典诗文名句来加强表达训练。

① 崔永华：《对外汉语教学的目标是培养汉语跨文化交际能力》，《语言教学与研究》，2020年第4期。

这既是语言训练，也是交际训练，同时因为经典诗文名句内涵丰富，集中体现了中国的优秀传统文化，所以这更是一种跨文化的交际训练。通过有效的表达训练，就可以让二语学习者在与中国人交际的过程中更加得心应手，也更加自如得体。

笔者发现，即使是一些含义非常明确，使用语境也比较单一的经典名句，留学生都会出现问题。例如“人之初，性本善”，其含义就是人的本性是善良的，人们需要强调这一观点或者想否定这一观点时就会引用这句经典。考察 HSK 动态作文语料库，留学生共使用了这句经典 10 次，其中 7 句都是直接引用来说明人性本善的观点，这是准确的和恰当的。另外还有 3 句用的是反引和借引：

(1)所谓“人之初，性本善”，人一生下来，就有倾向犯罪的本性，这是众所周知的。(200203 新加坡《记对我影响最大的一个人》)

(2)这句话用来形容现在人可改成为“人之初性本懒”。(200105 印度尼西亚《由“三个和尚没水喝”想到的……》)

(3)俗语说得好：“人之初，性本恶。”(200505 新加坡《父母是孩子的第一任老师》)

第(2)(3)句的借引将“性本善”改成了“性本懒”和“性本恶”，这是恰当的。但是第一句根据上下文应该是反引，作者是不同意“人之初，性本善”这句话的，他在引用之后表达的意思明显和这句经典相反。所以这里应该加一个转折连词“但是”，前面的“所谓”也应该换成“有人说”“俗话说”或“老话说”。这样的引用才是正确的。

二语学习者会出错，母语者的使用情况也不够乐观，尤其是比较正式的口头表达中，母语者常常出现引用过度、引用不当的情况，甚至还会出现引用错误。所以，如果想要让学生真的会用、能用，用得好，用得妙，教师需要有语用的意识，应该给学生举出正引、反引和借引的例子，让学生去模仿写作或进行口头表达。另外还可以给学生展示引用的范文范句，让学生看到恰当的、精彩的引用是什么样的，不能只是在表达中大量罗列，或者只是引用却不做解释阐释，缺少和前后文的联系。语言说到底是表达思想感情的工具，如果不能用，那就失去了存在的意义。因此，对经典诗文名句我们也应当强调其语用价值，让它丰富我们的表达，为我们的思想和情感表达服务。

第三节 重现经典诗文名句，加强文化认同与传承

2016年7月1日，习近平总书记在庆祝中国共产党成立95周年大会上明确提出中国共产党人"坚持不忘初心、继续前进"，就要坚持"四个自信"，即中国特色社会主义道路自信、理论自信、制度自信和文化自信。习总书记所说的"文化自信"指的是对中国特色社会主义文化先进性的自信。坚持文化自信就是要激发党和人民对中华优秀传统文化的历史自豪感，在全社会形成对社会主义核心价值观的普遍共识和价值认同。可以说文化自信是根本中的根本。确立文化自信，就需要大力弘扬中华优秀传统文化。语文教育以汉语言、汉文学、汉文化为主要教学内容，在弘扬中华优秀传统文化方面具有得天独厚的优势。在文化自信的建设上可谓使命光荣，责任重大。语文素养的提升，就是增强文化自信的重要举措。

经典诗文名句流传千古不仅仅是因为它们出于名人之口，有着语言、艺术和文学价值，更重要的是这些名句当中蕴含着深刻的哲理，有数百年来的传承和积淀。所以在当今社会，我们有必要让这些经典诗文名句以各种各样的形式重现出来，帮助母语者和二语者加强对中华优秀文化的认同和传承，让母语者有更强烈的文化自信，让二语者对中国文化有更浓厚的兴趣和热情，从而对中国更友好，更友善，和中国的关系更亲密。所谓重现，指的是

我们要在各类表达中有意识地使用这些经典，让它们更多地出现在各类媒体上，展示出中华文化独有的魅力和内涵。习近平总书记在这方面就是一个典范。他善于用典、精于用典，用典数量多、范围广，用典灵活巧妙。可以说，他所使用的这些典故几乎都是经典名句。他对经典诗文名句的使用就是让这些名句在各个场合下不断重现，而这就展现出了中华优秀传统文化的当代价值，重塑了社会对中华优秀传统文化的自信。这对我们中华优秀传统文化的传承与创新有着重要的启示。我们可以从经典诗文名句开始，让优秀传统文化走向现代，走向世界，走向未来。

根据赵丽霞、欧德英的调查研究，89%的大学生(共计 979 人)认为，通过学习习近平用典有利于中华优秀传统文化的传播，927 人认为通过学习习近平用典有效地增强了文化自信。这说明绝大多数大学生认为习近平用典能旁征博引、贯通古今、寓意深刻，体现了中华传统文化的巨大魅力。[①] 因此可以推论，加强经典诗文名句的学习，可以有效增强大学生对中华文化的认同感。母语者对中华民族优秀传统文化的认识与热爱，也有益于他们接受属于全人类先进文化的熏陶，有益于培养他们的国际意识。

习近平总书记在纪念孔子 2565 周年诞辰国际学术研讨会暨国际儒学联合会第五届会员大会开幕会上讲道：“要坚持古为今用、以古鉴今，坚持有鉴别的对待、有扬弃的继承，而不能搞厚古薄今、以古非今，努力实现传统文化的创造性转化、创新性发展，使之与现实文化相融相通，共同服务以文化人的时代任务。”中华经典诗文名句体现的是优秀的传统文化，我们今天用各种形式对其进行重现，就是一种古为今用，是传统与当代的融合汇通。习总书记的引经据典本身就展示了中华优秀传统文化的软实力，为中国的文化强国战略提供了有力的人文历史支撑。随着经济社会的快速发展，世界将迎来以文化软实力为核心竞争力的文化时代。也就是说，国与国之间的竞争逐渐成为软实力的竞争，其价值观是否有吸引力、发展是否具有号召力、文化

① 赵丽霞、欧德英：《大学生对习近平用典熟知度的调查——以福建某高校为例》，《闽南师范大学学报》(哲学社会科学版)，2020 年第 1 期。

是否具有影响力决定着一个国家的人才引进与综合实力。因此，在针对大学生的大语文教学中，加强中华经典诗文名句的教学，也是顺应了文化软实力影响综合国力这一世界历史潮流。丰富而优秀的中华传统文化作为民族宝贵的历史遗产，正逐渐为文化强国提供有力的人文历史支撑。大学生作为祖国未来的建设者，学习经典，理解经典，使用经典名句，就能够更好地传承文化，更好地融汇古今，树立文化自信。

中华优秀传统文化是古人在社会生活实践中积累的宝贵财富，要把这些优秀传统文化贯穿在日常生活中，才能让其“鲜活起来”，重现出来。中华优秀传统文化是古人在社会实践中积累的生存智慧，传承中华优秀传统文化的目的是为了学习古人的智慧，学以致用。在传承中华优秀传统文化的过程中，我们可以从经典诗文名句来切入，从点到面，从浅入深，理解中国古代思想文化的重要典籍和中华优秀传统文化的精髓。经典诗文名句虽然表面上是文学作品，但其中蕴含着深厚的文化。学习语言文学，同时也是在学习文化。《周易》的“天行健，君子以自强不息”，激励我们永远向上，奋斗不止；《孟子》的“富贵不能淫，贫贱不能移，威武不能屈”，让我们懂得如何做一个顶天立地的人；我们可以通过“仁者爱人”学到儒家的哲学观；通过“道可道，非常道”了解道家的思想；通过“己所不欲，勿施于人”了解中国文化中蕴含的为人处世的智慧；通过“仓廪实则知礼节，衣食足则知荣辱”了解中国的国家管理思想；通过“纸上得来终觉浅，绝知此事要躬行”了解中国人的实践精神；通过“不积跬步，无以至千里；不积小流，无以成江海”了解中国人的认真踏实……虽然这些名句产生的背景与今天不同，但其中包含的深刻思想对指导今天的生活仍然具有十分重要的意义。对母语者来说，中华优秀传统文化是中华民族的精神基因，是我们深厚的文化软实力。“问渠那得清如许，为有源头活水来。”抛弃传统、丢掉根本，就等于割断了自己的精神命脉。

对二语学习者来说，经典诗文名句的多形式重现和学习也是非常有必要的。在当下“一带一路”和全球“汉语热”的背景下，在海外学习汉语的各界人士和来华学习汉语的留学生数量与日俱增。他们不仅喜欢学习汉语，了解中国文化的愿望也越来越强烈。对他们来说，汉语是第二语言。语言给人规定了视野，引导着人的眼光，为世界赋予了意义并为万物命名，正是语言使世界成其为所是，使万物成其为所是。汉语言的文化基因非常强大，即便是一个字的形音义、一个词汇的构成和意义，都是在中华民族漫长的历史过程中形成的，无不承载着中华文化的独特基因。语言和文化密不可分。在我们对二语学习者的语文教育中，同样应当重视中国文化的教学。抛开一个民族的文化，要掌握一个民族的语言是非常困难的。因此，对二语者来说通过经典诗文名句这种凝练的形式，可以让他们更轻松地学习汉语言，掌握汉文化，从而更好地了解中国，理解中国，亲近中国。

根据笔者对 HSK 动态作文语料库的考察，绝大多数引用了中华经典诗文名句的考生都是来自韩国、日本、新加坡、马来西亚、印度尼西亚、越南等与中国文化关系密切的国家，67 条语料中只有 7 条是来自西方国家的考生，其中美国 3 人、英国 2 人、墨西哥 1 人。这说明语言和文化的关系极其密切，文化理解越深入，也就更容易熟悉中华经典诗文名句。而我们加强对经典诗文名句的教学，也必将会使留学生更了解和亲近中国文化。学者吴双曾选取了一些经典诗文名句让二语学习者进行了写作前的阅读。她发现来自西方国家的留学生虽然对古典语块运用相对较少，但在问卷中“他们明确表示自己非常喜爱这些古典语块，……由此推想，这可能跟学习和操练时间太短暂而影响习得效果有关，也有可能跟地域文化之间的陌生程度有关，如果进一步强化对古典语块的教学和操练，无论是来自东方还是来自西方国家的留学生作文中的文采都将会更好”。① 从真实的语料和教学的实例能够看出，文化越亲近，就越熟悉经典诗文名句。反过来越熟悉经典诗文名句，也就越容易对文化产生兴趣。因此，通过经典诗文名句的讲解和表达训练，留学生应该能够更全面广泛地了解中国传统文化的精髓，从而更好地产生对中国文

① 吴双：《专题式经典诗文语块运用于对外汉语写作实验研究》，《华文教学与研究》，2012 年第 3 期。

化的认同感和亲切感。

所以，在对二语学习者进行的语文教育中，即使是对那些母国文化与汉文化毫无关联的外国留学生，我们的语文教育也不能只停留在语言上，我们还是要加强对他们人文素养和文化审美能力的提升，让他们能够对中华文化有了解，更认同。语言学习中并不仅仅是学习知识，也是在接触丰富的文化，学习这个文化中重要的现代事件和历史事件，学习文学和艺术的重要作品，学习文化态度和中国文化中优先考虑的、最重视的东西。二语学习者学习的文化也不仅仅是文学、哲学意义上的文化，它也是中国人日常生活、工作中所涉及的文化。我们正处于一个快速全球化的世界，一个经济和文化快速全球化的世界。在全球化的背景下，以汉语为媒介语言的会议、谈判、活动等场合越来越多。国内接待外国人、国外接待中国人的场合也越来越多。跨文化的交流也越来越频繁，越来越密切。在这些使用汉语的跨文化交际的场合，如何使交际双方言行得体，减少误解，避免冲突，顺利地达到交际目的，这是我们的大语文教学应当担负起的责任。不夸张地说，在跨文化的交际中，要想获得成功，语言能力只是一个方面，更主要的还是看交际双方对整个文化背景的熟悉程度和认可程度。

习近平总书记多次倡导，要推动中华文明创造性转化和创新性发展，激发其生命力，让收藏在博物馆里的文物、陈列在广阔大地上的遗产、书写在古籍里面的文字都活起来。我们引经据典，在表达中使用这些经典诗文名句就是让书写在古籍里的文字活起来的一种方式。在大语文的教育中，对那些至今仍有借鉴价值的诗文名句加以改造，赋予其新的时代内涵和现代表达形式，激活其生命力，对其进行扩充、拓展、完善，让其用多种形式重现，就可以增强中国优秀传统文化的影响力和感召力。

我们通过对经典诗文名句的学习，能够让母语者传承祖国优秀文化的精华，含英咀华，探寻意境，丰富精神世界，提高人文素养，使他们受到高尚情操的熏陶，形成健康的审美观念，具有宽阔的文化视野和宽广的人文情怀；让二语学习者能够了解中国的传统文化，熟悉传统文化的当代价值，以经典诗文名句为起点，逐渐将自己的视野扩大到文学、文化、历史、哲学、艺术等方方面面，从而更全面地认识中国。

总之，通过经典诗文名句的学习，可以助力语文素养的提升，让学生具有语文知识，掌握文学技巧，了解中国文化，认识到优秀传统文化中多元的价值观念，认识到人类文化的多元性和包容性，拓宽眼界，提升格局，最终具有国际视野和开拓意识，成为跨文化交际中的成功者，成为中国文化的继承者和传播者。

结　语

结　语

笔者对中华经典诗文名句进行了界定和语用考察，发现很多诗文名句在今天的书面和口头表达中依然具有极强的生命力。中华经典诗文名句可以说是思想家、文学家们思想感情高度浓缩的精华，充满了生命力、神采和灵性。在当代人的书面和口头表达中，有效引用经典诗文名句往往能够统领全篇，起到规范总体、画龙点睛的作用。

通过对经典诗文名句的代表“三人行必有我师”句的详细考察，我们发现，对这句经典的不同理解，会让人们在使用时有不同的侧重，但主要还是集中于四个方面，分别是学习态度、学习方法、尊师辨师和为人相处之道。人们对经典诗文名句原句字词的解释不同，也会使其在具体语境中产生不同的含义。从今人对这句经典的使用情况来看，正引占了绝大多数，而反引的数量极少，其中还有相当一部分是为了引出下文的借引形式，在修辞上形成对仗，起到风趣幽默的文学效果。借引的情况相对复杂，尤其是在文学作品、新闻标题、广告、对话和网络等的表达中，有的已与原句相去甚远，有的形式改变但内涵未变，还有的形式变化不大，但意义却完全相反。在对经典诗文名句的使用中，人们是将其用于论证、抒情还是陈述，一方面取决于名句本身的意义和功能，另一方面也取决于人们使用的语境。诗文原句形式结构越复杂，对其的解读越丰富，知名度越高，传播得越广，则其使用的功能就越多样。尤其是在非正式的对话和网络语言中，经典诗文名句所表达出来的思想感情也与正式的书面语体有较大差异，往往脱离原句内涵更远。这是经典诗文名句“古为今用”的一个特色。

笔者还对大中小学学生书面表达中经典诗文名句的使用情况做了统计和分析。我们看到，经典诗文名句的引用数量随着学生语文知识的积累在逐步增加，范围也在逐步扩大，引用的形式也愈加丰富。总体上中小学生的考场优秀作文中对经典诗文名句的引用质量很高，能够有效地增强表达效果，突出观点，强化感情，即使是客观引述，也能够让表达更简洁、更有说服力。但与之相比，大学生书面表达中的引用虽然数量上有一定增加，但是范围并没有显著扩大。在表达中还存在一些常识性的错误，例如字句、作者和出处等会出现记忆混乱。此外，更为常见的是因为对经典诗文名句的内涵缺乏深入的理解，很多的引用显得不够恰当，甚至毫无关联，严重影响对表达内容的阅读理解，甚至还会干扰表达，造成障碍。还有的引用喧宾夺主，造成了表达主题的偏离或失重，同样影响表达质量。在大学生的口头表达中，同样存在类似的问题，并且更为严重。从对经典诗文名句的使用情况来看，大学生的语文素养和语言表达能力还有待提高，而这也是应该引起我们重视的问题。在把汉语作为第二语言学习的群体中，学习者普遍对中华经典诗文名句很有兴趣，也有较为强烈的学习动机。但是由于汉语教材中对这些名句的注释较为简单，或者说不够重视，教师在课堂中也未对这些经典诗文名句进行有效的教学，因此二语学习者对中华经典诗文名句的使用数量少、范围窄，多集中于《论语》，且在使用中因为积累少、理解困难，心有余而力不足。

最后笔者认为，无论是对哪个群体的学习者，中华经典诗文名句都有其独特的价值和意义。通过对经典的记诵，可以帮助学习者丰富语言表达的形式；通过对经典诗文名句字词句的解释、背景的介绍、修辞的教学和语用条件的讲解，可以帮助学习者有效提高文学素养和艺术修养；通过各种形式对经典诗文名句的重现，可以让母语者加强文化认同与传承，可以让二语者对中国文化更加亲近。古诗文经典已经融入中华民族的血脉，成了我们的文化基因。通过这些经典诗文名句的学习，可以让中华民族优秀的传统文化不断地延续下去，不断地传播出去，树立我们的文化自信，让中华文化可以在世界文化的激荡中进一步站稳脚跟。书写在古代典籍里的诗文名句积淀着我们民族最深层的精神追求，代表着中华民族的生命力和创造力。我们用多种形式加强经典诗文名句的学习，就可以让这些古老的语言文字活起来，火起来，而这也是讲述中国故事、传播中国文化的一个重要而又独特的方式。

附　录

附录 1：小学生中华经典诗文名句引用频率表(按来源)

小学生中华经典诗文名句引用频率表(按来源)			
序号	诗　句	来　源	引用频次
《二十四孝》共 2 条			
1	董永家贫,卖身葬亲,天遣仙女,织缣完缗。	《二十四孝》	1
2	黔娄为令,父病弃官,礼斗祈代,尝粪心寒。	《二十四孝》	1
唐诗共 12 条			
3	慈母手中线,游子身上衣。 临行密密缝,意恐迟迟归。 谁言寸草心,报得三春晖。	《游子吟》孟郊	5
4	无边落木萧萧下,不尽长江滚滚来。	《登高》杜甫	1
5	白头搔更短,浑欲不胜簪。	《春望》杜甫	1
6	锄禾日当午,汗滴禾下土。 谁知盘中餐,粒粒皆辛苦。	《悯农》李绅	1
7	节分端午自谁言,万古传闻为屈原。	《端午》文秀	1
8	堪笑楚王空渺渺,不能洗得直臣冤。	《端午》文秀	1
9	春潮带雨晚来急,野渡无人舟自横。	《滁州西涧》韦应物	1
10	夕阳无限好,只是近黄昏。	《乐游原》李商隐	1
11	读书破万卷,下笔如有神。	《奉赠韦左丞丈二十二韵》杜甫	1

12	海日生残夜,江春入旧年。	《次北固山下》王湾	1
13	清明时节雨纷纷,路上行人欲断魂。	《清明》杜牧	1
14	天阶夜色凉如水,卧看牵牛织女星。	《秋夕》杜牧	1
宋诗共3条			
15	水光潋滟晴方好,山色空蒙雨亦奇。	《饮湖上初晴后雨》苏轼	1
16	山重水复疑无路,柳暗花明又一村。	《游山西村》陆游	1
17	黄梅时节家家雨,青草池塘处处蛙。	《约客》赵师秀	1
《增广贤文》共3条			
18	两耳不闻窗外事,一心只读圣贤书。	《增广贤文》	1
19	滴水之恩,定当涌泉相报。	《增广贤文》	1
20	一年之计在于春,一日之计在于晨。	《增广贤文》	1
其他共11条			
21	宝剑锋从磨砺出,梅花香自苦寒来。	《警世贤文》	5
22	玉可碎不可损其白,竹可破不可毁其节。	《三国演义》罗贯中	1
23	五岳归来不看山,黄山归来不看岳。	《漫游黄山仙境》徐霞客	1
24	但愿人长久,千里共婵娟。	《水调歌头》苏轼	1
25	千里送鹅毛,礼轻情意重。	《路史》徐渭	1
26	有志者,事竟成。	《后汉书》范晔	1
27	塞翁失马,焉知非福。	《淮南子》刘安	1
28	身体发肤,受之父母,不敢毁损,孝之始也。	《孝经》	1
29	三十六计,走为上策。	《孙子兵法》	1
30	路漫漫其修远兮,吾将上下而求索。	《离骚》屈原	1
31	巧言乱德,小不忍则乱大谋。	《论语》	1
总计			39

附录2:初中生中华经典诗文名句引用频率表(按来源)

初中生中华经典诗文名句引用频率表(按来源)			
序号	诗 句	来 源	引用频次
《礼记》共2条			
1	文武之道,一张一弛。	《礼记》	1
2	知不足,然后能自反也;知困,然后能自强也。	《礼记》	1
《论语》共13条			
3	知之为知之,不知为不知,是知也。	《论语》	2
4	士不可以不弘毅,任重而道远。仁以为己任,不亦重乎?死而后已,不亦远乎?	《论语》	2
5	温故而知新,可以为师矣。	《论语》	2
6	一箪食,一瓢饮,在陋巷,人不堪其忧,回也不改其乐。贤哉,回也。	《论语》	2
7	三人行,必有我师焉。择其善者而从之,其不善者而改之。	《论语》	2
8	有朋自远方来,不亦乐乎?	《论语》	1
9	孔曰成仁,孟曰取义,惟其义尽,所以仁至。	《论语》	1
10	己所不欲,勿施于人。	《论语》	1
11	学而不思则罔,思而不学则殆。	《论语》	1
12	吾日三省吾身,为人谋而不忠乎?与朋友交而不信乎?传不习乎?	《论语》	1
13	人不知而不愠,不亦君子乎?	《论语》	1
14	朕躬有罪,无以万方。万方有罪,罪在朕躬。	《论语》	1
15	见贤思齐焉,见不贤而内自省也。	《论语》	1
《离骚》共2条			
16	路漫漫其修远兮,吾将上下而求索。	《离骚》屈原	2
17	亦余心之所善兮,虽九死其犹未悔。	《离骚》屈原	1
《孟子》共5条			
18	生,亦我所欲也;义,亦我所欲也。二者不可得兼,舍生而取义者也。	《孟子》	2

19	鱼,我所欲也;熊掌,亦我所欲也。二者不可得兼,舍鱼而取熊掌者也。	《孟子》	1
20	生于忧患,死于安乐。	《孟子》	1
21	故天将降大任于斯人也,必先苦其心志,劳其筋骨,饿其体肤,空乏其身,行拂乱其所为,所以动心忍性,增益其所不能。	《孟子》	1
22	吾善养吾浩然之气。	《孟子》	1
《归园田居》共 2 条			
23	晨兴理荒秽,戴月荷锄归。	《归园田居》陶渊明	2
24	开荒南野际,守拙归园田。	《归园田居》陶渊明	2
唐诗共 35 条			
25	乱花渐欲迷人眼,浅草才能没马蹄。 最爱湖东行不足,绿杨阴里白沙堤。	《钱塘湖春行》白居易	5
26	天生我材必有用,千金散尽还复来。	《将进酒》李白	4
27	会当凌绝顶,一览众山小。	《望岳》杜甫	3
28	仰天大笑出门去,我辈岂是蓬蒿人。	《南陵别儿童入京》李白	2
29	乘风破浪会有时,直挂云帆济沧海。	《行路难》李白	2
30	海内存知己,天涯若比邻。	《送杜少府之任蜀州》王勃	2
31	千里黄云白日曛,北风吹雁雪纷纷。莫愁前路无知己,天下谁人不识君。	《别董大》高适	2
32	槐花新雨后,柳影欲秋天。听罢无他计,相思又一篇。	《答梦得闻蝉见寄》白居易	1
33	回眸一笑百媚生,六宫粉黛无颜色。	《长恨歌》白居易	1
34	嘈嘈切切错杂弹,大珠小珠落玉盘。	《琵琶行》白居易	1
35	晚来天欲雪,能饮一杯无。	《问刘十九》白居易	1
36	君不见黄河之水天上来, 奔流到海不复回。	《将进酒》李白	1
37	人生得意须尽欢,莫使金樽空对月。	《将进酒》李白	1
38	安能摧眉折腰事权贵, 使我不得开心颜。	《梦游天姥吟留别》李白	1
39	兴酣落笔摇五岳,诗成笑傲凌沧洲。	《江上吟》李白	1
40	玉露凋伤枫树林,巫山巫峡气萧森。	《秋兴八首》杜甫	1
41	好雨知时节,当春乃发生。随风潜入夜,润物细无声。	《春夜喜雨》杜甫	1
42	两个黄鹂鸣翠柳,一行白鹭上青天。	《绝句》杜甫	1

43	文章千古事,得失寸心知。	《偶题》杜甫	1
44	朱门酒肉臭,路有冻死骨。	《自京赴奉先咏怀五百字》杜甫	1
45	安得广厦千万间, 大庇天下寒士俱欢颜。	《茅屋为秋风所破歌》杜甫	1
46	停车坐爱枫林晚,霜叶红于二月花。	《山行》杜牧	1
47	男儿屈穷心不穷,枯荣不等嗔天宫。	《野歌》李贺	1
48	秋阴不散霜飞晚,留得残荷听雨声。	《宿骆氏亭寄怀崔雍》李商隐	1
49	此情可待成追忆,只是当时已惘然。	《锦瑟》李商隐	1
50	直道相思了无益,未妨惆怅是清狂。	《无题》李商隐	1
51	自古逢秋悲寂寥,我言秋日胜春朝。	《秋词》刘禹锡	1
52	春眠不觉晓,处处闻啼鸟。	《春晓》孟浩然	1
53	新年都未有芳华,二月初惊见草芽。	《春雪》韩愈	1
54	天街小雨润如酥,草色遥看近却无。	《早春呈水部张十八员外》韩愈	1
55	水晶帘动微风起,满架蔷薇一院香。	《山亭夏日》高骈	1
56	北风卷地白草折,胡天八月即飞雪。	《白雪歌送武判官归京》岑参	1
57	他乡有明月,千里照相思。	《送崔主簿赴沧州》李峤	1
58	曾经沧海难为水,除却巫山不是云。	《离思》元稹	1
59	慈母手中线,游子身上衣。	《游子吟》孟郊	1
宋词共 19 条			
60	莫听穿林打叶声,何妨吟啸且徐行。竹杖芒鞋轻胜马,谁怕?一蓑烟雨任平生。 料峭春风吹酒醒,微冷,山头斜照却相迎。回首向来萧瑟处,归去,也无风雨也无晴。	《定风波》苏轼	4
61	寂寞梧桐深院锁清秋,剪不断,理还乱,是离愁。	《相见欢》李煜	2
62	雕栏玉砌应犹在,只是朱颜改。问君能有几多愁?恰似一江春水向东流。	《虞美人》李煜	1
63	春水碧于天,画船听雨眠。	《菩萨蛮》韦庄	1
64	梦断魂销,一枕相思泪。	《蝶恋花》苏轼	1
65	十年生死两茫茫,不思量,自难忘。	《江城子》苏轼	1
66	大江东去,浪淘沙,千古风流人物。	《念奴娇》苏轼	1

67	念去去，千里烟波，暮霭沉沉楚天阔。	《雨霖铃》柳永	1
68	执手相看泪眼，竟无语凝噎。	《雨霖铃》柳永	1
69	知否？知否？应是绿肥红瘦。	《如梦令》李清照	1
70	此情无计可消除，才下眉头，却上心头。	《一剪梅》李清照	1
71	衣带渐宽终不悔，为伊消得人憔悴。	《蝶恋花》柳永	1
72	素月寄孤舟，只影随水流，家国破，一盏残酒，酒淡怎敌晚风爽，梧桐雨，点点愁。	《南楼令》李清照	1
73	杏花疏影里，吹笛到天明。	《临江仙》陈与义	1
74	心似双丝网，中有千千结。	《千秋岁》张先	1
75	三十功名尘与土，八千里路云和月。	《满江红》岳飞	1
76	靖康耻，犹未雪，臣子恨，何时灭？	《满江红》岳飞	1
77	人生自古谁无死，留取丹心照汗青。	《过零丁洋》文天祥	1
78	有三秋桂子，十里荷花。	《望海潮》柳永	1
宋诗共 17 条			
79	沾衣欲湿杏花雨，吹面不寒杨柳风。	《绝句》志南	2
80	粗缯大布裹生涯，腹有诗书气自华。	《和董传留别》苏轼	1
81	日啖荔枝三百颗，不辞长作岭南人。	《惠州一绝》苏轼	1
82	黑云翻墨未遮山，白雨跳珠乱入船。	《六月二十七日望湖楼醉书》苏轼	1
83	欲把西湖比西子，浓妆淡抹总相宜。	《饮湖上初晴后雨》苏轼	1
84	宁可食无肉，不可居无竹。无肉令人瘦，无竹令人俗。	《于潜僧绿筠轩》苏轼	1
85	纸上得来终觉浅，绝知此事要躬行。	《冬夜读书示子聿》陆游	1
86	八十身犹健，生涯学灌园。 溪风吹短褐，村雨暗衡门。 眼正魔军怖，心安疾竖奔。 午窗无一事，梨枣弄诸孙。	《灌园・八十身犹健》陆游	1
87	穿破绿钱多稚笋，惊飞红雨有幽禽。	《提斋壁》陆游	1
88	风从苹末萧萧起，月过花阴故故迟。	《石帆夏日》陆游	1
89	绿叶忽低知鸟立，青萍微动觉鱼行。	《初夏闲步村落间》陆游	1
90	夜阑卧听风吹雨，铁马冰河入梦来。	《十一月四日风雨大作》陆游	1
91	王师北定中原日，家祭无忘告乃翁。	《示儿》陆游	1

92	富家不用买良田，书中自有千钟粟。 安居不用架高堂，书中自有黄金屋。	《劝学诗》赵恒	1
93	春色恼人眠不得，月移花影上栏杆。	《夜直》王安石	1
94	春风又绿江南岸，明月何时照我还？	《泊船瓜洲》王安石	1
95	接天莲叶无穷碧，映日荷花别样红。	《晓出净慈寺送林子方》杨万里	1
《红楼梦》共2条			
96	满纸荒唐言，一把辛酸泪。	《红楼梦》曹雪芹	1
97	花谢花飞花满天，红消香断有谁怜。	《红楼梦》曹雪芹	1
其他共33条			
98	结庐在人境，而无车马喧。 问君何能尔？心远地自偏。 采菊东篱下，悠然见南山。 山气日夕佳，飞鸟相与还。 此中有真意，欲辨已忘言。	《饮酒》陶渊明	7
99	宝剑锋从磨砺出，梅花香自苦寒来。	《警世贤文》	4
100	予独爱莲之出淤泥而不染，濯清涟而不妖，中通外直，不蔓不枝，香远益清，亭亭净植。	《爱莲说》周敦颐	3
101	不积跬步，无以至千里；不积小流，无以成江海。	《劝学篇》荀子	2
102	粉身碎骨全不怕，要留清白在人间。	《石灰吟》于谦	2
103	合抱之木，生于毫末；九层之台，起于垒土；千里之行，始于足下。	《老子》老子	2
104	五色令人目盲，五音令人耳聋，五味令人口爽，驰骋略猎令人心发狂，难得之货令人行妨。	《道德经》老子	1
105	前事不忘，后事之师。	《战国策》刘向	1
106	执子之手，与子偕老。	《诗经》	1
107	吞舟之鱼，陆处则不胜蝼蚁。	《吕氏春秋》吕不韦	1
108	博观而约取，厚积而薄发。	《稼说送张琥》苏轼	1
109	我欲与君相知，长命无绝衰。	《上邪》	1
110	君当作磐石，妾当作蒲苇。誓天不相负。	《汉乐府》	1
111	异域之人，一别长绝。	《苏武传》班固	1
112	狭路相逢，勇者胜	《史记》司马迁	1

113	采莲南塘秋，莲花过人头； 低头弄莲子，莲子青如水。	《西洲曲》	1
114	人生在勤，不索何获。	《后汉书》范晔	1
115	河海不择细流，故能就其深。	《谏逐客书》李斯	1
116	径万里兮度沙漠，为君将兮奋匈奴。路穷绝兮矢刃摧，士众灭兮名已隤。老母已死，虽欲报恩将安归？	《别歌》李陵	1
117	天知，神知，我知，子知。何谓无知！	《四知》范晔	1
118	阁中帝子今何在，槛外长江空自流。	《滕王阁序》王勃	1
119	落霞与孤鹜齐飞，秋水共长天一色。	《滕王阁序》王勃	1
120	世之奇伟、瑰怪、非常之观，常在于险远，而人所罕至焉，故非有志者不能至也。	《游褒禅山记》王安石	1
121	枯藤老树昏鸦，小桥流水人家，古道西风瘦马，夕阳西下，断肠人在天涯。	《天净沙·秋思》马致远	1
122	花无百日红，人无千日好。	《儿女团圆》杨文奎	1
123	定乎内外之分，辩乎荣辱之境。	《逍遥游》庄周	1
124	塞翁失马，焉知非福。	《淮南子》刘安	1
125	读书好处心先觉，立雪深时道已传。	《随园诗话》袁枚	1
126	留得青山在，不怕没柴烧。	《初刻拍案惊奇》凌蒙初	1
127	我自横刀向天笑，去留肝胆两昆仑。	《狱中题壁》谭嗣同	1
128	万人丛中一握手，使我衣袖三年香。	《投宋于庭翔凤》龚自珍	1
129	海纳百川，有容乃大。	林则徐	1
130	闻道有先后，术业有专攻。	《师说》韩愈	1
总计			171

附录3:高中生中华经典诗文名句引用频率表(按来源)

高中生中华经典诗文名句引用频率表(按来源)			
序号	诗　句	来　源	引用频次
《周易》共3条			
1	天行健,君子以自强不息。	《周易》	3
2	仁者见仁,智者见智。	《周易》	1
3	同声相应,同气相求。	《周易》	1
《礼记》共5条			
4	凡事预则立,不预则废。	《礼记》	3
5	苟利国家,不求富贵。	《礼记》	2
6	修身、齐家、治国、平天下。	《礼记》	2
7	玉不琢,不成器;人不学,不知道。	《礼记》	1
8	大道之行也,天下为公。	《礼记》	1
《论语》共6条			
9	工欲善其事,必先利其器。	《论语》	2
10	己所不欲,勿施于人。	《论语》	1
11	诗,可以兴,可以观,可以群,可以怨。迩之事父,远之事君;多识于鸟兽草木之名。	《论语》	1
12	有朋自远方来,不亦乐乎?	《论语》	1
13	不学礼,无以立。	《论语》	1
14	知之者不如好之者,好之者不如乐之者。	《论语》	1
《诗经》共2条			
15	夙兴夜寐,洒扫庭内。	《诗经》	1
16	有匪君子,如切如磋,如琢如磨。	《诗经》	1
《左传》共2条			
17	民生在勤,勤则不匮。	《左传》	7
18	国危矣,若使烛之武见秦军,师必退。	《左传》	1
《庄子》共2条			
19	日出而作,日落而息。	《庄子》	2

20	吾生也有涯，而知也无涯。	《庄子》	1
《孟子》共 2 条			
21	天将降大任于斯人也，必先苦其心志，劳其筋骨。	《孟子》	1
22	穷则独善其身，达则兼济天下。	《孟子》	1
《孙子兵法》共 2 条			
23	知己知彼，方能百战不殆。	《孙子兵法》	1
24	上下同欲者胜，风雨同舟者兴。	《孙子兵法》	1
《荀子》共 2 条			
25	学者非必为仕，而仕者必为学。	《荀子》	1
26	大天而思之，孰与物畜而制之？从天而颂之，孰与制天命而用之？	《荀子》	1
唐诗共 21 条			
27	青山一道同云雨，明月何曾是两乡。	《送柴侍御》王昌龄	3
28	锄禾日当午，汗滴禾下土。 谁知盘中餐，粒粒皆辛苦。	《悯农》李绅	3
29	会当凌绝顶，一览众山小。	《望岳》杜甫	2
30	大漠孤烟直，长河落日圆。	《使至塞上》王维	1
31	野火烧不尽，春风吹又生。	《赋得古原草送别》白居易	1
32	欲将此意凭回棹，报与西湖风月知。	《杭州回舫》白居易	1
33	日出江花红胜火，春来江水绿如蓝。	《忆江南》白居易	1
34	未能抛得杭州去，一半勾留是此湖。	《春题湖上》白居易	1
35	秦王扫六合，虎视何雄哉。	《古风五十九首》李白	1
36	仰天大笑出门去，我辈岂是蓬蒿人。	《南陵别儿童入京》李白	1
37	露从今夜白，月是故乡明。	《月夜忆舍弟》杜甫	1
38	却看妻子愁何在，漫卷诗书喜欲狂。	《闻官军收河南河北》杜甫	1
39	穷年忧黎元，叹息肠内热。	《自京赴奉先县咏怀五百字》杜甫	1
40	十年磨一剑，霜刃未曾试。	《剑客》贾岛	1
41	节物风光不相待，沧海桑田须臾改。	《长安古意》卢照邻	1
42	苔花如米小，也学牡丹开。	《苔》袁枚	1
43	唯有牡丹真国色，花开时节动京城。	《赏牡丹》刘禹锡	1

44	他年我若为青帝，报与桃花一处开。	《题菊花》黄巢	1
45	三更灯火五更鸡，正是男儿读书时。	《劝学诗》颜真卿	1
46	君子量无极，胸吞百川流。	《投赠张端公》孟郊	1
47	宁为百夫长，胜作一书生。	《从军行》杨炯	1
宋词共9条			
48	此心安处是吾乡。	《定风波》苏轼	1
49	一蓑烟雨任平生。……归去，也无风雨也无晴。	《定风波》苏轼	1
50	人有悲欢离合，月有阴晴圆缺。	《水调歌头》苏轼	1
51	何须浅碧深红色，自是花中第一流。	《鹧鸪天》李清照	1
52	靖康耻，犹未雪，臣子恨，何时灭。	《满江红》岳飞	1
53	有三秋桂子，十里荷花。	《望海潮》柳永	1
54	我见青山多妩媚，料青山见我应如是。	《贺新郎》辛弃疾	1
55	蛾儿雪柳黄金缕，笑语盈盈暗香去。	《青玉案》辛弃疾	1
56	莫道春光难揽取。少陵辨得寻花句。	《凤栖梧》程垓	1
宋诗共11条			
57	不畏浮云遮望眼，自缘身在最高层。	《登飞来峰》王安石	2
58	腹有诗书气自华。	《和董永留别》苏轼	1
59	欲把西湖比西子，淡妆浓抹总相宜。	《饮湖上初晴后雨》苏轼	1
60	纸上得来终觉浅，绝知此事要躬行。	《冬夜读书示子聿》陆游	1
61	山重水复疑无路，柳暗花明又一村。	《游山西村》陆游	1
62	半亩方塘一鉴开，天光云影共徘徊。	《观书有感》朱熹	1
63	接天莲叶无穷碧，映日荷花别样红。	《晓出净慈寺送林子方》杨万里	1
64	山外青山楼外楼，西湖歌舞几时休。	《题临安邸》林升	1
65	人定兮胜天，半壁久无胡日月。	《襄阳歌》刘过	1
66	风沙霜雪十三年，城郭山川万二千。	《咏史》陈普	1
67	梅须逊雪三分白，雪却输梅一段香。	《雪梅》卢钺	1
《史记》共3条			
68	强秦之所以不敢加兵于赵者，徒以吾两人在也。	《史记》司马迁	1
69	臣舍人蔺相如可使。	《史记》司马迁	1

70	尝与鲍叔贾，分财利多自与，鲍叔不以我为贪，知我贫也。为鲍叔谋事而更穷困，鲍叔不以我为愚，知时有利不利也。鲍子以为不肖，知其不遇时。	《史记》司马迁	1
《增广贤文》共2条			
71	雪中送炭君子少，锦上添花小人多。	《增广贤文》	1
72	滴水之恩，当涌泉相报。	《增广贤文》	1
《习惯说》共2条			
73	一屋不扫，何以扫天下？	《习惯说》刘蓉	1
74	一室不治，何以家国为？	《习惯说》刘蓉	1
《谏太宗十思疏》共2条			
75	人君当神器之，居域中之大，将崇极天之峻，永保无疆之休。	《谏太宗十思疏》魏征	1
76	文武争驰，君臣无事。 鸣琴垂拱，不言而化。	《谏太宗十思疏》魏征	1
其他共34条			
77	世有伯乐，然后有千里马；千里马常有，而伯乐不常有。	《马说》韩愈	5
78	先天下之忧而忧，后天下之乐而乐。	《岳阳楼记》范仲淹	3
79	以铜为镜，可以正衣冠；以古为镜，可以知兴替；以人为镜，可以明得失。	《旧唐书》刘昫	3
80	苟利国家生死以，岂因祸福避趋之。	《赴戍登程口占示家人》林则徐	3
81	海纳百川，有容乃大。	林则徐	3
82	黎明即起，洒扫庭内。	《朱子家训》朱用纯	2
83	出淤泥而不染，濯清涟而不妖。	《爱莲说》周敦颐	2
84	采菊东篱下，悠然见南山。	《饮酒》陶渊明	2
85	天下兴亡，匹夫有责。	《日知录》顾炎武	2
86	为天地立心，为生民立命，为往圣继绝学，为万世开太平。	《张子语录》张载	2
87	路漫漫其修远兮，吾将上下而求索。	《离骚》屈原	1
88	锲而不舍，朽木不折；锲而舍之，金石可镂。	《劝学》荀子	1
89	生我者父母也，知我者，鲍子也。	《列子》	1

90	外举不隐仇，内举不避亲。	《韩非子》	1
91	一农不耕，民有饥者；一女不织，民有寒者。	《管子》	1
92	头悬梁，锥刺股。	《三字经》王应麟	1
93	狗吠深巷中，鸡鸣桑树颠。	《归园田居》陶渊明	1
94	宽宏大量，何所不容。	《三国演义》罗贯中	1
95	知行合一，经世致用。	《传习录》王阳明	1
96	侍中侍郎郭攸之、费祎、董允等，此皆良实，志虑忠纯。	《出师表》诸葛亮	1
97	以家为家，以乡为乡，以国为国，以天下为天下。	《六亲五法》刘向	1
98	翠幕烟绡藏不得，一声声在画桥西。	《西湖柳枝词》田蔗	1
99	识时务者为俊杰。	《三国志》陈寿	1
100	一粥一饭，当思来之不易；半丝半缕，恒念物力维艰。	《朱子家训》朱用纯	1
101	一花独放不是春，万紫千红春满园。	《古今贤文》	1
102	足不强则迹不远，锋不铦则割不深。	《论衡》王充	1
103	读书之法，在循环而渐进，熟读而精思。	《读书之要》朱熹	1
104	受光于庭户见一堂，受光于天下照四方。	《魏源全集》魏源	1
105	文变染乎世情，兴废系乎时序。	《文心雕龙》刘勰	1
106	得其大者可以兼其小。	《经旨》欧阳修	1
107	预知大道，必先为史，灭人之国，必先去其史。	《定安续集》龚自珍	1
108	在齐太史简，在晋董狐笔。	《正气歌》文天祥	1
109	读万卷书，行万里路。	《画禅室随笔》董其昌	1
110	唯宽可以容人，唯厚可以载物。	《薛文清公读书录》薛瑄	1
总计			147

附录 4:大学生中华经典诗文名句引用频率表(按来源)

大学生中华经典诗文名句引用频率表(按来源)			
序号	诗句	来源	引用频次
《论语》共 27 条			
1	己所不欲,勿施于人	《论语》	8
2	曾子曰:“士不可以不弘毅,任重而道远。仁以为己任,不亦重乎?死而后已,不亦远乎?”	《论语》	5
3	学而不厌,诲人不倦。	《论语》	4
4	学而时习之,不亦说乎?	《论语》	4
5	温故而知新,可以为师矣。	《论语》	4
6	君子喻于义,小人喻于利。	《论语》	4
7	不学诗,无以言。	《论语》	4
8	吾日三省吾身	《论语》	3
9	知之者不如好之者,好之者不如乐之者。	《论语》	3
10	学而不思则罔,思而不学则殆。	《论语》	3
11	吾日三省吾身,为人谋而不忠乎?与朋友交而不信乎?传不习乎?	《论语》	3
12	志士仁人,无求生以害仁,有杀身以成仁。	《论语》	3
13	朝闻道,夕死可矣。	《论语》	3
14	学而优则仕	《论语》	3
15	诗三百,一言以蔽之,曰:思无邪。	《论语》	3
16	君子和而不同,小人同而不和。	《论语》	2
17	知之为知之,不知为不知,是知也。	《论语》	2
18	三人行,必有我师焉。	《论语》	2
19	见贤思齐焉,见不贤而内自省也。	《论语》	2
20	君子坦荡荡,小人长戚戚。	《论语》	2

21	《关雎》乐而不淫，哀而不伤。	《论语》	2
22	为人谋而不忠乎？	《论语》	1
23	不愤不启，不悱不发。	《论语》	1
24	岁寒，然后知松柏之后凋也。	《论语》	1
25	工欲善其事，必先利其器。	《论语》	1
26	三十而立，四十而不惑，五十而知天命，六十而耳顺，七十而从心所欲，不逾矩。	《论语》	1
27	君子爱财，取之有道。	《论语》	1
《师说》共2条			
28	闻道有先后，术业有专攻。	《师说》	4
29	师者，所以传道受业解惑也。	《师说》	1
《孟子》共4条			
30	近朱者赤，近墨者黑。	《孟子》	4
31	天时不如地利，地利不如人和。	《孟子》	2
32	劳心者治人，劳力者治于人。	《孟子》	1
33	穷则独善其身，达则兼济天下。	《孟子》	1
《劝学》共3条			
34	学，不可以已。	《劝学》	2
35	积土成山，风雨兴焉；积水成渊，蛟龙生焉。	《劝学》	2
36	青，取之于蓝而青于蓝；冰，水为之而寒于水。	《劝学》	1
《诗经》共9条			
37	桃之夭夭，灼灼其华。	《诗经》	8
38	昔我往矣，杨柳依依。今我来思，雨雪霏霏。	《诗经》	5
39	他山之石可以攻玉。	《诗经》	4
40	关关雎鸠，在河之洲。窈窕淑女，君子好逑。	《诗经》	4
41	如切如磋，如琢如磨。	《诗经》	3
42	投我以木瓜，报之以琼琚。	《诗经》	2
43	所谓伊人，在水一方。	《诗经》	2
44	硕鼠硕鼠，无食我黍。	《诗经》	2

45	执子之手,与子偕老。	《诗经》	1
唐诗共34条			
46	仰天大笑出门去,我辈岂是蓬蒿人。	《南陵别儿童入京》李白	6
47	安得广厦千万间,大庇天下寒士俱欢颜。	《茅屋为秋风所破歌》杜甫	4
48	会当凌绝顶,一览众山小。	《望岳》杜甫	4
49	旧时王谢堂前燕,飞入寻常百姓家。	《乌衣巷》刘禹锡	3
50	空山新雨后,天气晚来秋。	《山居秋暝》王维	3
51	长风破浪会有时,直挂云帆济沧海。	《行路难》李白	3
52	大漠孤烟直,长河落日圆。	《使至塞上》王维	3
53	一片冰心在玉壶	《芙蓉楼送辛渐》王昌龄	3
54	春蚕到死丝方尽,蜡炬成灰泪始干。	《无题》李商隐	2
55	朱门酒肉臭,路有冻死骨。	《自京赴奉先县咏怀五百字》杜甫	2
56	海内存知己,天涯若比邻。	《送杜少府之任蜀州》王勃	2
57	举头望明月,低头思故乡。	《静夜思》李白	2
58	山随平野尽,江入大荒流。	《渡荆门送别》李白	2
59	小时不识月,呼作白玉盘。	《古朗月行》李白	2
60	国破山河在,城春草木深。	《春望》杜甫	2
61	孤舟蓑笠翁,独钓寒江雪。	《江雪》柳宗元	2
62	提携玉龙为君死	《雁门太守行》李贺	2
63	劝君莫惜金缕衣,劝君惜取少年时。花开堪折直须折,莫待无花空折枝。	《金缕衣》佚名	2
64	春眠不觉晓,处处闻啼鸟。	《春晓》孟浩然	1
65	慈母手中线,游子身上衣。	《游子吟》孟郊	1
66	鹅鹅鹅,曲项向天歌。	《鹅鹅鹅》骆宾王	1
67	天生我材必有用,千金散尽还复来。	《将进酒》李白	1
68	安能摧眉折腰事权贵。	《梦游天姥吟留别》李白	1
69	日照香炉生紫烟,遥看瀑布挂前川。	《望庐山瀑布》李白	1
70	天门中断楚江开,碧水东流至此回。	《望天门山》李白	1
71	故人具鸡黍,邀我至田家。	《过故人庄》孟浩然	1

72	云想衣裳花想容	《清平调》李白	1
73	白日依山尽，黄河入海流。	《登鹳雀楼》王之涣	1
74	朝辞白帝彩云间，千里江陵一日还。	《早发白帝城》李白	1
75	故人西辞黄鹤楼，烟花三月下扬州。孤帆远影碧空尽，唯见长江天际流。	《黄鹤楼送孟浩然之广陵》李白	1
76	人生得意须尽欢，莫使金樽空对月。	《将进酒》李白	1
77	愿将腰下剑，直为斩楼兰。	《塞下曲六首》李白	1
78	行到水穷处，坐看云起时。	《终南别业》王维	1
79	南朝四百八十寺，多少楼台烟雨中。	《江南春》杜牧	1
宋词共9条			
80	十年生死两茫茫	《江城子》苏轼	3
81	执手相看泪眼，竟无语凝噎。	《雨霖铃》柳永	2
82	一蓑烟雨任平生	《定风波》苏轼	2
83	我住长江头，君住长江尾。	《卜算子》李之仪	1
84	寻寻觅觅，冷冷清清，凄凄惨惨戚戚。	《声声慢》李清照	1
85	少年不识愁滋味	《丑奴儿》辛弃疾	1
86	明月几时有，把酒问青天。	《水调歌头》苏轼	1
87	春花秋月何时了？往事知多少。	《虞美人》李煜	1
88	衣带渐宽终不悔，为伊消得人憔悴。	《蝶恋花》柳永	1
《红楼梦》共3条			
89	满纸荒唐言，一把辛酸泪，都云作者痴，谁解其中味。	《红楼梦》曹雪芹	8
90	机关算尽太聪明，反误了卿卿性命。	《红楼梦》曹雪芹	4
91	质本洁来还洁去	《红楼梦》曹雪芹	4
其他共16条			
92	人固有一死，或重于泰山，或轻于鸿毛。	《报任安书》司马迁	4
93	老死不相往来	《老子》	3
94	书中自有黄金屋，书中自有颜如玉。	《劝学诗》赵恒	3
95	先天下之忧而忧，后天下之乐而乐。	《岳阳楼记》范仲淹	2
96	情不知所起，一往而深。	《牡丹亭》汤显祖	2

97	天下兴亡，匹夫有责。	《日知录》顾炎武	1
98	山重水复疑无路，柳暗花明又一村。	《游山西村》陆游	1
99	黄发垂髫，怡然自乐。	《桃花源记》陶渊明	1
100	问世间，情为何物，直教生死相许？	《摸鱼儿》元好问	1
101	不以物喜，不以己悲	《岳阳楼记》范仲淹	1
102	有志者，事竟成。	《后汉书》班固	1
103	王侯将相宁有种乎？	《史记》司马迁	1
104	世人笑我太疯癫，我笑世人看不穿。	《桃花庵歌》唐寅	1
105	落红不是无情物，化作春泥更护花。	《己亥杂诗》龚自珍	1
107	授人以鱼不如授人以渔。	《淮南子》	1
107	业精于勤荒于嬉，行成于思毁于随。	《进学解》	1
总计			243

附录5:中华经典诗文名句引用频次汇总表

中华经典诗文名句引用频次汇总表			
序号	诗　句	来　源	引用频次
1	己所不欲,勿施于人	《论语》	10
2	满纸荒唐言,一把辛酸泪,都云作者痴,谁解其中味。	《红楼梦》曹雪芹	9
3	宝剑锋从磨砺出,梅花香自苦寒来。	《警世贤文》	9
4	仰天大笑出门去,我辈岂是蓬蒿人。	《南陵别儿童入京》李白	9
5	会当凌绝顶,一览众山小。	《望岳》杜甫	9
6	采菊东篱下,悠然见南山。	《饮酒》陶渊明	9
7	桃之夭夭,灼灼其华。	《诗经》	8
8	一蓑烟雨任平生	《定风波》苏轼	7
9	曾子曰:“士不可以不弘毅,任重而道远。仁以为己任,不亦重乎?死而后已,不亦远乎?”	《论语》	7
10	慈母手中线,游子身上衣。	《游子吟》孟郊	7
11	民生在勤,勤则不匮。	《左传》左丘明	7
12	温故而知新,可以为师矣。	《论语》	6
13	出淤泥而不染,濯清涟而不妖。	《爱莲说》周敦颐	5
14	长风破浪会有时,直挂云帆济沧海。	《行路难》李白	5
15	天生我材必有用,千金散尽还复来。	《将进酒》李白	5
16	世有伯乐,然后有千里马;千里马常有,而伯乐不常有。	《马说》韩愈	5
17	安得广厦千万间,大庇天下寒士俱欢颜。	《茅屋为秋风所破歌》杜甫	5
18	乱花渐欲迷人眼,浅草才能没马蹄。最爱湖东行不足,绿杨阴里白沙堤。	《钱塘湖春行》白居易	5
19	闻道有先后,术业有专攻。	《师说》韩愈	5
20	昔我往矣,杨柳依依。今我来思,雨雪霏霏。	《诗经》	5
21	先天下之忧而忧,后天下之乐而乐。	《岳阳楼记》范仲淹	5

22	人固有一死,或重于泰山,或轻于鸿毛。	《报任安书》司马迁	4
23	机关算尽太聪明,反误了卿卿性命	《红楼梦》曹雪芹	4
24	质本洁来还洁去	《红楼梦》曹雪芹	4
25	十年生死两茫茫	《江城子》苏轼	4
26	路漫漫其修远兮,吾将上下而求索。	《离骚》屈原	4
27	不学诗,无以言。	《论语》	4
28	君子喻于义,小人喻于利。	《论语》	4
29	吾日三省吾身:为人谋而不忠乎?与朋友交而不信乎?传不习乎?	《论语》	4
30	学而不思则罔,思而不学则殆。	《论语》	4
31	学而不厌,诲人不倦。	《论语》	4
32	学而时习之,不亦说乎?	《论语》	4
33	知之为知之,不知为不知,是知也。	《论语》	4
34	知之者不如好之者,好之者不如乐之者。	《论语》	4
35	近朱者赤,近墨者黑	《孟子》	4
36	锄禾日当午,汗滴禾下土。 谁知盘中餐,粒粒皆辛苦。	《悯农》李绅	4
37	书中自有黄金屋,书中自有颜如玉。	《劝学诗》赵恒	4
38	关关雎鸠,在河之洲。窈窕淑女,君子好逑。	《诗经》	4
39	如切如磋,如琢如磨。	《诗经》	4
40	他山之石可以攻玉。	《诗经》	4
41	大漠孤烟直,长河落日圆。	《使至塞上》王维	4
42	海内存知己,天涯若比邻。	《送杜少府之任蜀州》王勃	4
43	海纳百川,有容乃大。	林则徐	4
44	一片冰心在玉壶	《芙蓉楼送辛渐》王昌龄	3
45	苟利国家生死以,岂因祸福避趋之。	《赴戍登程口占示家人》林则徐	3
46	以铜为镜,可以正衣冠;以古为镜,可以知兴替;以人为镜,可以明得失。	《旧唐书》刘昫	3
47	老死不相往来	《老子》	3

48	凡事预则立,不预则废。	《礼记》	3
49	朝闻道,夕死可矣。	《论语》	3
50	工欲善其事,必先利其器。	《论语》	3
51	见贤思齐焉,见不贤而内自省也。	《论语》	3
52	三人行,必有我师焉。	《论语》	3
53	诗三百,一言以蔽之,曰:思无邪。	《论语》	3
54	吾日三省吾身	《论语》	3
55	学而优则仕	《论语》	3
56	志士仁人,无求生以害仁,有杀身以成仁。	《论语》	3
57	天下兴亡,匹夫有责。	《日知录》顾炎武	3
58	空山新雨后,天气晚来秋。	《山居秋暝》王维	3
59	青山一道同云雨,明月何曾是两乡。	《送柴侍御》王昌龄	3
60	旧时王谢堂前燕,飞入寻常百姓家。	《乌衣巷》刘禹锡	3
61	山重水复疑无路,柳暗花明又一村。	《游山西村》陆游	3
62	执手相看泪眼,竟无语凝噎。	《雨霖铃》柳永	3
63	天行健,君子以自强不息。	《周易》	3
64	朱门酒肉臭,路有冻死骨。	《自京赴奉先县咏怀五百字》杜甫	3
65	千里黄云白日曛,北风吹雁雪纷纷。莫愁前路无知己,天下谁人不识君。	《别董大》高适	2
66	国破山河在,城春草木深。	《春望》杜甫	2
67	春眠不觉晓,处处闻啼鸟。	《春晓》孟浩然	2
68	不畏浮云遮望眼,自缘身在最高层。	《登飞来峰》王安石	2
69	衣带渐宽终不悔,为伊消得人憔悴。	《蝶恋花》柳永	2
70	纸上得来终觉浅,绝知此事要躬行。	《冬夜读书示子聿》陆游	2
71	山随平野尽,江入大荒流。	《渡荆门送别》李白	2
72	小时不识月,呼作白玉盘。	《古朗月行》李白	2
73	晨兴理荒秽,戴月荷锄归。	《归园田居》陶渊明	2
74	开荒南野际,守拙归园田。	《归园田居》陶渊明	2
75	粗缯大布裹生涯,腹有诗书气自华。	《和董传留别》苏轼	2

76	有志者,事竟成。	《后汉书》	2
77	塞翁失马,焉知非福。	《淮南子》刘安	2
78	孤舟蓑笠翁,独钓寒江雪。	《江雪》柳宗元	2
79	人生得意须尽欢,莫使金樽空对月。	《将进酒》李白	2
80	劝君莫惜金缕衣,劝君惜取少年时。花开堪折直须折,莫待无花空折枝。	《金缕衣》佚名	2
81	举头望明月,低头思故乡。	《静夜思》李白	2
82	沾衣欲湿杏花雨,吹面不寒杨柳风。	《绝句》志南	2
83	合抱之木,生于毫末;九层之台,起于垒土;千里之行,始于足下。	《老子》	2
84	修身、齐家、治国、平天下。	《礼记》	2
85	苟利国家,不求富贵。	《礼记》	2
86	知不足,然后能自反也;知困,然后能自强也。	《礼记》	2
87	一张一弛,文武之道。	《礼记》	2
88	《关雎》乐而不淫,哀而不伤。	《论语》	2
89	君子和而不同,小人同而不和。	《论语》	2
90	君子坦荡荡,小人长戚戚。	《论语》	2
91	一箪食,一瓢饮,在陋巷,人不堪其忧,回也不改其乐。贤哉,回也。	《论语》	2
92	有朋自远方来,不亦乐乎?	《论语》	2
93	靖康耻,犹未雪,臣子恨,何时灭。	《满江红》岳飞	2
94	穷则独善其身,达则兼济天下。	《孟子》	2
95	天时不如地利,地利不如人和。	《孟子》	2
96	生,亦我所欲也;义,亦我所欲也。二者不可得兼,舍生而取义者也。	《孟子》孟子	2
97	故天将降大任于斯人也,必先苦其心志,劳其筋骨,饿其体肤,空乏其身,行拂乱其所为,所以动心忍性,增益其所不能。	《孟子》孟子	2
98	安能摧眉折腰事权贵。	《梦游天姥吟留别》李白	2
99	情不知所起,一往而深。	《牡丹亭》汤显祖	2
100	积土成山,风雨兴焉;积水成渊,蛟龙生焉。	《劝学篇》荀子	2

101	学,不可以已。	《劝学篇》荀子	2
102	不积跬步,无以至千里; 不积小流,无以成江海。	《劝学篇》荀子	2
103	硕鼠硕鼠,无食我黍。	《诗经》	2
104	所谓伊人,在水一方。	《诗经》	2
105	投我以木瓜,报之以琼琚。	《诗经》	2
106	执子之手,与子偕老。	《诗经》	2
107	粉身碎骨全不怕,要留清白在人间。	《石灰吟》于谦	2
108	春蚕到死丝方尽,蜡炬成灰泪始干。	《无题》李商隐	2
109	寂寞梧桐深院锁清秋,剪不断,理还乱,是离愁。	《相见欢》李煜	2
110	接天莲叶无穷碧,映日荷花别样红。	《晓出净慈寺送林子方》杨万里	2
111	提携玉龙为君死	《雁门太守行》李贺	2
112	欲把西湖比西子,淡妆浓抹总相宜。	《饮湖上初晴后雨》苏轼	2
113	滴水之恩,当涌泉相报。	《增广贤文》	2
114	为天地立心,为生民立命,为往圣继绝学,为万世开太平。	《张子语录》张载	2
115	黎明即起,洒扫庭内。	《朱子家训》朱用纯	2
116	日出而作,日落而息。	《庄子》	2
117	北风卷地白草折,胡天八月即飞雪。	《白雪歌送武判官归京》岑参	1
118	径万里兮度沙漠,为君将兮奋匈奴。路穷绝兮矢刃摧,士众灭兮名已隤。老母已死,虽欲报恩将安归?	《别歌》李陵	1
119	春风又绿江南岸,明月何时照我还?	《泊船瓜洲》王安石	1
120	我住长江头,君住长江尾。	《卜算子》李之仪	1
121	少年不识愁滋味	《丑奴儿》辛弃疾	1
122	侍中侍郎郭攸之、费祎、董允等,此皆良实,志虑忠纯。	《出师表》诸葛亮	1
123	留得青山在,不怕没柴烧。	《初刻拍案惊奇》凌蒙初	1
124	绿叶忽低知鸟立,青萍微动觉鱼行。	《初夏闲步村落间》陆游	1
125	春潮带雨晚来急,野渡无人舟自横。	《滁州西涧》韦应物	1
126	知行合一,经世致用。	《传习录》王阳明	1
127	未能抛得杭州去,一半勾留是此湖。	《春题湖上》白居易	1

128	白头搔更短,浑欲不胜簪。	《春望》杜甫	1
129	新年都未有芳华,二月初惊见草芽。	《春雪》韩愈	1
130	好雨知时节,当春乃发生。 随风潜入夜,润物细无声。	《春夜喜雨》杜甫	1
131	海日生残夜,江春入旧年。	《次北固山下》王湾	1
132	宁为百夫长,胜作一书生。	《从军行》杨炯	1
133	槐花新雨后,柳影欲秋天。听罢无他计,相思又一篇。	《答梦得闻蝉见寄》白居易	1
134	五色令人目盲,五音令人耳聋,五味令人口爽,驰骋略猎令人心发狂,难得之货令人行妨。	《道德经》老子	1
135	无边落木萧萧下,不尽长江滚滚来。	《登高》杜甫	1
136	白日依山尽,黄河入海流。	《登鹳雀楼》王之涣	1
137	梦断魂销,一枕相思泪。	《蝶恋花》苏轼	1
138	预知大道,必先为史,灭人之国,必先去其史。	《定安续集》龚自珍	1
139	此心安处是吾乡	《定风波》苏轼	1
140	读书之法,在循环而渐进,熟读而精思。	《读书之要》朱熹	1
141	节分端午自谁言,万古传闻为屈原。	《端午》文秀	1
142	堪笑楚王空渺渺,不能洗得直臣冤。	《端午》文秀	1
143	鹅鹅鹅,曲项向天歌。	《咏鹅》骆宾王	1
144	花无百日红,人无千日好。	《儿女团圆》杨文圭	1
145	董永家贫,卖身葬亲, 天遣仙女,织缣完缗。	《二十四孝》	1
146	黔娄为令,父病弃官,礼斗祈代,尝粪心寒。	《二十四孝》	1
147	莫道春光难揽取。少陵辨得寻花句。	《凤栖梧》程垓	1
148	读书破万卷,下笔如有神。	《奉赠韦左丞丈二十二韵》杜甫	1
149	野火烧不尽,春风吹又生。	《赋得古原草送别》白居易	1
150	秦王扫六合,虎视何雄哉。	《古风五十九首》李白	1
151	一花独放不是春,万紫千红春满园。	《古今贤文》	1
152	半亩方塘一鉴开,天光云影共徘徊。	《观书有感》朱熹	1
153	一农不耕,民有饥者;一女不织,民有寒者。	《管子》管仲	1

154	八十身犹健，生涯学灌园。溪风吹短褐，村雨暗衡门。眼正魔军怖，心安疾竖奔。午窗无一事，梨枣弄诸孙。	《灌园》陆游	1
155	狗吠深巷中，鸡鸣桑树颠。	《归园田居》陶渊明	1
156	故人具鸡黍，邀我至田家。	《过故人庄》孟浩然	1
157	人生自古谁无死，留取丹心照汗青。	《过零丁洋》文天祥	1
158	外举不隐仇，内举不避亲。	《韩非子》	1
159	君当作磐石，妾当作蒲苇。	《汉乐府》	1
160	欲将此意凭回棹，报与西湖风月知。	《杭州回舫》白居易	1
161	我见青山多妩媚，料青山见我应如是。	《贺新郎》辛弃疾	1
162	人生在勤，不索何获。	《后汉书》范晔	1
163	读万卷书，行万里路。	《画禅室随笔》董其昌	1
164	授人以鱼不如授人以渔。	《淮南子》	1
165	故人西辞黄鹤楼，烟花三月下扬州。孤帆远影碧空尽，唯见长江天际流。	《黄鹤楼送孟浩然之广陵》李白	1
166	日啖荔枝三百颗，不辞长作岭南人。	《惠州一绝》苏轼	1
167	落红不是无情物，化作春泥更护花。	《己亥杂诗》龚自珍	1
168	博观而约取，厚积而薄发。	《稼说送张琥》苏轼	1
169	十年磨一剑，霜刃未曾试。	《剑客》贾岛	1
170	人君当神器之，居域中之大，将崇极天之峻，永保无疆之休。	《谏太宗十思疏》魏征	1
171	文武争驰，君臣无事。 鸣琴垂拱，不言而化。	《谏太宗十思疏》魏征	1
172	河海不择细流，故能就其深。	《谏逐客书》李斯	1
173	南朝四百八十寺，多少楼台烟雨中。	《江南春》杜牧	1
174	兴酣落笔摇五岳，诗成笑傲凌沧洲。	《江上吟》李白	1
175	君不见黄河之水天上来， 奔流到海不复回。	《将进酒》李白	1
176	此情可待成追忆，只是当时已惘然。	《锦瑟》李商隐	1
177	业精于勤荒于嬉，行成于思毁于随。	《进学解》	1
178	两个黄鹂鸣翠柳，一行白鹭上青天。	《绝句》杜甫	1
179	夕阳无限好，只是近黄昏。	《乐游原》李商隐	1
180	亦余心之所善兮，虽九死其犹未悔。	《离骚》屈原	1

181	曾经沧海难为水，除却巫山不是云。	《离思》元稹	1
182	大道之行也，天下为公。	《礼记》戴圣	1
183	玉不琢，不成器；人不学，不知道。	《礼记》	1
184	生我者父母也，知我者，鲍子也。	《列子》	1
185	杏花疏影里，吹笛到天明。	《临江仙》陈与义	1
186	以家为家，以乡为乡，以国为国，以天下为天下。	《六亲五法》刘向	1
187	黑云翻墨未遮山，白雨跳珠乱入船。	《六月二十七日望湖楼醉书》苏轼	1
188	千里送鹅毛，礼轻情意重。	《路史》徐渭	1
189	足不强则迹不远，锋不铦则割不深。	《论衡》王充	1
190	不愤不启，不悱不发。	《论语》	1
191	君子爱财，取之有道。	《论语》	1
192	三十而立，四十而不惑，五十而知天命，六十而耳顺，七十而从心所欲，不逾矩。	《论语》	1
193	岁寒，然后知松柏之后凋也。	《论语》	1
194	为人谋而不忠乎？	《论语》	1
195	不学礼，无以立。	《论语》	1
196	孔曰成仁，孟曰取义，惟其义尽，所以仁至。	《论语》	1
197	巧言乱德，小不忍则乱大谋。	《论语》	1
198	人不知而不愠，不亦君子乎？	《论语》	1
199	诗，可以兴，可以观，可以群，可以怨。迩之事父，远之事君；多识于鸟兽草木之名。	《论语》	1
200	择其善者而从之，其不善者而改之。	《论语》	1
201	朕躬有罪，无以万方。万方有罪，罪在朕躬。	《论语》	1
202	吞舟之鱼，陆处则不胜蝼蚁。	《吕氏春秋》吕不韦	1
203	三十功名尘与土，八千里路云和月。	《满江怀》岳飞	1
204	五岳归来不看山，黄山归来不看岳。	《漫游黄山仙境》徐霞客	1
205	劳心者治人，劳力者治于人。	《孟子》	1
206	鱼，我所欲也；熊掌，亦我所欲也。二者不可得兼，舍鱼而取熊掌者也。	《孟子》	1
207	生于忧患，死于安乐。	《孟子》	1

208	吾善养吾浩然之气。	《孟子》	1
209	问世间，情为何物，直教生死相许？	《摸鱼儿》元好问	1
210	素月寄孤舟，只影随水流，家国破，一盏残酒，酒淡怎敌晚风爽，梧桐雨，点点愁。	《南楼令》李清照	1
211	大江东去，浪淘沙，千古风流人物。	《念奴娇》苏轼	1
212	文章千古事，得失寸心知。	《偶题》杜甫	1
213	嘈嘈切切错杂弹，大珠小珠落玉盘。	《琵琶行》白居易	1
214	春水碧于天，画船听雨眠。	《菩萨蛮》韦庄	1
215	心似双丝网，中有千千结。	《千秋岁》张先	1
216	蛾儿雪柳黄金缕，笑语盈盈暗香去。	《青玉案·元夕》辛弃疾	1
217	清明时节雨纷纷，路上行人欲断魂。	《清明》杜牧	1
218	云想衣裳花想容	《清平调》李白	1
219	自古逢秋悲寂寥，我言秋日胜春朝。	《秋词》刘禹锡	1
220	天阶夜色凉如水，卧看牵牛织女星。	《秋夕》杜牧	1
221	玉露凋伤枫树林，巫山巫峡气萧森。	《秋兴》杜甫	1
222	青，取之于蓝，而青于蓝；冰，水为之，而寒于水。	《劝学篇》荀子	1
223	锲而不舍，朽木不折，锲而舍之，金石可镂。	《劝学篇》荀子	1
224	三更灯火五更鸡，正是男儿读书时。	《劝学诗》颜真卿	1
225	知否？知否？应是绿肥红瘦。	《如梦令》李清照	1
226	愿将腰下剑，直为斩楼兰。	《塞下曲六首》李白	1
227	宽宏大量，何所不容。	《三国演义》罗贯中	1
228	玉可碎不可损其白，竹可破不可毁其节。	《三国演义》罗贯中	1
229	识时务者为俊杰。	《三国志》陈寿	1
230	头悬梁，锥刺股。	《三字经》王应麟	1
231	停车坐爱枫林晚，霜叶红于二月花。	《山行》杜牧	1
232	水晶帘动微风起，满架蔷薇一院香。	《山亭夏日》高骈	1
233	唯有牡丹真国色，花开时节动京城。	《赏牡丹》刘禹锡	1
234	我欲与君相知，长命无绝衰。	《上邪》	1
235	寻寻觅觅，冷冷清清，凄凄惨惨戚戚。	《声声慢》李清照	1

236	师者,所以传道受业解惑也。	《师说》	1
237	夙兴夜寐,洒扫庭内。	《诗经》	1
238	夜阑卧听风吹雨,铁马冰河入梦来。	《十一月四日风雨大作》陆游	1
239	风从苹末萧萧起,月过花阴故故迟。	《石帆夏日》陆游	1
240	王侯将相宁有种乎?	《史记》司马迁	1
241	尝与鲍叔贾,分财利多自与,鲍叔不以我为贪,知我贫也。为鲍叔谋事而更穷困,鲍叔不以我为愚,知时有利不利也。鲍子以为不肖,知其不遇时。	《史记》司马迁	1
242	强秦之所以不敢加兵于赵者,徒以吾两人在也。	《史记》司马迁	1
243	狭路相逢,勇者胜。	《史记》司马迁	1
244	臣舍人蔺相如可使。	《史记》司马迁	1
245	王师北定中原日,家祭无忘告乃翁。	《示儿》陆游	1
246	但愿人长久,千里共婵娟。	《水调歌头》苏轼	1
247	人有悲欢离合,月有阴晴圆缺。	《水调歌头》苏轼	1
248	明月几时有,把酒问青天。	《水调歌头》苏轼	1
249	天知,神知,我知,子知。何谓无知!	《四知》范晔	1
250	他乡有明月,千里照相思。	《送崔主簿赴沧州》李峤	1
251	异域之人,一别长绝。	《苏武传》班固	1
252	读书好处心先觉,立雪深时道已传。	《随园诗话》袁枚	1
253	三十六计,走为上策。	《孙子兵法》孙武	1
254	上下同欲者胜,风雨同舟者兴。	《孙子兵法》孙武	1
255	知己知彼,方能百战不殆。	《孙子兵法》孙武	1
256	苔花如米小,也学牡丹开。	《苔》袁枚	1
257	得其大者可以兼其小。	《经旨》欧阳修	1
258	世人笑我太疯癫,我笑世人看不穿。	《桃花庵歌》唐寅	1
259	黄发垂髫,怡然自乐。	《桃花源记》陶渊明	1
260	阁中帝子今何在,槛外长江空自流。	《滕王阁序》王勃	1
261	落霞与孤鹜齐飞,秋水共长天一色。	《滕王阁序》王勃	1
262	穿破绿钱多稚笋,惊飞红雨有幽禽。	《提斋壁》陆游	1
263	他年我若为青帝,报与桃花一处开。	《菊花》黄巢	1

264	山外青山楼外楼,西湖歌舞几时休。	《题临安邸》林升	1
265	枯藤老树昏鸦,小桥流水人家,古道西风瘦马,夕阳西下,断肠人在天涯。	《天净沙·秋思》马致远	1
266	万人丛中一握手,使我衣袖三年香。	《投宋于庭翔凤》龚自珍	1
267	君子量无极,胸吞百川流。	《投赠张端公》孟郊	1
268	东南形胜,三吴都会,钱塘自古繁华。	《望海潮》柳永	1
269	有三秋桂子,十里荷花。	《望海潮》柳永	1
270	还似旧时游上苑,车如流水马如龙。	《望江南》李煜	1
271	日照香炉生紫烟,遥看瀑布挂前川。	《望庐山瀑布》李白	1
272	天门中断楚江开,碧水东流至此回。	《望天门山》李白	1
273	受光于庭户见一堂,受光于天下照四方。	《魏源全集》魏源	1
274	文变染乎世情,兴废系乎时序。	《文心雕龙》刘勰	1
275	却看妻子愁何在,漫卷诗书喜欲狂。	《闻官军收河南河北》杜甫	1
276	晚来天欲雪,能饮一杯无。	《问刘十九》白居易	1
277	直道相思了无益,未妨惆怅是清狂。	《无题》李商隐	1
278	翠幕烟绡藏不得,一声声在画桥西。	《西湖柳枝词》田蕉	1
279	采莲南塘秋,莲花过人头; 低头弄莲子,莲子清如水。	《西洲曲》	1
280	一室不治,何以家国为?	《习惯说》刘蓉	1
281	一屋不扫,何以扫天下?	《习惯说》刘蓉	1
282	人定兮胜天,半壁久无胡日月。	《襄阳歌》刘过	1
283	定乎内外之分,辩乎荣辱之境。	《逍遥游》庄周	1
284	身体发肤,受之父母,不敢毁损,孝之始也。	《孝经》	1
285	秋阴不散霜飞晚,留得残荷听雨声。	《宿骆氏亭寄怀崔雍》李商隐	1
286	唯宽可以容人,唯厚可以载物。	《薛文清公读书录·器量》薛瑄	1
287	梅须逊雪三分白,雪却输梅一段香。	《雪梅》卢钺	1
288	学者非必为仕,而仕者必为学。	《荀子》	1
289	大天而思之,孰与物畜而制之?从天而颂之,孰与制天命而用之?	《荀子》	1
290	男儿屈穷心不穷,枯荣不等嗔天宫。	《野歌》李贺	1

291	春色恼人眠不得，月移花影上栏杆。	《夜直》王安石	1
292	此情无计可消除，才下眉头，却上心头。	《一剪梅》李清照	1
293	水光潋滟晴方好，山色空蒙雨亦奇。	《饮湖上初晴后雨》苏轼	1
294	风沙霜雪十三年，城郭山川万二千。	《咏史上 》陈普	1
295	世之奇伟、瑰怪、非常之观，常在于险远，而人所罕至焉，故非有志者不能至也。	《游褒禅山记》王安石	1
296	宁可食无肉，不可居无竹。无肉令人瘦，无竹令人俗。	《于潜僧绿筠轩》苏轼	1
297	春花秋月何时了？往事知多少。	《虞美人》李煜	1
298	雕栏玉砌应犹在，只是朱颜改。问君能有几多愁？恰似一江春水向东流。	《虞美人》李煜	1
299	念去去，千里烟波，暮霭沉沉楚天阔。	《雨霖铃》柳永	1
300	我自横刀向天笑，去留肝胆两昆仑。	《狱中题壁》谭嗣同	1
301	黄梅时节家家雨，青草池塘处处蛙。	《约客》赵师秀	1
302	露从今夜白，月是故乡明。	《月夜忆舍弟》杜甫	1
303	不以物喜，不以己悲	《岳阳楼记》范仲淹	1
304	花谢花飞花满天，红消香断有谁怜。	《葬花吟》曹雪芹	1
305	天街小雨润如酥，草色遥看近却无。	《早春呈水部张十八员外》韩愈	1
306	朝辞白帝彩云间，千里江陵一日还。	《早发白帝城》李白	1
307	两耳不闻窗外事，一心只读圣贤书。	《增广贤文》	1
308	雪中送炭君子少，锦上添花小人多。	《增广贤文》	1
309	一年之计在于春，一日之计在于晨。	《增广贤文》	1
310	前事不忘，后事之师。	《战国策》刘向	1
311	节物风光不相待，沧海桑田须臾改。	《长安古意》卢照邻	1
312	回眸一笑百媚生，六宫粉黛无颜色。	《长恨歌》白居易	1
313	何须浅碧深红色，自是花中第一流。	《鹧鸪天》李清照	1
314	在齐太史简，在晋董狐笔。	《正气歌》文天祥	1
315	行到水穷处，坐看云起时。	《终南别业》王维	1
316	同声相应，同气相求。	《周易》	1

317	仁者见仁,智者见智。	《周易》	1
318	一粥一饭,当思来之不易;半丝半缕,恒念物力维艰。	《朱子家训》朱用纯	1
319	吾生也有涯,而知也无涯。	《庄子》	1
320	穷年忧黎元,叹息肠内热。	《自京赴奉先县咏怀五百字》杜甫	1
321	国危矣,若使烛之武见秦军,师必退。	《左传》	1
322	日出江花红胜火,春来江水绿如蓝。	《忆江南》白居易	1

参考文献

专　著

[1]陈望道．修辞学发凡[M]．上海：复旦大学出版社，2020.

[2]吴礼权．现代汉语修辞学：第四版[M]．上海：复旦大学出版社，2020.

[3]周武萍，陈宗明．汉语修辞式推论[M]．杭州：浙江工商大学出版社，2016.

[4]赵娜．仿拟修辞的应用研究[M]．武汉：武汉大学出版社，2017.

[5]霍四通．汉语积极修辞的认知研究[M]．上海：复旦大学出版社，2018.

[6]吕欣．网络话语的符号特征与修辞建构研究[M]．北京：北京理工大学出版社，2018.

[7]陈光磊．修辞论稿[M]．北京：北京语言文化大学出版社，2001.

[8]索振羽．语用学教程：第二版[M]．北京：北京大学出版社，2014.

[9]文健．语用学引论[M]．昆明：云南大学出版社，2016.

[10]朱燕．二语学习者文化语用能力研究[M]．北京：人民日报出版

社，2018.

[11]王华元．语用学视野下的语文教学[M]．北京：北京师范大学出版社，2012.

[12]郃启扬，金盛华．语文教育新思维[M]．北京：社会科学文献出版社，2001.

[13]庄晓东．传播与文化概论[M]．北京：人民出版社，2008.

[14]冷成金．唐诗宋词研究[M]．北京：中国人民大学出版社，2005.

[15]程树德撰．程俊英，蒋见元点校．论语集释[M]．北京：中华书局，2019.

[16]许立生．语言研究的跨文化视野[M]．上海：上海外语教育出版社，2006.

[17]童世骏．文化软实力[M]．重庆：重庆出版社，2008.

[18]山东师范学院中文系《现代汉语成语词典》编写组．书报引用古诗文浅释[M]．西安：陕西人民出版社，1975.

[19]范纯正．中华古诗文名言的引用与化用[M]．福州：福建人民出版社，2017.

[20]苏芳荔．引用认同和引证形象研究[M]．北京/西安：世界图书出版公司，2013.

[21]国家语言文字工作委员会普通话培训测试中心编制．普通话水平测试实施纲要[M]．商务印书馆，2009.

[22]普通话水平测试实用教材编写组．普通话水平测试实用教材[M]．北京：中国传媒大学出版社，2011.

[23]叶圣陶．《答滕万林》1964年2月1日[M]//叶圣陶集：第25卷．南京：江苏教育出版社，1994.

[24]人民日报评论部．习近平用典：第一辑[M]．北京：人民日报出版社，2015.

[25]人民日报评论部．习近平用典：第二辑[M]．北京：人民日报出版

社，2018.

[26]季小兵主编．最新中考满分作文1000篇[M]．北京：首都师范大学出版社，2010.

[27]季小兵主编．最新小考满分作文1000篇[M]．北京：首都师范大学出版社，2017.

[28]立人主编．2020—2021年度高考满分作文[M]．北京：民主与建设出版社，2020.

[29]立人主编．最新五年高考满分作文[M]．北京：民主与建设出版社，2020.

期刊论文

[1]迟建文．《论语》经典名句初探[J]．语文建设，2014(23).

[2]程杰．“宝剑锋从磨砺出，梅花香自苦寒来”出处考[J]．盐城师范学院学报：人文社会科学版，2018(2).

[3]蔡川右．唐宋诗词名句的“古为今用”[J]．云南师范大学学报(哲学社会科学版)，1978(4).

[4]蔡川右．再论古代诗词名句[J]．云南师范大学学报(哲学社会科学版)，1985(4).

[5]徐培均．中国古典文学之微观——谈中国诗词名句的研究[J]．上海社会科学院学术季刊，1991(4).

[6]程儒章．略谈古诗词中的引用[J]．绥化师专学报(社会科学版)，1990(3).

[7]莫砺锋．唐宋诗词是最优雅的文字表达[J]．新世纪图书馆，2020(6).

[8]黄耀红．古诗词教学的文字立场、文学场域与文化取向[J]．中国教育学刊，2020(6).

[9]邓新华．观诗、用诗与说诗——先秦时期文学接受的三种方式[J]．江苏社会科学，2000(5)．

[10]张宝石．“解诗”“用诗”辨[J]．文学前沿，2005(2)．

[11]郭中华．高校古代文学课程教学强化经典背诵的必要性[J]．洛阳师范学院学报，2020(4)．

[12]葛娟，王飞华，蒋婧．“大语文”教育观与开放式大学语文课程教学[J]．浙江传媒学院学报，2007(6)．

[13]于卉芹，曹雪立．大学语文课程设计中的“大语文”理念[J]．现代语文(教学研究版)，2010(3)．

[14]吴光辉．大语文教学观——大学语文课程改革的一种思路[J]．教书育人，2010(4)．

[15]吴时红．“大语文”观的理论建构与大学语文的教学改革[J]．江苏师范大学学报(哲学社会科学版)，2014(2)．

[16]鲁华锋．我们到底需要什么样的“大语文”观[J]．学语文，2020(6)．

[17]张昕宇．习近平传统文化观的时代价值探析——观《平“语”近人——习近平总书记用典》有感[J]．科教文汇，2019(3)．

[18]曾茜．从习近平用典看中华优秀传统文化的现代价值与思政内涵[J]．理论观察，2019(4)．

[19]李俊平．中华优秀传统文化融入高职思政课教学的路径研究——以《习近平用典》为读本[J]．科教文汇，2019(12)．

[20]赵丽霞，欧德英．大学生对习近平用典熟知度的调查——以福建某高校为例[J]．闽南师范大学学报(哲学社会科学版)，2020(1)．

[21]苏东霞．从习近平用典分析中华优秀传统文化的时代价值[J]．教育探索，2020(5)．

[22]蒋晓城．中国古典诗词名句的艺术美[J]．艺术教育，2012(1)．

[23]王明．从认知视角探究古代名言警句的语义建构[J]．柳州职业技术学院学报，2017(4).

[24]李世前，李朝运，李朝杰．中国古代词话中的名句传播现象论析[J]．保定学院学报，2019(3).

[25]李锦．论汉语“引经据典”之表达方式与留学生的古代文学教学[J]．前沿，2013(3).

[26]张彦金．古诗名句在现代生活中的“移用”现象探究——以“天涯何处无芳草”为例[J]．语文月刊，2020(10).

[27]戴从喜．试论大学语文教学中的写作渗透[J]．上海第二工业大学学报，2011(3).

[28]胡颖华．大学写作教学的困境与超越———通识教育视野中大学写作教学的思考与实践[J]．郑州铁路职业技术学院学报，2015(2).

[29]郑凯歌．论大学语文课程中的写作教学——以《普通高等学校本科专业类教学质量国家标准》为背景[J]．广西科技师范学院学报，2018(6).

[30]董丽梅．浅析古典诗文语句在标题语言中的运用[J]．社科纵横，2010(8).

[31]缪芳．诵读经典厚积薄发——谈古诗词在作文教学中的运用[J]．语文教学通讯，2015(1).

[32]田娟．谈中国新闻奖获奖作品标题的经典诗句运用——从标题研究若干问题说起[J]．传播力研究，2020(15).

[33]潘华．中国传统文化在大学语文中的魅力再现研究[J]．大众文艺，2020(18).

[34]李娜．文化类综艺节目的价值引领——以《经典咏流传》为例[J]．新闻传播，2020(22).

[35]沈玉华．基于《经典咏流传》的古诗词流行歌曲传承研究[J]．新闻传播，2020(1).

[36]吴峥．国学教育与对外汉语教学浅论[J]．中国诗歌研究动态，2009(1)．

[37]高慧敏．试谈对留学生的古代诗词教学[J]．华侨大学学报(哲学社会科学版)，2002(4)．

[38]崔永华．对外汉语教学的目标是培养汉语跨文化交际能力[J]．语言教学与研究，2020(4)．

[39]吴双．专题式经典诗文语块运用于对外汉语写作实验研究[J]．华文教学与研究，2012(3)．

学位论文

[1]张可灵．中高级汉语教材中文学作品的研究分析[D]．华东师范大学，2009.

[2]李丽燕．古典诗词诵读积累对中学生作文能力的提高[D]．辽宁师范大学，2009.

[3]杨丽真．马来西亚中学华文“名句精华”教学发展与现状[D]．浙江大学，2014.

[4]杨佩蓉．对外汉语教学中古典诗词教学相关研究[D]．陕西师范大学，2016.

[5]祝晓琳．对外汉语教学中的古典诗词教学刍议[D]．郑州大学，2016.

[6]王颖．面向对外汉语教学的《论语》教学内容研究[D]．沈阳师范大学，2017.

[7]杨亚霞．对外汉语教学中的中国古典诗词教学研究[D]．天津师范大学，2018.

[8]龙团妹．高中《语文》古诗文写作资源的开发与在议论文写作中的应

用[D]. 华中师范大学，2018.

[9]金栖志 . 汉语国际教育中经典名句教学情况调查研究[D]. 沈阳师范大学，2019.

[10]蒋佩瑶 . “和诗以歌”应用于对外汉语古诗词课堂教学研究[D]. 四川师范大学，2020.